K. C. Fabre

enJoy me

Gefangen im Nichts

Für alle meine Leser!
Es ist so schön, zu wissen, dass ihr
an meiner Seite seid!

Über die Autorin:

K. C. Fabre wurde 1981 in Hessen geboren, doch das Ruhrgebiet ist seit frühster Kindheit ihr Revier. Schon damals reiste sie viel und entdeckte dabei Orte wie das große Tal, Phantásien, oder auch Hill Valley für sich. Sie bestritt wilde Abenteuer mit den Goonies. Erweiterte ihre Sichtweisen mit E. T., kämpfte an der Seite von Daniel LaRusso oder machte auch einfach mal mit Ferris blau. Mittlerweile kennt sie Orte wie Phoenix, Mystic Falls und Hogwarts auswendig und erlebt leidenschaftliche Ausflüge mit Charakteren wie Christian, Gideon und Massimo. Bücher erschaffen für sie die Möglichkeit, in andere Welten abzutauchen. Sich selbst zu finden oder auch darin zu verlieren. Lesen ist Leidenschaft. Ebenso wie ihre eigenen Geschichten!

Alles rund um sie und ihre Bücher findest du unter:

www.kcfabre.de

Inhaltswarnung!

Dieses Buch enthält Inhalte, die gegebenen-
falls triggern können.
Deshalb findet ihr auf der Seite 368 eine
ausführliche Triggerwarnung.

Achtung: Diese Triggerwarnung enthält
Spoiler für das gesamte Buch!

Bibliografische Information der Deutschen Nationalbibliothek:
Die Deutsche Nationalbibliothek verzeichnet diese
Publikation in der Deutschen Nationalbibliografie;
detaillierte bibliografische Daten sind im Internet über
dnb.dnb.de abrufbar.

Originalausgabe: April 2025
ISBN: 978-3-8192-7781-8

Dieser Titel ist als Taschenbuch (9783819277818),
Hardcover (9783769340464) und E-Book erschienen.

Bereits erschienen:
Band 1: enJoy me – Vom ersten Moment
Band 2: enJoy me – Gefangen im Nichts

Verlag: BoD · Books on Demand GmbH,
Überseering 33, 22297 Hamburg, bod@bod.de
Druck: Libri Plureos GmbH, Friedensallee 273,
22763 Hamburg

Was zuletzt geschah ...

enJoy me – Vom ersten Moment
52. Emily

Pünktlich ab sieben klingelten die Mädels nach und nach. Die Wohnung füllte sich rasch und die Stimmung war sofort aufgeheizt und euphorisch. Ich erzählte Kira die Kurzform des gestrigen Abends. Also das, was sich mit Tylor ereignete. Meine Aktivitäten danach behielt ich lieber für mich. Das Essen, das dank ihm übrigblieb, reichte perfekt für uns alle als kleine Snacks, und der Alkohol heizte die Stimmung weiter an. Wir tanzten und grölten durch die Wohnung. Meine Nachbarn waren bestimmt heilfroh, als wir endlich das Haus verließen. Die Stöckelschuhe auf dem Laminatboden waren sicher nicht die beste Idee, die wir je hatten. Aber wir hatten Spaß und das konnte ich gerade sehr gut gebrauchen. Um halb elf machten wir uns auf den Weg. Unterwegs sprachen uns bereits einige Typen an und versprachen, später im Joy vorbeizukommen, wenn wir einen Tanz für sie reservierten. Das konnte ja ein Spaß werden ... Am Joy angekommen, war die Schlange wie immer lang. Da an dem Abend neue Türsteher arbeiteten, holte Larry uns am Eingang ab, damit wir dennoch den Nebeneingang benutzen konnten. Es brachte auch etwas Gutes mit sich, wenn die beste Freundin mit dem Bruder des Chefs ausging. *Oder ich die Freundin des Chefs wäre* ... Das Joy platzte aus allen Nähten. Gefühlt war es deutlich voller als sonst. Darum standen wohl auch so viele Leute draußen. Der Einlass war scheinbar vorerst gestoppt worden. Larry führte uns direkt in die VIP-Area und versorgte uns mit Getränken. Ich war angespannt und schaute mich ständig um. Aber es brachte alles nichts, denn ich spürte Tylor, bevor ich ihn sah. Er musste hinter mir stehen. Ziemlich nah. Mein Herz setzte aus. Ich konnte kaum atmen. Diese Anziehung, die wir beide immer wieder spürten, war weiterhin vorhanden. Selbst wenn ich ihn nicht ansah. Sein Geruch drang in meine Nase und sorgte dafür, dass mir Tränen in die Augen schossen. Es würde noch schlimmer werden, als ich es mir vorgestellt hatte. Ich stellte mein Getränk ab und murmelte eine kurze Entschuldigung in die Runde. Dann machte ich mich auf den Weg zu den Damentoiletten, ohne ihn eines Blickes zu würdigen. Ich musste mich erst beruhigen, sonst würde der Abend in einer Katastrophe enden. Es war doch von vornherein alles klar gewesen. Keine Verpflichtungen zwischen uns ... Warum nur konnte sich mein Herz nicht an die Regeln halten? Nachdem ich mich wieder einigermaßen gefangen hatte, puderte ich noch mal nach, obwohl dies eigentlich nicht nötig war. Dann straffte ich meine Schultern, richtete bildlich gesehen meine Krone und verließ das WC. Er wollte mich nicht! Okay, dann verdiente er mich auch nicht. So einfach ... und gleichzeitig so schwer! Aber an diesem Abend würde ich eine Maske aufsetzten und auch nicht abnehmen. Sobald ich alleine war, konnte ich heulen wie ein Schlosshund. Doch vor ihm musste ich stark bleiben! Wieder bei den Mädels angekommen, stand Tylor weiterhin in der Runde. Er unterhielt sich mit Larry und zwei anderen Typen, die ich nicht kannte. Wie immer sah er perfekt aus. Das Outfit wahnsinnig verführerisch und sexy und sein Auftreten wirkte noch immer maximal anziehend auf mich. Ich nickte ihm höflich zur Begrüßung zu und lief an ihm vorbei.

»Wer zuletzt auf der Tanzfläche ist, gibt die nächste Runde!«, rief ich den Mädels zu und im gleichen Moment rannten wir alle lachend los. Es war im Prinzip total egal, wer die Letzte war. Bei uns zahlte eh immer eine andere und es glich sich dann über den Abend hinweg ungefähr wieder aus. Wir feierten und lachten überschwänglich und hatten richtig viel Spaß. Obwohl sich mittlerweile auch Larry und Co.

zu uns gesellten und mit tanzten. Ich ignorierte Tylor komplett und zeigte ebenfalls keinerlei Gefühlsregung auf das Flirten, was sich immer wieder um ihn herum entwickelte. Sollte er doch zur Hölle fahren mit seinen Schlampen, die sich so behandeln ließen! Später tauchten überraschend tatsächlich noch die Kerle auf, die wir am frühen Abend trafen. Larry machte ziemlich schnell klar, dass Kira nicht zu haben war. Er zog sie auf der Tanzfläche sehr gekonnt an sich und steckte ihr die Zunge in den Hals. Ein Knutschfleck wäre weniger auffällig gewesen als das. Ein Cliffort-Stempel den sie jetzt erst mal nicht mehr loswürde. Wir anderen tanzten wild vergnügt mit den Jungs. Sie verhielten sich sehr höflich und überhaupt nicht aufdringlich. Tylor und seine Kumpels entfernten sich jedoch nach ihrem Auftauchen ein Stück von uns. Mir war es recht. Ich bemerkte, dass Tylor mich immer wieder beobachtete. Keine Ahnung was das sollte, aber er konnte sich das echt sparen! Sporadisch sprach er mit einem seiner Freunde. Die beiden erschienen sehr vertraut. Er war nicht der klassische Typ Mann, der hier so verkehrte, daher fragte ich mich, woher die zwei sich kannten. Warum auch immer schien er Tylor gutzutun. Er wirkte gelöst und sah glücklich aus. Im Gegensatz zu mir! Er wirkte nahezu befreit. Seine Anwesenheit bewirkte augenscheinlich etwas in Tylor. Ich hoffte, dass er ihn irgendwann dazu bringen konnte, Liebe anzunehmen. Auch wenn der Zug für uns abgefahren war, so wusste ich dennoch, dass in ihm ein toller Mann steckte. Einer der Zuneigung dringend brauchte und auch entgegen seiner eigenen Meinung geben konnte. In Gedanken versunken, spürte ich im ersten Moment gar nicht, dass einer der fremden Typen mittlerweile hinter mir tanzte. Erst als er seine Hände rechts und links auf meine Hüften legte und mich an sich heranzog, kam ich zurück ins Hier und Jetzt. Ich trat einen Schritt vor, um mich seiner Nähe zu entziehen, und drehte mich abrupt zu ihm um. Er kassierte einen bösen Blick, der ihm eindeutig signalisierte, dass dieser Tanz an der Stelle vorbei war. Offensichtlich juckte es ihn nicht sonderlich, denn er drehte sich einfach um und tanzte die nächste Tussi an. Ich hingegen hatte für den Moment genug. Ich mochte dieses grenzüberschreitende Gehabe überhaupt nicht. Ich fragte mich immer wieder, was in den Köpfen von Leuten vorging, die einen ganz selbstverständlich so anfassten. In einer Art und Weiße, die schlichtweg drüber war. Ich stellte mich an die Bar und bestellte mir einen Wodka Energy. Nachdem ich beim letzten Mal so voll war, dass Tylor mich nach Hause bringen musste, hatte ich mir vorgenommen, zukünftig noch besser auf mich zu achten. Ich hatte die Hoffnung, nun einen Augenblick durchatmen zu können, doch dann spürte ich unerwartet Tylors Gegenwart.

»Darf ich dir kurz einen Freund von mir vorstellen?«, hörte ich seine Stimme hinter mir und die Schmetterlinge tanzten Tango. Langsam drehte ich mich um und setzte meine freundliche Maske wieder auf.

»Natürlich!«, grinste ich Tylor so höflich, wie es mir möglich war an. Dann hielt ich dem Typen meine Hand hin und stellte mich selbst vor.

»Emily! Freut mich deine Bekanntschaft zu machen ...«

»Patrick! Ich bin Ty's bester Freund. Ich freue mich, dich zu sehen. Ich habe schon viel von dir gehört!«, grinste er freundlich zurück. Er schien echt nett zu sein. Und damit regelrecht der Gegenpol zu Tylor, der oftmals zu reserviert und kühl wirkte.

»Ich wünschte, das könnte ich erwidern, aber ich höre zum ersten Mal deinen Namen. Was nun aber für die Zukunft auch nicht mehr weiter wichtig ist. Dennoch schön, dich mal kennengelernt zu haben, Patrick. Genieß deinen Abend!« Mit diesen Worten ließ ich die beiden stehen und ging davon.

enJoy me – Vom ersten Moment
53. Tylor

»Alter, die hat aber Pfeffer im Hintern!«, lachte Patrick und schlug mir dabei auf die Schulter. »Ich verstehe, warum sie dir den Kopf verdreht hat. Sie ist ... anders!«

»Ja, das ist sie. Aber sie kann, oder will sich, nun mal nicht damit abfinden, wie ich bin. Sie will mich ändern und ich bin nicht zu ändern! Ich habe versucht, ihr entgegenzukommen, aber es reicht nicht!«

»Ty, du weißt, dass ich dich verstehe! Besser als jede andere Person auf diesem verfickten Planeten. Aber ganz im Ernst ... Eine Frau wie sie will keine Fickbeziehung. Und die Frauen, die Fickbeziehungen wollen, sind nun mal keine wie sie. Das ist ein Kreislauf ... Billig ist willig! Und davon ist sie kilometerweit entfernt!« Ich wusste, dass er recht hatte, aber es existierte einfach keinerlei Lösung dafür. Ich trank einen weiteren Schluck aus meinem Glas und beobachtete, wie so ein schmieriger Typ langsam immer näher um sie herumtanzte. Er war noch ein gutes Stück von ihr entfernt, dennoch stand der Wichser kurz davor, sich einen

Schwinger von mir zu fangen. Patrick hielt mich gekonnt zurück.

»Du hast ihr gesagt, dass du sie nicht willst. Damit hast du dein Recht versagt, hier irgendwem die Leviten zu lesen.«

»Was schlägst du denn vor, Mister Beziehungsexperte?« Eine Mischung aus Frust und Wut ließ meine Frage ernster klingen, als ich es beabsichtigte.

»Du willst, dass sie deine Bedingungen akzeptiert. Wie alle davor auch schon ... Aber warum versuchst du es nicht mal mit dem umgekehrten Fall? Versuch, eine Beziehung zu führen, und schau, was passiert!« Ich lachte laut los. Verschluckte mich dabei fast an dem Drink, den ich gerade leeren wollte.

»Ja klar! Du solltest weniger saufen, Patrick! Ernsthaft!« Ich stellte mein Glas auf die Theke und bestellte demonstrativ zwei Wasser.

»Du bist echt ein Affe, Ty. Ohne Scheiß! Was spricht denn dagegen?« *Fragte er mich das allen Ernstes?*

»Das kann ich dir ganz genau sagen. Ich! Ich spreche dagegen. Der kaputte Freak, der in mir haust!« Damit beendete ich das Gespräch. Patrick wusste, dass er in dem Moment besser nicht mit mir weiterdiskutierte. Wir prügelten uns zwar schon lange nicht mehr, aber ausflippen hatten wir beide noch gut drauf. Stattdessen lenkte ich mich ab und schaute, was sich im Club so tat. Es war weiterhin sehr voll. Ich wusste nicht genau, wie spät es mittlerweile war, da meine Uhr zu Hause auf dem Nachttisch lag, neben der Aspirin von Rosalie. *Da lag sie gut ...* Aber es musste geschätzt so halb drei in der Nacht sein. Die Stimmung war gut und die Getränke flossen in Massen. Kira und Larry waren mal wieder verschwunden. Wahrscheinlich besorgten sie es sich gerade gegenseitig in irgendeiner dunklen Ecke. Emily tanzte noch immer mit ihren Mädels, doch ihre Laune war nicht mehr so gut wie zu Beginn des Abends. Der Typ, den ich vorhin bereits im Auge hatte, stand schon wieder bei ihr. Diesmal übertrieb er es scheinbar, denn sie zeigte ihm ziemlich energisch, dass sie kein Interesse hatte. *Braves Mädchen!* Ihre Mimik und Gestik sprachen eine eindeutige Sprache. Er tanzte ab und baggerte direkt die nächste Dame an, die ihn ebenfalls wegschickte. Er verließ die Tanzfläche und ich zeitgleich meinen Platz. Es war genug. Zeit zu gehen ... Innerhalb weniger Sekunden stand ich bei ihm und teilte ihm höflich mit, dass sein Abend an dieser Stelle endete. Er stammelte etwas von Arschloch und verpiss dich ... Tja, falsche Antwort! Eine weitere Sekunde später hielt der Typ seinen Arm auf dem Rücken verdreht und stolperte Richtung Türsteher. Dieser kümmerte sich um die Personalien von diesem Penner und zeigte ihm danach, wo sich unser Ausgang befand. So schnell würde der Pisser meinen Club nicht erneut betreten. Ich hasste es, derart siffige Kerle anzufassen, daher lief ich als Erstes rüber zu Ben an die Theke und wusch mir die Hände. Noch weniger mochte ich allerdings, dass solche Spinner irgendwelche Frauen belästigten. Und ich musste es mir leider auch eingestehen ... Wenn es sich um Emily handelte, sah ich rot. Als ich meine Hände abgetrocknet hatte und hinter der Bar hervor kam, stand wie aus dem Nichts Oasis vor mir. Die nervigste Journalistin unter der Sonne. Schon wieder!

»Welch unschöne Überraschung. Die rasende Reporterin Karla Kolumna, ach nee ... Oasis Mitchell. Gab es heute keine interessanten Berichte über Elefanten?«

»Witzig wie eh und je, Mr. Cliffort.«, setzte sie ein viel zu höfliches und erzwungenes Lächeln auf ihre Lippen. »Aber doch, ganz aktuell habe ich meine Story noch bekommen. Sie handelt von einem Elefanten, der seine Liebste im Sturm verteidigt. Einen Rivalen im Kampf besiegt und dann schnurstracks herauswirft ...«

»Sie haben zu viel Zeit und zu viel Fantasie!«, lachte ich kurz auf.

»Jeder hier hat es heute Abend gesehen! Sie können es nicht mehr abstreiten, Tylor.«

»Was genau soll das sein, was ich Ihrer Meinung nach nicht abstreiten kann?«

»Dass sie eine Partnerin haben. Und zwar diese eine. Ihre Art und Weise und Ihre Blicke für sie sagen alles aus, was ich brauche!« Sie deutete auf den Bereich hinter mir in Richtung Tanzfläche. Mir war klar, dass sie Emily meinte.

»Ich verrate Ihnen was, Oasis ... Ich habe keine Freundin. Und ich werde auch keine haben! Und jetzt hören sie mir genau zu, damit sie es auch verstehen und nicht wieder vergessen ... Ich ficke Frauen, ich liebe sie nicht. Eine ist wie die andere. Jede hat ihren Preis und ihren weichen Punkt. Man muss ihn nur finden und nutzen. Und wenn man sie einmal flachgelegt hat, reiht sie sich in eine Riege von vielen anderen ein. Wenn Sie wie immer zu viel Zeit haben, kommen Sie doch mal vorbei ... Dann zeige ich Ihnen genauer, was ich meine!« Ich feierte innerlich ihren erschrockenen und fast entsetzten Gesichtsausdruck und lachte in mich hinein.

»Tja, sorry Süße, aber scheint ganz so, als wenn du nur eine austauschbare Gummipuppe warst!«, sagte sie und schaute an mir vorbei ins Leere. Erst als ich ihrem Blick folgte, realisierte ich, dass sie mit ihrer Andeutung nicht die weit entfernte Tanzfläche meinte. Sondern Emily, die nicht mal einen halben

Meter hinter mir stand und jedes unserer Worte mithörte. Sie stand da, mit Tränen in den Augen, und krallte sich zitternd an ihrer Handtasche fest. Direkt dahinter sah ich Patrick. Er legte eine Hand in ihren Rücken, um sie halbwegs zu stützen. Sein Blick war bedauernd, was es für mich umso schlimmer machte.

»Schönen Abend noch, Mr. Cliffort!«, trällerte Oasis, während sie an mir vorbei stolzierte und ich weiterhin wie ein kleiner Junge Emily anstarrte und keine Worte fand. Ich meinte, dass alles doch nicht so, wie ich es sagte. Ich wollte einfach nur, dass diese beschissene Pressetante endlich abzog und nicht mehr in meinem Leben herumschnüffelte. Keinesfalls sollte Emily damit verletzt werden. Oder das Gefühl haben, dass alles mit ihr nur einem perfiden Plan entsprang. Als ob ich es darauf anlegte, ihren Schwachpunkt zu finden, um sie flachzulegen. Ich machte einen Schritt auf sie zu, blieb aber sofort wieder stehen, als sie zurückwich und ihre Hand vor sich hielt, um mich auf Abstand zu halten. Im nächsten Augenblick traten die Tränen über und liefen ihre Wangen hinab. Das war der Moment, in dem Emily sich umdrehte und wegrannte. Ohne ein Wort. Ohne einen weiteren Blick ... Sie verließ den Club. Und mich! Patrick kam zu mir und legte einen Arm um meine Schulter. Er wollte mich aufbauen, das war mir klar, doch es brachte überhaupt nichts. Er wusste natürlich, dass ich nichts von dem so meinte. Ja, ich vögelte gerne und auch viel, doch ich respektierte jede Einzelne dieser Frauen. Sie waren zwar für mich leicht zu haben, aber keinesfalls für jeden dahergelaufenen Schwanz. Ich wusste nicht, wie lange ich einfach dastand und Emily hinterherschaute. Ich erlebte alles nur wie betäubt! Was war passiert? Das konnte doch nicht wahr sein ... Was bezweckte diese verfluchte Reporterin damit, mein Leben zu zerstören? Ich schämte mich und fühlte mich beschissen. Aber sicher war das nichts im Vergleich dazu, wie Emily unter alldem litt. Ich erinnerte mich genau daran, als mir das erste Mal das Herz gebrochen wurde. Ich war regelrecht zerstört ... so sehr, dass ich mir stundenlang die Augen ausheulte. Leider brach Lisa mir nicht nur einmal mein Herz, sondern trampelte immer und immer wieder darauf herum, bis ich es ausschaltete und niemanden mehr an mich heranließ. Rosalie, die damals schon im Kinderheim arbeitete, brachte mir am Abend heimlich eine heiße Milch mit Honig. Sie sagte immer, dass es nichts gab, was dieser Zaubertrank nicht besser machen konnte. Zu der Zeit nahm ich ihre Aussage noch so hin. Das änderte sich erst, als ich damals nach dem hundertsten Vorfall mit Lisa für immer meinen Gefühlen abschwor. Danach sah sogar Rosalie ein, dass mich ihre Milch nicht mehr retten konnte. Seit diesem Tag versuchte sie, den kleinen, unbeschwerten Jungen in mir wiederzufinden. Doch der ist damals gebrochen und für immer verschwunden. Und das badete nun Emily aus!

»Ty, bist du noch da, Alter?« Erst jetzt bemerkte ich, dass Patrick den Club mit mir verlassen hatte und auf mich einredete. In meinen Gedanken versunken, blendete ich alles um mich herum aus. Kein einziges Wort hätte ich wiedergeben können.

»Ja, sorry, ich war nicht ganz bei der Sache!«

»Das habe ich gemerkt. Fährst du jetzt?«

»Wohin?« Ich schaute mich fragend um und sah, dass Finley mit dem Wagen paratstand.

»Tylor, du weißt, ich hab dich lieb, Bro. Aber gleich haue ich dir höchstpersönlich ein paar vor die Fresse. Scheinbar hast du das mal wieder dringend nötig, damit deine Birne wieder funktioniert! Steig in deinen verfickten Wagen und hol dir dein Mädchen zurück, verdammt!«

»Vergiss es! Selbst wenn ich das wollen würde, wäre es zu spät ... Spätestens seit gerade hatte ich es definitiv vermasselt.« Ich schüttelte den Kopf und lief zurück zum Joy.

»Du wirst diesmal keine Entschuldigung im Versagen anderer finden, Ty. Wenn du irgendwann an diese Situation zurückdenkst, wird der Einzige, dem du die Schuld geben kannst, du selbst sein.« Ich blieb stehen. Ja, er hatte recht. Und ich wusste auch, dass er es nicht böse meinte. Aber diese Worte ungeschönt vor den Latz geknallt zu bekommen, tat weh. Ich drehte mich um und suchte demütig seinen Blick.

»Was willst du mir damit sagen Patrick?«

»Genau das was ich sage! Du warst heute ein Arschloch Tylor! Deine Worte waren hart und zudem gelogen. Ich kenne dich zu gut, als das ich auch nur ein einziges Wort davon geglaubt hätte. Aber Emily kennt dich nicht so wie ich und sie glaubt, was sie gehört hat. Wenn du nicht zu ihr gehst um die Sache zu erklären, dann wird die Chance vorbei sein, bevor sie überhaupt angefangen hat. Und noch schlimmer ... Sie wird dich hassen!«

»Als wenn sie das hören will, Alter! Am Ende ist es wie immer ... alles hat seine Zeit und zum Schluss wird man enttäuscht oder verletzt oder sogar beides. Sie kommt drüber hinweg!«

»So wie du über Lisa?« Mir klappte die Kinnlade herunter. »Denkst du ich hätte es gerade nicht in deinem Gesicht gesehen, wo du mit deinen Gedanken warst. Ja verdammt, du hast viel verloren. Deine Eltern, deine Kindheit, dein Leben ... und auch deinen Glauben an die Liebe und die Hoffnung dass du Liebe erleben darfst. Aber das alles ist in deinem Kopf! Nur du alleine bestimmst, wie dein Leben aussieht. Tylor, ich will nur das Beste für dich! Und ich glaube, dass Emily ein Teil davon sein kann. Sie hat dich genommen trotz immer wiederkehrender Schwierigkeiten und obwohl du ständig in deine Abwehrhaltung zurück eierst. Was spricht dagegen, ihr ein Stück weit den Ty zu zeigen, den ich kenne? Sie ist nicht Lisa!«

enJoy me – Vom ersten Moment
54. Emily

Ich fühlte mich wie in einem schlechten Holly-
wood-Streifen! Ich nahm mir so fest vor, mein
Herz nicht erneut zu verlieren. Liam zertram-
pelte es so schmerzhaft, dass ich davon ausging, es nie mehr wiederzufinden. Und dann
tauchte aus heiterem Himmel Tylor auf und
setzte es Stück für Stück wieder zusammen.
Sorgte dafür, dass ich mich sexy und begeh-
renswert fühlte. Dass ich von Neuem am
Leben teilnahm und glücklich war. Okay, nicht
immer ... Es war auch schwierig zwischen uns.
Aber dennoch verband uns etwas Besonderes,
was ich bisher niemals in der Form erlebte.
Dachte ich zumindest! Denn nun stellte sich
heraus, dass er das alles so geplant hatte. Er
suchte systematisch nach einer Schwachstelle,
um diesen Punkt dann gegen jemanden auszu-
spielen und die Frauen dadurch ins Bett zu
bekommen. Und wenn er erreichte, was er
wollte, war sie fortan uninteressant. Allein
wenn ich mir das noch mal durch den Kopf
gehen ließ, erkannte ich ihn nicht im Geringsten in diesen Worten. Das sollte er sein? Der

große Mr. Cliffort? Ich schloss meine Haustüre auf und ging hinein. Die Ruhe in der Wohnung spiegelte nicht annähernd wider, was in meinem Inneren ablief. Ich konnte seinen Gesichtsausdruck nicht vergessen. Der Moment, als ihm bewusst wurde, dass ich alles mitanhörte. Doch was sagte dieser Blick aus? Meine Gedanken kreisten immer wieder um dieses Chaos herum. Ich überlegte hin und her, was ich davon halten sollte. Er sah wirklich geschockt aus. Aber lag es daran, dass sein Spiel aufflog? Dass ich endlich wusste, dass alles, was er mir in den letzten Wochen sagte, nichts als Lügen waren? Oder meinte er das doch alles nicht so und hatte nun Angst, mich zu verlieren? Wobei ... eigentlich verloren wir uns ja schon, als er zuletzt meine Wohnung verließ. Mir dröhnte der Schädel. Ich konnte nicht mehr klar denken. Und diese beschissenen Tränen wollten einfach nicht versiegen. Der Taxifahrer schaute mich während der Fahrt immer wieder an, sagte aber nichts. Als ich ausstieg, versicherte ich ihm trotzdem, dass es mir gut ginge. Wenigstens er sollte sich nicht seinen Kopf zerbrechen. Geistesabwesend zog ich mich um. Schlüpfte in meinen Schlafanzug und schminkte mich ab. Seine Worte fraßen sich fest und verschwanden nicht mehr aus meiner Erinnerung. Immer und immer wieder spielte ich den Ablauf von vorne ab. Wie eine

Dauerschleife. Ich erinnerte mich auch daran, dass irgendwann sein Freund Patrick hinter mir auftauchte, der ebenfalls diesen grässlichen Worten lauschen musste. Am liebsten hätte ich diesen hier, um ihn zu fragen, ob ich mich ernsthaft derart in Tylor täuschte. Doch eine ehrliche Antwort konnte ich bei ihm wohl kaum erwarten. Meine Wohnung war mollig warm, aber dennoch fror ich am ganzen Leib. Ich schlurfte rüber in die Küche und machte mir einen Tee. Danach kuschelte ich mich mit meiner Tasse unter die Decke auf der Couch und heulte weiter. Vollkommen unerwartet klingelte es plötzlich an der Türe. Es war fast fünf Uhr morgens. Nun bekam ich Panik. Rodriguez stand nicht mehr unten und ich hatte keine Ahnung, wer um diese Zeit etwas von mir wollen könnte. Vielleicht Kira, weil Tylor ihr erzählte, was vorgefallen war? Vorsichtig lief ich rüber zum Fenster, als es auch schon ein weiteres Mal klingelte. Ich erschrak so sehr, dass ich befürchtete, mein Herz bliebe stehen. Zumindest das, was davon übrig war. Als ich unauffällig hinausblickte, sah ich Finleys Wagen. Er lehnte lässig an seiner Türe und hielt den Daumen nach oben, als er mich bemerkte. Wohl, um mir zu signalisieren, dass es okay war, wenn ich öffnete. Erleichterung machte sich breit, aber zeitgleich ebenfalls extreme Anspannung. Es gab nur eine Option,

wer vor meiner Türe stand. Tylor! Ich wusste
nicht, ob ich ihn so schnell schon wiedersehen
wollte. Geschweige denn, ob ich auch nur eine
Minute mit ihm ertrug, ohne zusammenzubre-
chen. Aber ihn unten stehenzulassen, war
natürlich keine Lösung. Also lief ich hinüber
und drückte den Knopf, um die Türe zu
öffnen. Dann lehnte ich für ihn die Wohnungstür an, lief zurück, nahm meine Decke und
kuschelte mich wieder darunter. Ich wollte
nicht vorne warten und ihn begrüßen müssen.
Eigentlich wollte ich ja nicht mal, dass er hier
war. Was bildete er sich überhaupt ein? Es war
so früh am Morgen. Er konnte doch nicht
erwarten, dass ich hier rumsaß und darauf
wartete, mir weitere Lügen von ihm anhören
zu dürfen! Ich spürte, wie Wut in mir aufstieg.
Ob ich wütend auf ihn oder auf mich war,
konnte ich nicht genau ausmachen. Doch
zumindest gaben mir diese aufkochenden
Emotionen eine unumstößliche Kraft, nicht
direkt in Tränen auszubrechen, sobald ich ihn
ansah. Es dauerte einen Moment, aber dann
glitt langsam die Wohnungstüre auf und Tylor
stand im Türrahmen. Er sah geschafft aus und
mein Instinkt hätte ihn am liebsten in den Arm
genommen und ihm gesagt, dass alles gut
werden würde. Er wirkte unsicher und ich
glaubte, auch einige ungeweinte Tränen in
seinem Inneren zu entdecken. Ich blickte in

meine leere Tasse, die ich dennoch in den Händen hielt, um mich irgendwo dran festzuhalten.

»Darf ich reinkommen? Bitte!« Ich nickte nur flüchtig und sah aus dem Augenwinkel, wie er daraufhin hereinkam und die Türe hinter sich schloss. Er kam nicht zu mir, wie ich es gedacht hätte, sondern blieb dort stehen und sah zu mir herüber. Er zögerte und das machte mich nur noch wütender.

»Was willst du, Tylor? Du hast unmissverständlich gesagt, was zu sagen war!«

»Das solltest du nicht hören!«

»Oh ja, das glaube ich gerne!«, konterte ich eine Spur zu unbeherrscht. Meine Tasse stellte ich nun lieber auf dem Tisch ab, bevor ich sie quer durch den Raum katapultierte.

»Ich habe dir gesagt, dass ich das alles nicht kann!«

»Du hast mir gesagt, dass du nicht ehrlich sein kannst? Dass du nur ein Arschloch bist, das die Schwächen einer Frau ausnutzt, um an ihr Loch zu kommen, um sie dann abzuservieren? Das hast du mir gesagt, Tylor?« Ich hörte mich selbst schreien und im gleichen Moment tat er mir leid. Er stand einfach da, mit gesenktem Blick und den Händen in den Hosentaschen. Wie ein kleiner zerbrochener Junge. Dennoch musste ich an mich denken. Ich war so dermaßen enttäuscht und verletzt und fühlte mich benutzt und vor allem beschmutzt.

»Ich verstehe, dass du sauer bist. Und du hast auch jedes Recht dazu.«, sagte er sanft. »Ich wollte aber klarstellen, dass diese Worte nicht wahr sind. Die Reporterin bedrängt mich seit geraumer Zeit, weil sie auf eine Schlagzeile aus ist. Sie wollte veröffentlichen, dass ich nun in festen Händen sei. Ich dachte, wenn ich so unhöflich wie nur möglich bin und sie sich in meiner Gegenwart unwohl fühlt, dann würde sie mir zukünftig aus dem Weg gehen und die Sache auf sich beruhen lassen.«

»Natürlich!« Ich lachte laut auf. »Es ist dir also lieber, dass diese Frau denkt, du seist ein Megaarschloch und dass du dich wild durch die Betten der Welt vögelst, als dass du zugibst, dass eine Frau in deinem Leben ist, die dich liebt? Du willst mich doch verarschen, oder?«

»Denk, was du willst! Mir war nur wichtig, dass du weißt, dass es nicht der Wahrheit entsprach. Alles Weitere liegt bei dir!« Das Gespräch schien für ihn beendet zu sein, denn er drehte sich zur Türe um, um zu gehen.

enJoy me – Vom ersten Moment
55. Tylor

»Schön, dass du dann jetzt offensichtlich alles gesagt hast, was du loswerden wolltest. Dann hoffe ich mal, du hast nicht zu viel Zeit an mich verschwendet! Ich glaube dir kein Wort, Tylor! Du beweist ja gerade, dass dein Interesse an mir rein körperlicher Natur war.« Ich blieb stehen und ließ sie aussprechen. Das war ich ihr zumindest schuldig. »Aber ich mache dir dafür keinen Vorwurf. Du hast mir ja gesagt, dass nichts aus uns werden würde. Mehr als einmal ... Ich war nur einfach zu blöd! So blöd, dass ich nicht verhindern konnte, dass ich anders fühlte. Ich bin selbst schuld!« Ich nahm die Hand von der Türklinke und drehte mich zu ihr um.

»Was?«, war das Einzige, was ich herausbrachte.

»Was, was?«

»Was konntest du nicht verhindern?« Sie sah auf ihre Hände und würdigte mich weiterhin keines Blickes.

»Dass ich etwas in dir gesehen habe, was nicht da zu sein scheint! Und dass ich mich in diese Version verliebte!« Mir blieb das Herz stehen. Das durfte einfach nicht sein!

»Vielleicht gibt es die Person nicht, die du gerne in mir gesehen hättest.«

»Ja, vielleicht ... Vielleicht hast du aber auch einfach nur im Laufe der Zeit gelernt, sie sehr gut zu verstecken. Aber Tatsache ist, dass du lieber ein verficktes Arschloch bist, als zuzulassen, dass eine Frau dir näherkommen könnte. Und das zeigt mir, dass du recht hattest ... Eine Zukunft kann es zwischen uns niemals geben.«

»Sagte ich ja von vornherein. Ich bin dafür nicht geschaffen.«

»Nein, Tylor! Du belügst dich selbst. Das hat nichts damit zu tun, dass du es nicht kannst, sondern lediglich damit, dass du es nicht willst. Das ist das, was du aus deinem Leben gemacht hast.«

»Ja, vielleicht hast du recht. Das, was ich erlebt habe, hat mich zu dem gemacht, der ich bin. Ein kaputter Freak! Der Nähe nicht erträgt und Gefühle weder annehmen noch erwidern kann. Aber bitte glaube mir, dass ich dich wirklich mochte. Meine Worte im Joy galten in keiner Weise für dich.« Emily schaute mich noch immer nicht an, doch ihre Miene wurde sichtbar sanfter, daher offenbarte ich ihr alles, was mir in den Sinn kam. So wie es mir Patrick geraten hatte.

»Mir ist klar, dass ich eine Frau wie dich nicht verdiene. Ich bin schlicht und einfach nicht gut genug. Wahrscheinlich kann ich einfach nie gut genug sein, weil ich mich selbst nicht als das ansehe, was andere in mir sehen.« Das erste Mal, seit ich die Wohnung betrat, sah sie mich an. Ihr Blick war so durchdringend, dass ich meinen nun abwenden musste. Meine Worte entsprachen der Wahrheit. Sie offenbarten, was ich fühlte und wie ich über mich selbst dachte. Dennoch waren sie mir unangenehm, da ich Schwächen niemals zuließ. Sie stand auf und kam zu mir herüber. Emily so nah bei mir zu haben ... sie aber nicht berühren zu dürfen, brachte mich um den Verstand. Ich wusste nicht, wann ich zuletzt das Bedürfnis hatte, einfach nur in den Arm genommen zu werden, aber in dem Moment wollte ich exakt das. Sie stand genau vor mir. Nur wenige Zentimeter entfernt. Und doch so weit weg wie nie zuvor!

»Tylor! Sieh mich an!«, sagte sie dominant. Ich blickte sie an und versank in ihren Augen. War sie schon immer so hübsch? »Sieh mich an und hör mir genau zu, denn es ist wichtig, dass du meine Worte verinnerlichst! Du bist der Einzige, der mich jemals dazu bringen konnte, mich von dir abzuwenden. Ich weiß nicht, was du in deiner Vergangenheit erlebt hast und warum du so kühl und abweisend geworden bist, aber ich sehe dich! Nicht den Mann in der Öffentlichkeit, den du vorgibst zu sein, sondern dich! Und ich mochte dich genauso. Du allein bist schuld, dass es kein WIR geben wird! Und das nicht, weil du bist, wie du bist. Sondern weil du es nicht versuchst und dich stattdessen lieber versteckst!« Sie gab mir einen Kuss auf die Wange und wandte sich von mir ab. Sie ging! Wie so viele vor ihr! Sie drehte mir den Rücken zu und entfernte sich von mir. In dieser Sekunde überschlug sich alles auf einmal. Ich spürte mein Herz rasen. Tränen und Wut stiegen in mir auf und die Worte schossen aus mir heraus, bevor ich denken konnte.

»Du gehst ... wie alle! Nicht ich bin schuld! Sondern ihr! Alles immer nur haltlose Versprechungen. Am Ende ist es doch so, dass meine Angst vor Nähe nur daraus resultiert, dass alle, die versprechen zu bleiben, doch irgendwann gehen!« Ich spürte, wie eine verfickte Träne über meine Wange lief. Ich wischte sie weg. Ich war nicht schwach! »Vorhin im Club warst du doch heiß begehrt. Warum solltest du dann mich wollen? Es gibt ja genug Auswahl, nicht wahr!« Bleib stark, Tylor! Gib den Ton an!

»Das denkst du also von mir? Dass ich nehme, was kommt?«

»Bei Liam hast du zumindest nicht sehr viel Verstand bewiesen! Dass du dir einen Typen

ins Haus holst, der sich nimmt, was er will ...
Oder stehst du darauf? Vielleicht bin ich deswegen nicht der Richtige. Ich bin nicht asozial genug!« Ihr traten erneut Tränen in die Augen, aber diesmal war es mir scheißegal. Dann heulten wir halt beide ... Sie verließ mich sowieso. Alles war wie immer! Ich stand an dem gleichen Punkt, wieder und wieder. Alle gingen! Egal, was ich tat. Sollte sie doch heulen ... Mir egal!

»Glaube mir, Tylor. Du bist Assi genug!« Mit diesen Worten drehte sie sich erneut um und lief weiter. Mit ein paar großen Schritten holte ich sie ein und hielt ihren Arm fest. Ich stellte mich genau vor sie, sodass sie mit dem Rücken fast die Wand berührte. Sie sollte mich gefälligst ansehen, wenn ich mit ihr redete!

»Ich war zu keiner Zeit scheiße zu dir! Habe dich immer mit Respekt behandelt. Aber du hast offensichtlich keine Ahnung, wer ich bin!« Ich hörte meine Worte wie durch Watte. Die Stimmung war zum Zerreißen gespannt und ihre Haltung wirkte hochgradig überheblich. Fast schon herablassend.

»Liam hat es wenigstens erst am Ende verbockt. Du hast es von Anfang an nicht hinbekommen! Doch mein Herz habt ihr so oder so beide gefickt!« Mit ihrer Aussage brachte sie meine Wut zum Überschäumen. Mich mit diesem Hundesohn zu vergleichen, traf einen

Punkt, der mich sowohl innerlich als auch äußerlich ausflippen ließ. Ich schlug mit voller Wucht gegen die beschissene Wand hinter ihr. Emily berührte ich dabei nicht, aber die Intensität meiner Wut ließ sie zusammenschrecken. Ich sah die Angst in ihren Augen und mir wurde sofort klar, dass ich zu weit ging. Auf keinen Fall sollte sie sich vor mir fürchten! Ich war so ein verdammter Idiot. Wie aus einer Trance erwacht, war ich schlagartig wieder bei Sinnen. Ich griff mit meiner Hand nach ihrem Gesicht. Ich wollte sie beruhigen, aber sie wich verängstigt vor mir zurück. Was hatte ich nur getan? Das war das Letzte, was ich wollte! Ich trat augenblicklich ein paar Schritte von ihr weg, um ihr ausreichend Freiraum zu verschaffen. Just in dem Moment sank sie in sich zusammen. Sie hockte da – auf dem Boden –, umschlang mit den Armen ihre Beine und weinte. Sie zitterte am ganzen Körper. Sie hatte Angst! Angst vor mir! Ich konnte nichts weiter sagen, was es besser machen würde. Und auch nichts mehr tun, da meine Berührungen sie zurückschrecken ließen. Und ich konnte auch nichts mehr fühlen, denn ich spürte, dass ich die Frau, die ich liebte, nun endgültig verlor. Mir blieb nur zu gehen, und das tat ich. Erneut!

enJoy me – Vom ersten Moment
56. Emily

Ich fühlte mich wie gelähmt. Die Angst, die sich aufstaute, ließ mir kaum noch Platz zum Atmen. Ich konnte nichts mehr sagen. Alle Worte erstickten in meiner Kehle. Mein Körper verweigerte mir den Dienst. Ich wusste, dass Tylor mir niemals etwas tun würde. Mein Verstand sagte mir dies deutlich. Aber alles in mir verhinderte, zu denken ... zu fühlen ... zu verstehen! Ich war wie blockiert! Pure Panik steckte in meinen Knochen und hielt mich fest wie in einer Schraubzwinge. Ich hatte keine Ahnung, wie lange ich da hockte und weinte. Tylor war gegangen. Schon längst. Irgendwann sank ich aus der Hocke komplett auf den Boden herab. Meine Tränen rannen unentwegt weiter aus meinen Augenlidern. Ich zitterte am ganzen Körper. Meine Glieder waren mittlerweile so steif und verkrampft, dass sie wehtaten. Ich sah den Schock in Tylors Augen, aber ich konnte nicht reagieren. Nicht mal sprechen. Die Erlebnisse mit Liam hatten mich geprägt. Und das offensichtlich mehr als ich dachte. In diesem Augenblick verstand ich, was es hieß, vor Angst gelähmt zu sein. Ich konnte nichts tun, außer Rotz und Wasser zu heulen. So schaute ich ihm nur hinterher, als er langsam zur Türe hinausging und diese hinter sich ins Schloss fallen ließ. Draußen war es bereits hell. Die Vögel zwitscherten glücklich ihre Lieder und ich saß noch immer da. An der Wand. Auf dem Boden. Wo Tylor mich zurückgelassen hatte. Mir war kalt und alles an mir fühlte sich an, als wenn ich mich niemals mehr bewegen könnte. Meine Tränen waren lange vertrocknet. Die Gedanken leer. Ich saß einfach da und starrte vor mich hin. Es schellte an der Türe, aber ich wollte niemanden sehen. Sicher informierte Tylor diesmal Kira, damit ich nicht alleine war. Aber auch sie wollte ich nicht sehen. Ich brauchte Ruhe. Einsam zu sein, war vielleicht gar nicht so blöd, wie ich immer dachte. Doch es schellte wieder und wieder, also musste ich wohl oder übel diese doofe Türe öffnen. Kira gab keine Ruhe, wenn sie sich was in den Kopf gesetzt hatte. Das wusste ich besser als jeder andere. Ich drückte den Türöffner, wartete einen Moment und öffnete dann die Wohnungstür, damit sie hereinkommen konnte, ohne sie einzutreten. Das hätte mir noch gefehlt. Doch im nächsten Augenblick brach meine Welt vollkommen unerwartet komplett zusammen ...

»Hallo, meine Hübsche! Hast du mich vermisst?«, hörte ich Liam sagen, bevor er mich brutal in die Wohnung stieß und die Türe von innen schloss!

enJoy me

Gefangen im Nichts

Prolog

Enttäuschungen und Lügen prägen uns. Manche Ereignisse brechen uns. Lassen uns »defekt« zurück. Und dann kommt die Angst dazu, denn jede Angst beginnt im Kopf. Sie spielt uns vor, etwas nicht zu können, weil es ja schon mal so war. Oder etwas nicht zu wollen, obwohl wir uns danach sehnen. Und auch das Gefühl, nicht »genug« zu sein, schleicht sich wieder und wieder ein. Es gibt Menschen, die genau das ausnutzen. Es gegen uns ausspielen. Sich daran ergötzen, uns fallen zu sehen. STOP! Es reicht! Wir sind nicht nur »genug«, sondern genau richtig! Manchmal fehlt der Mut, einen Schritt zu gehen. Manchmal fehlt die Kraft, sich selbst zu sehen. Und manchmal fehlt einfach nur die Möglichkeit, all das zu erkennen! Tankt neue Kraft, seid mutig, und euch werden alle Möglichkeiten geboten, die ihr braucht. Greift nach ihnen, nutzt sie und lasst euch von Rückschritten nicht entmutigen! Ohne all das gäbe es keine Geschichte über Tylor & Emily! Geht raus und schreibt eure eigene Geschichte ... aber erst, wenn ihr zu Ende gelesen habt! ❤

1. Emily

Mit dröhnendem Schädel erwachte ich aus einem Dämmerschlaf. Wo war ich? Was war passiert? Einzelne Erinnerungsfetzen schlichen sich zurück in meinen Verstand. Nur kurze Bruchstücke, doch dann sah ich ein zu vertrautes Gesicht. Ich erinnerte mich. Liam! Er tauchte urplötzlich bei mir auf, nachdem Tylor verschwand. Der Gedanke an den letzten Abend mit Tylor versetzte mir einen schmerzvollen Stich ins Herz. Welcher sich sogleich in einen stechenden Schmerz an der Schläfe ausbreitete, als ich versuchte, mich aufzusetzen. Beim Griff an den Kopf spürte ich unter meinen Fingern eine verkrustete Stelle. Da sie zudem extrem schmerzte, vermutete ich, dass es sich dabei um getrocknetes Blut handelte. Ich konnte mich nicht richtig entsinnen, was passiert war. Ich erinnerte mich aber daran, dass Liam mich von der Eingangstüre in die Wohnung schubste und ich daraufhin fiel. Doch dann verschwamm alles zu einem undurchdringlichen Wirrwarr. Der Raum, in dem ich mich befand, war fast komplett dunkel. Lediglich ein klitzekleiner Schlitz Sonnenlicht presste sich durch das zugenagelte

Fenster. Demnach war es vermutlich mitten am Tag. Trotz meiner Schmerzen versuchte ich aufzustehen, brauchte aber einige Anläufe, um die Kraft aufzubringen, mich komplett aufrichten zu können. Ich taumelte hinüber zum Fenster und schlug, so fest wie möglich gegen das Holz. Meine Stimme war belegt und heiser, doch ich schrie, so laut ich konnte, um Hilfe. Ich hoffte, dass dieses Fenster zu einer Straße hinausführte und mich mit etwas Glück jemand hörte. Sekunden später schleuderte die Tür auf, die ich in der Dunkelheit vorher gar nicht wahrnahm. Liam riss an mir und katapultierte mich an die gegenüberliegende Wand. Dann beugte er sich außer sich vor Wut über mich und schrie.

»Dich wird keiner hören! Du bist bei mir und da bleibst du auch! Du bist MEIN!« Tränen traten in meine Augen, aber zugleich kochte Wut in mir auf. Die Tür stand noch immer offen und die Mischung aus Wut und Angst pflanzte einen Funken Hoffnung in mich hinein. Vielleicht konnte ich es schaffen, ihn kurzfristig außer Gefecht zu setzen und durch die offenstehende Tür zu verschwinden. Ein Versuch war es wert! Ich schlug mit voller Kraft in sein Gemächt und nutzte die Sekunden seines Schmerzes aus, um mich aufzurichten und wegzulaufen. Leider kalkulierte ich bei der Überlegung nicht ein, dass ich selbst verletzt war und meine eigenen Schmerzen mich langsamer machten. Liam packte im letzten Moment zu und ergriff meinen Knöchel, was dazu führte, dass ich hart auf den Betonboden klatschte und nicht weiterkam. Ich sah zu ihm zurück. Überlegte, wie ich seine Hand von mir lösen könnte. Doch der Zorn, den ich in seinen Augen sah, ließ mich erstarren. Liam war schon oft sauer oder gar richtig wütend, aber dieser Blick war anders. Selbst als er mich damals in unseren Wohnzimmertisch schleuderte, sah er nicht annähernd so aggressiv aus. In dem Augenblick spürte ich Todesangst und rührte mich keinen Millimeter mehr. Er stand auf und riss mich an den Haaren zu sich hinauf. Er sagte nichts. Sein Gesicht nur einen Hauch von meinem entfernt, starrte er mich stumm an. Ich zitterte am ganzen Körper und betete, dass er endlich von mir abließ. Die Situation zog sich gefühlt endlos in die Länge. Sein Griff in meinen Haaren unerbittlich. Er schnaufte heftig, während ich das Atmen fast gänzlich einstellte. Dann endlich ließ er los. Ich eilte in eine Ecke, die möglichst viel Distanz zwischen uns brachte, und kauerte mich auf den Boden. Meine Arme umschlangen die Beine und ich hoffte, dass mir dies irgendeinen lächerlichen Schutz bieten würde. Liam starrte noch kurz auf mich hinab, verließ dann aber diese Folterkammer. Ich hörte, wie er die Tür von außen abschloss. Für den Moment schien die Gefahr gebannt zu sein. Der Schock über seine Brutalität saß tief. Ich sah ihn nie zuvor so stinksauer. Ich war nicht sicher, ob ich jemals wieder so viel Mut finden würde, mich ihm entgegenzustellen. Zu groß war meine Panik, dass er im Wiederholungsfall nicht mehr den Raum verließ. Mir blieb nur zu hoffen, dass Kira nach mir suchte. Natürlich tat sie das! Nur wann? Vielleicht würde sie Larry erzählen, dass ich nicht auffindbar war. Der würde es sicherlich Tylor mitteilen, und wenn dieser auch nur einen Hauch von Anstand besaß, schickte er Finley und Rodriguez los, um mich zu suchen. Die beiden waren Profis, daher setzte ich mein ganzes Vertrauen darauf, dass sie cleverer waren als Liam und mich aus dieser Hölle herausholten. Aktuell blieb mir nur die Hoffnung. Und meine Angst. Ich konnte selbst nichts weiter tun, um mich aus dieser Situation zu befreien. Ich war gefangen. Gefangen im Nichts!

2. Tylor

Stunden vergingen, während ich Idiot armselig dasaß. Allein in meinem Haus und starrte hinaus aufs Meer. Die Wellen schlugen immer wieder hart gegen die Klippen und der Strand zeigte sich überall mit weißen Rückständen des heftigen Seegangs bedeckt. Der Ozean wirkte aufgewühlt. Im Gegensatz zu mir. Ich war still. Ich spürte nichts! Und ich wollte auch nichts spüren! Mein Handy klingelte immer wieder, aber ich nahm nicht ab. Ich schaute nicht mal nach, wer anrief. Es interessierte mich nicht. Emily fürchtete sich vor mir, sie würde es demnach sicher nicht sein. Ich hatte es ja weit gebracht. Jetzt brach ich nicht nur Herzen, sondern auch noch ihre Persönlichkeiten. Wie konnte es jemals passieren, dass eine Frau Angst vor mir bekam? Mein Kopf sank hinab in meine Handflächen. Ungläubig, dass dies der Realität entsprach. Ich verabscheute und verurteilte Gewalt gegenüber Frauen aufs Schärfste. Und ausgerechnet vor mir empfand nun eine davon Angst. Und dann nicht irgendeine Frau, sondern Emily. Diejenige, die es schaffte, dass ich wieder fühlte. Begehrte. Und mich verliebte. Ich Trottel brachte es nur schlichtweg nicht zustande, ihr das zu sagen. Geschweige denn mich auf sie einzulassen. Stattdessen stieß ich sie immer wieder von mir weg und flippe dann aus, wenn sie dem einen Riegel vorschob! *Ganz großes Kino, Tylor!* Ich fragte mich, was sie wohl machte, während ich hier untätig rumsaß. Wahrscheinlich beruhigte sie sich schon wieder und fand in Kira jemanden, mit dem sie sich austauschen und meinetwegen auch Flüche hinter mir her schicken konnte. Hauptsache, ihr ging es wieder besser. Ich nahm mein Handy und überflog die verpassten Anrufe und Nachrichten. Zwei waren von Larry, die er bereits in der Nacht sendete, weil er mich im Joy suchte. Der komplette Rest war von Patrick. Nichts von Emily, wie zu erwarten. Sie hatte ja recht. Wir sollten uns gegenseitig vergessen. Alles andere machte keinen Sinn. Eine Entschuldigung war ich ihr bei Gelegenheit noch schuldig, aber ansonsten gab ich ihr allen Freiraum, den sie brauchte und der ihr zustand. Es änderte sich nichts an meiner Einstellung. Ich wollte keine feste Bindung. Ja, natürlich hatte ich mich in Emily verliebt. Das gestand ich mir mittlerweile ein. Aber es blieb dabei, dass ich diese Gefühle nicht zulassen würde. Und nach unserem letzten Aufeinandertreffen wollte sie mich eh nicht mehr. Mein Leben musste weitergehen und ich hatte nicht vor, etwas an der Art und Weise zu verändern, wie ich es lebte. Selbst sexuell verspürte ich aktuell kein Verlangen nach einer anderen Frau. Was durchaus eine Seltenheit darstellte. Das, was ich brauchte, war meine Ruhe. Einfach mal hier rauskommen. Ich wollte allein sein und all dem entfliehen. Ich wählte Patricks Nummer und hoffte, dass ich ihn überzeugen konnte, mir einige Tage Obhut zu gewähren. Und das, ohne Gespräche darüber führen zu müssen, was ich richtigerweise tun sollte oder so einen Scheiß. Ich musste aus dem ganzen Chaos erstmal raus. Das alles fand ich nur bei ihm. Als er endlich abnahm, wusste ich, dass die Sache schon halb geregelt war.

3. Emily

Als ich das nächste Mal zu mir kam, umgab mich vollkommene Dunkelheit. Es roch nach altem Keller. Modrig und erdig. Man spürte regelrecht die Feuchtigkeit, die sich jahrzehntelang in die Wände fraß und mittlerweile ein Kratzen in meinem Hals verursachte. Ich hatte keine Ahnung, wie lange ich schon hier festsaß. Waren es erst Stunden oder sogar Tage? Liam brachte mir zwischendurch immer wieder etwas zu essen und Wasser. Beides vertilgte ich im Nu. Ich machte mir keine Sorgen darüber, dass er mir irgendetwas geben würde, was mir schadete. In seiner verdrehten Welt tat er das alles nur, weil er mich liebte und nicht verlieren wollte. Er benötigte Hilfe, so viel stand fest. Doch im Moment brauchte ich erstmal eine helfende Hand. Und ehrlich gesagt war mir vollkommen egal, was aus ihm wurde. Mir tat alles weh. Ich musste zur Toilette und mein Magen knurrte auch schon wieder. Ich schleppte mich hinüber zur Tür und klopfte vorsichtig dagegen. Fast augenblicklich hörte ich Schritte und den Schlüssel in der Tür drehen. Ich wich zurück, um ihm nicht zu nah zu sein, doch Liam hatte sich wieder beruhigt. Man sah es ihm deutlich an. Ich versuchte, ruhig und bedacht zu bleiben, um ihm keinen weiteren Grund zu geben, mich zu verletzen oder sofort wieder allein zu lassen.

»Ich muss mal zur Toilette, Liam. Ich kann wirklich nicht mehr einhalten.« Ich sah, wie es in seinem Kopf arbeitete und betete, dass er mir die Scham ersparte, in diesen Raum zu pinkeln.

»Wenn du versuchst abzuhauen oder schreist, wirst du demnächst in dein Zimmer machen. Verstehst du mich, Emily?« Ich nickte ihm zaghaft zu. Ich wusste, dass er es ernst meinte, und würde nichts tun, um meine Sicherheit nochmal zu gefährden. Er trat einen Schritt zur Seite und signalisierte mir, an ihm vorzugehen. Automatisch machte sich wieder der Fluchttrieb bemerkbar, doch ich musste cleverer sein und Ruhe bewahren. Ich begutachtete alles um uns herum ganz genau. Suchte nach einem Schlupfloch, das ich für mich nutzen konnte. Nicht jetzt, aber wenn die Zeit gekommen war. Mein Kabuff lag direkt neben einem spärlich eingerichteten Raum, in dem Liam sich aufzuhalten schien. Das Zimmer war simpel möbliert. Ein Bett, eine kleine Kochecke mit Kühlschrank und das war es. In der Ecke standen noch ein Fernseher und ein Monitor. Auf Letzterem erkannte ich erschrocken den Raum, wo er mich festhielt.

Aktuell war er natürlich leer, da ich draußen bei ihm stand. Aber durch das einfallende Licht der offenstehenden Türe erkannte ich erstmals, dass es faktisch nicht mehr als ein kahler Raum war. Drinnen lagen lediglich eine verdreckte Decke, damit ich nicht ständig fror, sowie die leeren Essensbehälter und Plastikflaschen. Wut flammte in mir auf. Er konnte es sich schönreden, wie er wollte. So ging man mit niemandem um, den man angeblich liebte. Schnell wand ich mich ab, bevor ich ihm genau das an den Kopf warf und erneut Disziplin dafür ernten würde. Er lief weiter und ich folgte ihm zu der gegenüberliegenden Türe, die zum Badezimmer führte. Abschließen durfte ich nicht, aber zumindest ließ er mich alleine. Immerhin etwas!

4. Tylor

»Alter, dein Handy schellt schon wieder! Wie wäre es mal mit rangehen?«

»Ich bin nicht mal achtundvierzig Stunden hier. Denkst du ernsthaft, dass ich mich in meinem Alter noch abmelden muss? Es wird schon nicht so wichtig sein!«

»Mag sein, aber es nervt. Also geh ran. Sag wo du bist und gut ist!« Ich nahm mein Telefon, stellte es auf lautlos und warf es zurück auf den Tisch. Ich hatte keine Lust, mir anzuhören, wie sehr ich es verbockte und das Kira mich verfluchte. Und schon gar nicht wollte ich Infos darüber, dass Emily mich hasste oder sonst irgendeinen Scheiß. Die Zeit mit Patrick tat mir gut. Nicht, dass ich sein Aufmuntern verdiente, aber dennoch empfand ich Dankbarkeit. Ich wusste darüber hinaus vorher schon, dass ich immer auf ihn bauen konnte. Und auch, dass er mich nahm, wie ich war, und nicht verurteilte. Aber in dem Moment konnte ich den Beweis gut gebrauchen. Natürlich erhielt ich dennoch eine Standpauke und er hatte mit jedem Wort recht. Als das Thema dann aber durch war, hakten wir es ab. Wir gingen miteinander um wie immer. Als wenn all das nicht erst kürzlich geschehen wäre. Nur mein verficktes Inneres verfluchte mich jede Sekunde, für das Arschloch, das ich war. Jeden Tag verbrachten wir stundenlang am Strand. Die Wellen waren genial und die Sonne strahlte alle dunklen Gedanken einfach weg. Zumindest so lange, bis wieder Ruhe einkehrte.

»Heute Abend gehen wir feiern!«

»Ach Ty, ob das eine gute Idee ist? Ich bin mir da echt nicht so sicher ...!«

»Bro, komm schon. Lass uns Spaß haben. Es gibt hier sicher einige heiße Schnecken, die auf uns warten!«

»Und da bestätigt sich meine Vermutung! Keine gute Idee!«

»Okay, wenn du jetzt dein Zölibat ablegen möchtest, bitte! Ich ficke heute Nacht! Und wenn ich Glück habe mehrfach!« Ich zog meine Augenbrauen hoch und stand provokativ auf, um mich fertigzumachen.

»Schon gut, schon gut! Dich alleine rauszulassen ist eine noch schlechtere Idee! Ich komm lieber mit!« *Wusste ich es doch!* Ich klopfte ihm auf die Schulter und lief ins Bad.

»Da fällt mir noch was ein. Eine Bedingung! Du rufst Larry zurück. Ansonsten gehen wir nirgendwo hin!«

»Versprochen! Aber erst morgen. Ich habe keinen Bock, mir den Abend vorher noch versauen zu lassen. Und den beschissenen Vibe, der mich in dem Telefonat unweigerlich erwartet, dann mit in den Club zunehmen. Deal?« Patrick wusste, dass ich recht hatte. Genau so würde das Gespräch mit Larry und Kira ablaufen und dann war meine Eskalation absolut vorprogrammiert. Zudem wusste er, dass er sich auf mein Wort verlassen konnte, daher gab es nichts weiter zu sagen. Eine Nacht konnte mein kleiner Bruder wohl noch abwarten, bevor er mir seine Predigt hielt. Patrick und ich machten uns erstmal bereit für eine geile Partynacht!

5. Emily

Die Beleuchtung in dem kleinen, engen Bad erinnerte mich an eine verrottete Bahnhofstoilette im letzten Kaff, wo seit Jahren niemand mehr einen Fuß reinsetzte. Das unregelmäßige Flackern des Lichts ließ eine Gänsehaut auf meinem Körper zurück. Es gab kein Fenster. Offensichtlich war das auch der Grund, warum Liam mich unbeaufsichtigt dort drin alleine ließ. Der Raum war supereng und verlief in einer geraden Linie. Eine dreckige Dusche. Eine Toilette und ein Waschbecken. Das war es. Alles in erbärmlichem Zustand. Wo waren wir hier bloß? Über dem Waschtisch hing ein Spiegel. Kein Wandspiegel, sondern so ein kleiner, den man in der Hand halten konnte. Mein Dad nutzte sowas früher zum Rasieren, wenn er in der Badewanne saß. Der hier war sicher uralt und wurde einfach nur an einen verrosteten Nagel gehängt. Unter dem Motto »Besser als nichts«. Er verschaffte mir dadurch aber zumindest die Möglichkeit, einen Blick in mein Gesicht zu werfen. Was sich definitiv nicht als meine beste Idee herausstellte. Diesen Anblick hätte ich mir lieber erspart. Meine Stirn war blutverschmiert. Wahrscheinlich aus der

Wunde an meiner Schläfe. Die, die ich bereits in meiner Zelle mit der Hand erspürte. Kruste bedeckte die Stelle, doch ich sah noch deutlich das Ausmaß. Es waren keine offenen Wunden mehr vorhanden. Alles schien vorerst getrocknet. Meine Nase wirkte geschwollen, genauso wie das linke Auge. Ich konnte mich an keine Schläge erinnern, aber durchaus an Schmerzen. Durch seine aggressive Art und das Geschubse, das er dauerhaft anwendete, ließen sich diese Verletzungen zumindest erklären. Zimperlich ging er nicht gerade mit mir um. Ich blickte an mir herab und widerte mich selbst an. Ich trug noch immer den Schlafanzug, den ich anhatte, als ich Tylor an jenem Abend die Türe öffnete. Doch er war kaum wiederzuerkennen. Der ursprünglich weiß gemusterte, flauschige Stoff erstrahlte nun in allen Farben. Ich konnte nicht sagen, ob der Dreck aus dieser Hölle oder mein eigenes Blut mehr darauf verteilt waren. Alles in allem bot mein Anblick einen entsetzlichen Haufen Elend. Armselig und alleine. Und das nur, weil ich als Teenagerin den falschen Jungen an meiner Seite wählte. Mittlerweile war ich reifer und erwachsener, aber in Sachen Männer hatte ich scheinbar nicht viel dazugelernt. Diese Erkenntnis musste ich mir wohl bei meiner Wahl von Tylor eingestehen. Natürlich verglich ich ihn nicht mit Liam. Da lagen Welten zwischen. Im Gegensatz zu Liam war Tylor nicht krankhaft gestört. Zumindest nicht in diese Richtung. Er hatte ein gutes Herz und er war heiß, aber leider endete es genau mit diesen Attributen. Zumindest wenn man das Offensichtliche betrachtete.

»Bist du jetzt endlich fertig?« Liams Geschrei riss mich aus meinen Gedanken. Offenbar neigte sich seine Geduld dem Ende zu. Also beschloss ich, mich auf die Schnelle zu waschen und dann wieder meinem Schicksal zu ergeben. Doch dabei wurde mir ein Strich durch die Rechnung gemacht. Der Wasserhahn schien defekt zu sein. Jedenfalls kam kein Wasser heraus. Vielleicht gab es in diesem Bunker auch einfach kein Wasser. Also musste ich wohl oder übel so bleiben, wie ich war. Zumindest sah ich dadurch so aus, wie ich mich fühlte. Wie ein Haufen Dreck. Nicht, dass mich irgendwer so sehen könnte!

6. Tylor

Die Musik hallte schon vor dem Club lautstark zu uns herüber. Ich war noch nie dort, aber der erste Eindruck war nicht schlecht. Ich hatte keine Ahnung, was mich erwartete, also ließ ich mich überraschen. Ich war in Patricks Revier und somit der Fremde. Keiner kannte mich. Ich war ein No-Name und das war gut so. Ich genoss es, einfach mal nur Ty zu sein und nicht Mr. Cliffort. Natürlich fiel ich deswegen durchgehend auf wie ein bunter Hund, aber das war mir egal. Wir fielen eh immer und überall auf. Wir passten halt in das Beuteraster der oberflächlichen Damenwelt. Jung, attraktiv, wohlhabend und heiß! Patrick klatschte auf dem Weg nach drinnen einige Hände ab und stellte mich hier und da flüchtig vor. Er wusste, dass ich auf Menschen gerne verzichtete und null Wert auf Kontakte legte, daher gab er sich damit nicht mehr Mühe als nötig. Es dauerte nicht lange, bis die ersten Girls sich zu uns gesellten. Bei dieser Art von Gesellschaft war ich logischerweise wieder voll im Rennen. Ich sah aus dem Augenwinkel, dass Patrick mich beobachtete und mein Verhalten nicht gut hieß. Er wollte nicht, dass ich meine gerade erst entdeckten Gefühle für Emily unterdrückte. Aber das war mein Problem, nicht seines. Nach einer Stunde hatten wir eine kleine Schar Ladys um uns herum angesammelt. Eine heißer und williger als die andere. Ich hätte Wetten darauf abgeschlossen, dass wir beide jede von ihnen flachlegen könnten. Sogar gleichzeitig! Und diese Wette würde ich niemals verlieren! Der Gedanke amüsierte mich, denn tatsächlich teilten Patrick und ich uns in all den Jahren noch nie eine Frau. Irgendwann war immer das erste Mal, sagte man doch so schön.

»Pat, was ist ... Dreier? Such dir eine aus die wir vernaschen!«, fiel ich mit der Tür ins Haus.

»Alter, lass den Alk aus der Birne. Ich teile mir mit dir keine Frau!«

»Ach komm. Hast du Angst, dass ich der Bessere im Bett bin?«, forderte ich ihn mit einem Augenzwinkern heraus. Ich sah, dass er einen Moment überlegte, ob er doch einwilligte, aber mir war schon vor meiner Frage klar, dass dies nicht geschehen würde.

»Vergiss es! Fick, wen du willst, Tylor. Deine Gefühle wirst du dadurch dennoch nicht zum Schweigen bringen. Aber nur zu ... versuchs!«

»Wenn du meinst. Das werden wir ja sehen!« Ich konnte den ganzen Scheiß nicht mehr hören. Und ich wollte es auch nicht!

Aber vor allem wollte ich nichts mehr fühlen! Ich schnappte mir die nächstbeste Blondine, die in meiner Nähe stand, und steckte ihr unangekündigt die Zunge in den Hals. Sie wirkte erst etwas perplex, erwiderte den Kuss nichtsdestotrotz umgehend. Sie schmeckte nach billigem Gin und Kippen. Ekelhaft! Aber egal, meinen Schwanz würde ihr Geschmack nicht weiter stören. Ich beendete das Antasten und zog sie hinter mir her Richtung Toiletten-anlage. Die sollten genügen für den Moment. Alles an ihr signalisierte, dass sie sich in diesem siffigen Ambiente nicht unwohl fühlte. Hätte mich auch gewundert. Dies war sicher nicht ihr erster Ausflug für diesen Anlass. Sie schob mich in die Toilettenkabine und kniete auf der Stelle vor mir nieder. Perfekt, ich musste ihr also gar nicht erst sagen, dass ich sie nicht fickte, sondern sie erledigte automa-tisch den Part, den ich für sie im Sinn hatte. Ich öffnete meine Hose. Zog sie ein kleines Stück herunter und entblößte meinen Schwanz. Sie leckte gierig über ihre Lippen und genoss freu-dig, was sie erblickte. Und das, obwohl ich nicht mal sonderlich hart war. Aber für den Anfang reichte es und den Rest musste sie sich halt verdienen. Sie kniete auf dem Boden und sah mich eindringlich an, bevor sie meinen Schwanz in ihre Hände nahm. Wahrscheinlich fand sie das besonders erotisch, doch ihr Blick ließ mich kalt. Sie erregte mich nicht im Geringsten. Wären es andere Hände und andere Lippen, dann würde dieser Anblick mich innerlich zerreißen, aber so ... Nichts! Ich schloss die Augen und konzentrierte mich darauf, einen Ständer zu bekommen. Sie wichste meine erbärmliche Erektion voller Hingabe. Lutschte an mir. Saugte mich tief ein. Sie stöhnte leise vor sich hin. Vermutlich besorgte sie es sich währenddessen selbst. Ich konnte nicht hinsehen. Wenn ich sie auch nur einen Moment angeschaut hätte, wäre meine hart erkämpfte Männlichkeit innerhalb einer Sekunde wie vom Winde verweht gewesen. Ich konnte das nicht, verdammte Scheiße! Nicht mal dazu war ich noch in der Lage! Die Situation war aussichtslos. Niemals konnte sie mich so heiß machen, dass ich für sie kam. Ein Orgasmus schien endlos weit entfernt. Irgendwann würde das hier sehr unangenehm werden. Für sie und für mich. Ich zog sie zu mir hoch und drehte sie direkt um. Ich wollte sie nicht ansehen. Ich musste das hier einfach nur auf dem schnellsten Weg beenden. Und so spürte sie nicht, ob ich kam oder nicht.

»Willst du, dass ich dich ficke?«, versicherte ich mich wie gewohnt, schob jedoch bereits das Gummi über meinen halb erregten Schaft. Die Antwort war mir ohnehin klar.

»Ja, na...!« Ich ließ sie gar nicht erst aussprechen. Das Ja war raus, das war alles, was ich
wissen musste. Wenn sie weiter sprach, würde
aus der halben Erregung ganz schnell eine
Nullnummer. Ihre Stimme. Ihr Körper. Ihre
Art. Alles signalisierte mir, dass ich hier verdammten Mist baute. Aber jetzt hatte ich mir
das eingebrockt. Also musste ich da ordentlich
raus kommen. Ich wollte ihr auf keinen Fall
das Gefühl geben, dass es an ihr lag. Ich war
der verfickte Freak von uns beiden! Nicht mal
mehr zu dem in der Lage, was ich perfekt
beherrschte. Ficken!

7. Emily

Als ich das Badezimmer verließ und zurück zu Liam schlurfte, entdeckte ich auf dem Tisch vor der Couch etwas zu essen. Wahrscheinlich hatte er es liefern lassen, denn alles war in einzelnen kleinen Verpackungen verstaut, so wie vom Lieferdienst. Er strahlte mich an, als wenn dies ein heiteres Pärchenessen werden würde. Ich wollte stattdessen einfach nur kotzen.

»Wo sind wir hier, Liam?«, tastete ich mich vorsichtig voran.

»Dich wird keiner finden!«, konterte er mit dunkler Miene.

»Nein, das meinte ich nicht. Ich dachte nur, vielleicht können wir uns irgendwo aufhalten, wo es etwas ... ähm, heimischer ist.« Ein Versuch war es wert. Auch wenn nur eine kleine Chance bestand, aus diesem Keller herauszukommen, so musste ich sie nutzen. Ich sah, dass er über meine Worte nachdachte. Er wägte ab, ob er es riskieren konnte, irgendwo mit mir hinzugehen, wo wir uns anständig aufhalten konnten, anstatt in diesem Loch zu hausen.

»Das ist nur ein Trick. Damit ich dich hier rauslasse und bei der nächsten Gelegenheit rennst du zurück zu diesem Schönling! Das kommt nicht in Frage! Du gehörst mir!« Er sagte diese Worte ganz ruhig und sachlich, aber man merkte, dass es keine Alternative für ihn gab. Ich gehörte ihm. Niemand durfte mich jemals besitzen. Außer er! Ich spürte, wie Tränen in meine Augen stiegen, und entschied mich kurzerhand, diese für mich zu nutzen. Ich lief auf ihn zu und warf mich in seine Arme.

»Natürlich gehöre ich nur dir, Liam. Das war schon immer so und so wird es auch immer sein!« Ich schluchzte vor mich hin und weinte in seinen Hoodie. Seine Arme umschlangen meinen Körper und hielten mich fest. Seine Berührungen ekelten mich an, obwohl sie sich zeitgleich vertraut anfühlten.

»Nicht weinen, Em. Wenn du mir versprichst, dass du dich benimmst, darfst du mit mir hier raus. Aber nur wenn du es auch so meinst!«

»Natürlich meine ich es so!« Ich löste mich ein Stück von ihm und sah ihn beschwörend an.

»Du kennst mich so gut. Sieh mich an und entscheide, ob du mir vertrauen kannst, Liam.« Er musterte mich eine gefühlte Ewigkeit und ich strengte mich an, eine glaubhafte Mimik aufzusetzen. Seine Unsicherheit war nahezu greifbar, doch dann packte er das Essen wieder ein und führte mich einen kärglichen Gang entlang. Ich wusste nicht, wo wir waren, also folgte ich ihm durch die Dunkelheit. Schließlich stiegen wir eine schmale Treppe hinauf und standen direkt danach in einer kleinen, ordentlichen Wohnung. Es roch nach Orchideen und Lavendel. So wie in unserem früheren, gemeinsamen Zuhause. Seitdem Liam mich in meiner Wohnung überfallen hatte, löste der Geruch bei mir nur noch pure Angst aus. Nicht der Duft, sondern das, was ich damit verband. Und die aktuelle Situation würde nicht dazu beitragen, dass ich es zukünftig wieder mehr mögen würde. Ich schaute mich um und fühlte mich an irgendwas erinnert. Ich konnte jedoch nicht greifen, was es war. Doch mir kam es so vor, als wenn ich schon mal da gewesen wäre. Aber irgendwie auch wieder nicht. Ich lief durch die Zimmer und Liam folgte mir auf Schritt und Tritt. Er vertraute mir, blieb trotz alledem vorsichtig. Die komplette Einrichtung glich unserer alten Wohnung. Selbst die Deko war nahezu vollständig die gleiche. Wie lange hatte er all das schon geplant? Wahrscheinlich verspürte ich dadurch das Gefühl, meine Umgebung zu kennen. Gänsehaut breitete sich auf meinem kompletten Körper aus. Das alles war surreal! Krank! Gestört! Ich hatte Angst!

Im Wohnzimmer angekommen, warf ich erstmals einen Blick aus dem Fenster. In dem Moment wurde mir klar, warum ich all das hier kannte. Mich traf der Schlag. Auf Anhieb sah ich alles vor mir, wie ich es in Erinnerung hatte. Es waren nicht die Möbel oder die Deko, die Liam im Laufe der Zeit herschaffte. Es war der Ort. Dieses Haus. Dies war das Nachbarhaus meiner Eltern. Dort verbrachte ich unzählige Stunden, um meine Hausaufgaben zu erledigen, wenn meine Eltern arbeiteten. Das Loch, in dem Liam mich festhielt, grenzte an ihren Keller. Es war damals ein großer Raum, in dem unsere Fahrräder standen. Als das Nachbarhaus vor einigen Jahren an eine andere Familie verkauft wurde, musste der Raum aufgeteilt werden. Liam wusste das alles. Er half meinem Vater damals selbst dabei, die Mauer aufzubauen und dadurch zwei Kellerräume zu errichten. Und ausgerechnet dort hielt er mich gefangen. Direkt neben meinen Eltern. Meine Mutter und mein Dad nur wenige Meter entfernt.

»Du bist total krank!«, schrie ich ihn an. Ich schlug auf seine Brust ein. Trommelte darauf herum und brüllte unentwegt auf ihn ein. Er antwortete mir nicht, sondern brachte mich mit einem harten Schlag ins Gesicht zum Schweigen.

8. Tylor

Ich streifte im Eilverfahren ein Kondom über und nahm sie von hinten. Mit geschlossenen Augen fickte ich sie, so hart ich konnte, um nicht an Emilys Gesicht zu denken. Ich spürte regelrecht ihren Blick auf mir, als wenn sie hier stand und uns zusah. Zum Glück genoss meine Spielgefährtin diese Prozedur, denn etwas anderes konnte ich ihr nicht anbieten. Und das, war nur ein Funke dessen, was ich tatsächlich zu leisten imstande war. Ich packte ihren Nacken und trieb mich in sie hinein, ohne darüber nachzudenken. Sie kam und ich genoss keine Sekunde davon. Sobald sie fertig war, zog ich mich aus ihr zurück und entfernte das Gummi, bevor sie sehen konnte, dass ich ihren Orgasmus nicht teilte. Ich warf es kurzerhand in die Toilette und zog ab. Am liebsten hätte ich meine Würde mit hinabgespült, denn in dem Augenblick war davon nicht mehr viel übrig. Zügig liefen wir zurück zu den anderen und ich bestellte mir einen doppelten Whiskey. Patrick musterte mich skeptisch. Er sah mir folgerichtig an, dass etwas nicht nach Plan lief, aber ich hegte keinerlei Verlangen, mit ihm über den beschissensten Fick meines Lebens zu quatschen!

»Glotz nicht so blöd, sondern trink was mit mir, Alter!«

»Mache ich ja, aber ist alles klar?«

»Sicher, ging mir nie besser!« Wir stießen an und kippten beide in einem Zug unseren Drink hinunter. Zeitgleich bemerkte ich, wie erneut mein Handy in der Hosentasche vibrierte. *Verdammt nochmal! Wie schwer konnte es sein, mal ein paar Tage für sich zu sein?* Meine Laune war eh im Arsch, also beschloss ich, diesem Theater ein Ende zu setzen.

»Verdammt Larry, was ist los? Warum rufst du mich hundertmal am Tag an? Ich lebe noch, wie du hörst. Ich bin doch kein verfluchtes Kleinkind mehr!«

»Jetzt halt mal die Luft an, Tylor! Es dreht sich nicht immer alles um dich. Warum verfickt nochmal kannst du nicht an dein Handy gehen, wenn ich anrufe? Denkst du, ich würde dir hinterherlaufen, wenn es nicht wichtig wäre? Wenn du kein Kleinkind bist, dann benimm dich auch nicht so!« Okay, das war neu. Larry und ich zofften uns durchaus mal, aber dass er mir so eine Ansage machte, sah ihm nicht ähnlich.

»Was ist denn so wichtig, dass du mir so penetrant auf den Sack gehen musst?«

»Tylor, ohne Scheiß, wenn du jetzt hier wärst, würde ich dir eine reinhauen. Du bist beschissene drei Tage vom Erdboden verschluckt und zeitgleich verschwindet auch Emily. Als wenn nicht eine vermisste Person ausreichen würde! Ist sie bei dir?« Ich hielt in der Tat den Atem an. Auch wenn Larry das sicher nicht so wortwörtlich meinte. Was sagte er da? Emily war verschwunden? Meine Gedanken überschlugen sich. Ich suchte nach Antworten, die ich dennoch nicht fand. Ich vergaß komplett, dass Larry noch am Telefon war, und realisierte auch kaum, dass Patrick mir zwischenzeitlich das Handy aus der Hand nahm und das Gespräch fortsetzte.

»Wir müssen los, Ty. Komm!« Ich folgte Patrick wie ferngesteuert, obwohl ich nicht wusste, wohin. Und auch nicht, was die beiden letztendlich besprochen hatten.

»Was ist los? Wo ist Emily?«, erkundigte ich mich so rational wie möglich.

»Das weiß keiner. Seit der Nacht, als du sie in ihrer Wohnung zurückgelassen hast, hat sie keiner mehr gesehen!«

»Ich schwöre, ich habe ihr nichts getan, Patrick. Ich habe damit nichts zu tun!« Ich blieb wie vom Blitz getroffen stehen. Hatte sie sich etwa selbst verletzt? Oder gar noch Schlimmeres? Wegen mir? Dachten alle, dass ich ihr was angetan hatte?

»Hey!«, holte Patrick mich in die Realität zurück. »Keiner denkt, dass du ihr etwas getan hast. Sie hatten zwei Theorien und eine haben sie soeben ausgeschlossen!«

»Welche zwei Theorien? Dass Emily bei mir ist und was noch?«

»Liam.« Ich Idiot! Klar war er die zweite Möglichkeit. Keiner von uns wusste, wo er sich aufhielt, seit er von unserem Radar verschwunden war. Und Emily hatte zusätzlich den Personenschutz abgesetzt. *Verdammt nochmal!* Wie konnte ich so blöd sein, einfach abzuhauen, ohne an ihre Sicherheit zu denken? Das war alles meine beschissene Schuld. Dass es überhaupt so weit kam! Dass ich sie alleine ließ! Und dass sie nun in Schwierigkeiten steckte! Wenn Liam ihr nur ein Haar krümmte, würde ich ihn eigenhändig umbringen! Und das war nicht nur eine leere Drohung, sondern ein Versprechen! Wir stiegen in den Wagen und fuhren zu Larry. Ich war heilfroh, dass wir bisher kaum etwas getrunken hatten, das ersparte uns Zeit. Auf dem Weg telefonierte ich mit Finley und ließ mich über alles informieren, was die Gruppe in meiner Abwesenheit zusammentragen konnte. Letzten Endes war Emily nach meinem Verschwinden nicht mehr gesehen worden. Kira war bei ihr an der Wohnung. Nachdem sie einen ganzen Tag lang nichts von Emily hörte und sie auch die Türe nie öffnete, haben Larry und sie sich selbst Zutritt zur Wohnung verschafft. Drinnen sah es etwas durcheinander aus, aber nicht dramatisch. Was dagegen ins Auge fiel, war ein größerer Blutfleck auf dem Boden im Flur. Ich war hundertprozentig sicher, dass nichts davon so war, als ich ging. Die Wohnung war aufgeräumt und Blut gab es natürlich auch keines. Liam war die einzige plausible Erklärung. Dieser Wichser! Ich würde sie finden. Und ihn!

9. Emily

Ich kniete auf dem Boden. Blut quoll durch meine Finger. Der körperliche Schmerz, den er mir zufügte, war nichts im Vergleich zu dem, was er mit meiner Seele anstellte. War ich denn noch nicht gebrochen genug? Ich richtete mich wieder auf. Stellte mich so selbstsicher, wie ich konnte, vor ihm und hielt seinem Blick stand. Wir sagten beide nichts, denn wir verstanden uns auch, ohne zu sprechen. Er würde mich niemals loslassen und ich mich niemals mehr an ihn binden. Diese Zwickmühle ließ nur einen logischen Schluss zu. Zwang! Er nahm sich, was er wollte. So wie er es schon immer tat. Und ich würde irgendwann schweigen, weil er meinen Widerstand brach. Doch noch war es nicht so weit! Vielleicht hatte ich Glück und Kira würde mich doch finden. Oder meine Eltern. Oder Tylor. Ich musste versuchen, durchzuhalten! Und gleichzeitig Liam nicht unnötig provozieren, damit er mich nicht wieder in den Keller brachte. Nach einer halben Ewigkeit ging ich auf ihn zu, nahm ihm die Tüten aus der Hand und setzte mich damit auf das Sofa. Ich packte alles wieder aus und begann zu essen. Ich fragte nicht, ob er ebenfalls etwas wollte. Doch er kam kurz danach zu mir herüber, setzte sich mit ausreichend Abstand hin, stellte den Fernseher an und begann wortlos das Essen in sich hinein-zuschaufeln. Mir war egal, was er tat. Solange er mich in Ruhe ließ. Ich erwischte mich bei dem Gedanken, was passieren würde, wenn er Verlangen nach mehr bekam. Wenn er Sex wollte. Mir kam fast die Mahlzeit noch einmal hoch. Ich konnte nicht mit ihm intim werden! Und ich wollte es auch nicht! Auf keinen Fall! Nie wieder! Doch, würde er mich einfach nehmen? Mich zwingen, mit ihm zu schlafen? Ich verdrängte den Gedanken in die hinterste Ecke und brachte meinen Kopf zum Schwei-gen. Bitte, holt mich rechtzeitig hier raus!

10. Tylor

Zurück zuhause packte ich auf die Schnelle die wichtigsten Sachen ein und schmiss sie ins Auto. Patrick, Larry und Kira waren ebenfalls unterwegs und suchten alles ab. Finley und Rodriguez ermittelten in sämtliche Richtungen, aber bisher ohne großen Erfolg. Liam war nach seinem Gefängnisaufenthalt abgetaucht. Er verließ das Land und tauchte nie mehr auf. Seine Spur verlor sich an den Grenzen. Doch das war offensichtlich nur die halbe Wahrheit, denn er hatte sich Emily geholt. In einem Moment, in dem sie auf sich allein gestellt war. Niemand wusste, wie es ihr ging oder ob sie überhaupt noch lebte. Eine Welt ohne sie konnte ich mir nicht vorstellen. Dass ich sie nicht haben konnte, war eine Sache. Aber dass sie nicht mehr existieren sollte, war undenkbar! Wir alle hielten ununterbrochen Kontakt, damit sich jeder von uns immer auf dem aktuellsten Stand befand. Zusätzlich gab der Gruppenanruf uns das Gefühl, dass keiner von uns alleine mit der Scheiße zurechtkommen musste. Zum ersten Mal seit langem war selbst ich froh, nicht ohne fremde Hilfe zu sein.

»Ich hab ihn gefunden!«, schrie Finley aus heiterem Himmel in den Hörer. Mein Herz setzte einen Moment aus. Den anderen erging es vermutlich ähnlich, denn niemand sagte ein Wort.

»Bist du sicher, Finley? Wir dürfen uns nicht irren!«

»Zweihundertprozentig sicher! Der Idiot hat Essen beim Lieferdienst bestellt und dabei sowohl seinen Namen als auch seine Adresse angegeben. Und zur Krönung mit Kreditkarte bezahlt. Es besteht kein Zweifel. Er muss es sein!«

»Wo ist er? Und viel wichtiger, wo ist sie?«

»Die Lieferadresse lautet: Hillman Road 246. Name Escher.«

»Was? Bist du dir da wirklich ganz sicher, Finley?«, hörte ich Kira verwirrt fragen. »Emilys Eltern wohnen auf der Hillman Road. Allerdings auf der Nummer 244!«

»Ja, darüber bin ich auch gestolpert, aber ich bin sicher. Liam ist in diesem Haus. Ob Emily dort ist, weiß ich nicht. Aber das bestellte Essen reicht definitiv für zwei Personen.«

»Okay, ich fahr hin!«

»Tylor, nein, warte!«, hörte ich Patrick noch rufen, bevor ich das Telefonat beendete und aufs Gaspedal trat. Todsicher würde ich mir nicht vorschreiben lassen, dass ich Emily auch nur eine Sekunde länger ihrem Schicksal überließ. Zumal es meine Schuld war. Ich beschleunigte und schlängelte mich durch den dichten Verkehr, bis ich endlich an der besagten Adresse ankam. Den Wagen stellte ich in sicherer Entfernung ab und beobachtete, was ums Haus herum geschah. Drinnen schien alles ruhig. Nichts deutete darauf hin, dass sich jemand dort aufhielt. Ich stieg aus und lief unauffällig umher. Auf der Rückseite stand ein Fenster halb offen. Ich begutachtete diskret, welche Möglichkeit uns dieses bot. In dem Moment sah ich sie. Emily. Sie lief am Fenster vorbei. Sie lebte! Aber sie sah schlecht aus, und das war noch nett ausgedrückt. Ich konnte meine Wut kaum zügeln. Am liebsten wäre ich direkt ins Haus gestürmt und hätte den Bastard umgelegt. Liam blieb garantiert bei ihr. Er war scheißdämlich. Aber nicht so dämlich, sie allein zu lassen. Ihm war klar, dass sie versuchen würde zu fliehen. Wahrscheinlich tat sie das bereits und sah deswegen so grauenvoll aus. Ich lief zurück zur Straße und suchte nach weiteren Optionen. Es gab keine! Das Fenster hintenraus lag direkt über einem riesigen Dornenbusch. Da kamen wir weder rein noch sie raus. Alles andere war verschlossen oder nicht erreichbar. Uns blieb nur die Haustüre. Ich hatte keine Wahl!

11. Emily

Meine einzige Chance bestand darin, ihn in Sicherheit zu wiegen. Ihm das Gefühl zu geben, an seiner Seite zu sein. So sehr es mich auch anwiderte. Also tat ich so, als ob ich den Tisch abräumen wollte, um es uns gemütlicher zu machen. Ich nahm die übrig gebliebenen Sachen und brachte sie in die Küche. Die Selbstsicherheit, mit der ich durchs Haus lief, schmerzte. So oft schlenderte ich als Kind diese Flure entlang. Zum ersten Mal fühlte es sich falsch an. Ich schüttelte die Erinnerungen ab und nutzte stattdessen die Gelegenheit, mich umzusehen. Im Schlafzimmer stand das Fenster einen Spalt weit offen. Ich musste aber gar nicht erst nachsehen. Ich wusste von dem Haus meiner Eltern, dass darunter riesige Dornenhecken standen. Alle Anwohner ließen diese wuchern, denn es war ein sicherer Einbruchschutz. Leider in meinem Fall gleichermaßen ausbruchssicher! Natürlich hätte ich raushüpfen können, doch ich wäre keinen Millimeter weit gekommen, ohne mir die komplette Haut vom Leib zu reißen. Das Küchenfenster war geschlossen und besaß außerdem keinen Griff mehr. Sicher baute Liam ihn im

Vorfeld ab. Hintenraus bot sich daher keinerlei Fluchtmöglichkeit. Schnell lief ich zurück ins Wohnzimmer, um keine Skepsis aufkommen zu lassen, weil es so lange dauerte. Dort angekommen beäugte mich Liam misstrauisch. Ich wusste nicht, was los war. Brauchte ich doch zu lange?

»Komm mit!«, befahl er mir und zog mich mit einem Ruck hinter sich her.

»Wohin gehen wir denn?«

»Ins Schlafzimmer.« Ich versuchte, mit aller Kraft stehenzubleiben, was mir nur halbwegs gelang. Das konnte nicht sein Ernst sein! Er wollte doch nicht ...?

»Bitte Liam. Es geht mir nicht gut. Darf ich mich etwas ausruhen?«, winselte ich ängstlich vor mich hin.

»Wenn du deine Pflichten erfüllt hast, kannst du im Bett bleiben. Erstmal werden wir uns gegenseitig gut tun.«

»Ich will das nicht!«, schrie ich ihn an. Mit einem Schritt stand er direkt vor mir und blickte mich aus wutentbrannten Augen an.

»Mir ist scheißegal, was du willst! Du hast diesen Tylor gefickt! Er hat dich angefasst. Sich das genommen, was mir gehört. Das müssen wir revidieren! Jeden Millimeter deines Körpers werde ich wieder zu meinem Eigentum machen!« Er griff erneut nach mir und drückte

mein Handgelenk so fest wie eine Schraubzwinge.

»Liam, du tust mir weh. Bitte tu das nicht.
Bitte!« Ich heulte und zog an meinem Arm,
aber es interessierte ihn nicht. Angst überkam
mich. Fürchterliche Angst. Ich wollte das nicht.
Nie mehr! Doch er zog mich einfach weiter.
Immer weiter, bis wir im Schlafzimmer vor
dem Bett ankamen und er mich heftig darauf
schleuderte. Mein Kopf knallte mit voller
Wucht gegen etwas Hartes, was mich einen
Moment wegdämmern ließ. Benommen lag ich
da und betete, dass es wenigstens schnell
vorbeigehen würde. Doch den Gefallen tat mir
das Schicksal nicht, denn gerade als er anfing,
meine Klamotten herunterzureißen, klingelte
es an der Türe.

12. Tylor

Wo verdammt nochmal waren die anderen. Keine Ahnung, wo sie sich aufhielten, als Finley herausfand, wo Liam sich versteckt hielt. Aber lange würd ich nicht mehr hier rumstehen und warten. Wenn ich nicht bereits gesehen hätte, dass es Emily den Umständen entsprechen gutging, wäre ich längst im Haus. Doch dann mit einem Schlag änderte sich die Lage. Gedämpft hörte ich Emily aufschreien. Ich verstand nicht alles, aber was zu mir nach draußen drang, war mehr als genug. Sie schrie und sie weinte. Und das Wissen, dass er ihr wehtat, reichte mir aus, um dem Ganzen sofort ein Ende zu setzen. Ich trat an die Haustüre und schellte. Keine Ahnung was ich tat, wenn er öffnete. Oder was ich tat, wenn er nicht öffnete. Mein Plan war zugegebenermaßen nicht sonderlich durchdacht. Doch dafür war auch keine Zeit mehr.

»Lieferservice!«, rief ich durch die verschlossene Türe. Ich hörte Schritte, die sich näherten, und drehte instinktiv dem Fenster neben der Tür den Rücken zu. Zum Glück hatte ich mir in der Nacht nur auf die Schnelle was Bequemes angezogen. Wahrscheinlich sah ich damit noch immer besser aus, als Liam jemals zuvor. Doch zumindest waren meine Klamotten dadurch weniger auffällig in dieser Situation.

»Ich habe nichts bestellt! Verschwinde!« Da war der Wichser also. Er hatte etwas bestellt, wusste nur noch nichts von meiner persönlichen Expresslieferung.

»Wir haben Sie vorhin schon beliefert, Sir. Aber bei der Abrechnung ist etwas schiefgelaufen, daher bringe ich Ihnen das zu viel gezahlte Geld zurück.«

»Legen Sie es einfach vor die Türe. Ich hole es später rein.«

»Das ist leider nicht erlaubt. Ich muss Ihnen die Quittung persönlich übergeben, damit alles korrekt abgeschlossen ist. Mein Chef schmeißt mich sonst raus!« Die Stille im Haus machte mir Hoffnung, dass er den Köder schluckte. Gerade als ich erneut klingeln wollte, öffnete sich die Haustüre und das Drama nahm seinen Lauf!

13. Emily

An der Türe war ein Mitarbeiter vom Lieferdienst. Offensichtlich gab es einen Fehler bei
der Abrechnung. Vielleicht war das meine
letzte Chance, nach Hilfe zu rufen. Aus dem
Schlafzimmer würde er mich vermutlich nicht
hören, also begann ich die Klamotten wieder
anzuziehen, um Liam zu folgen. Er bemerkte
mein Tun jedoch und kam nochmal zurück. Er
riss mir erneut die Sachen herunter und ließ
mich in BH und Slip dort sitzen.

»Wenn du auch nur einen Ton von dir gibst,
werde ich dich endgültig zum schweigen bringen. Hast du mich verstanden?« Ich nickte und
sah hinab auf den Boden. Ich konnte seinem
Blick nicht standhalten. Halb nackt kamen
meine zahlreichen Blutergüsse und blutigen
Wunden zum Vorschein. Ich schämte mich,
obwohl es keinen Anlass dazu gab. Keine einzige dieser Verletzungen war meine Schuld.
Ich wusste das, doch es fühlte sich nicht so an.
Liam nahm meine Sachen mit, warf sie ins
Wohnzimmer und ging zurück zur Haustüre.
Ich wickelte die dünne Bettdecke um mich
herum, um mich zumindest halbwegs zu
bedecken. Er öffnete die Türe. Ich hatte Angst,

aber ich wollte dennoch die Chance nutzen. Der Lieferbote durfte nicht gehen, ohne das ich ihn um Hilfe bitten konnte. Als ich auf der einen Seite in den Flur trat, ging Liam auf der anderen, einige Schritte zurück. Was war los? Warum ließ er die Türe offen und warum hinderte er mich nicht an meinem Versuch? Er nahm mich gar nicht richtig wahr. Doch dann schwang die Türe vollständig auf und ich verstand es. Tylor! Er war hier. Bei mir! Meine Gefühle wirbelten durcheinander. Ich fühlte zugleich alles und doch nichts! Meine Freunde und die Erleichterung ihn zu sehen überlagerte alles andere. Ich schaute zu Liam herüber, während Tylor mich musterte. Ich spürte seinen Blick auf mir und schämte mich. Mal wieder! Liam stand der Schock ins Gesicht geschrieben. Er hatte Angst. Ich sah es deutlich in seinen Augen. Aber da war auch Wut. Ich sah zurück zu Tylor, der noch immer seinen Blick auf mich richtete. Wir sahen uns an. Verstanden einander. Ich wusste, dass ich mich endlich in Sicherheit befand. Erschöpft setzte ich mich an Ort und Stelle auf den Boden und weinte alle Tränen, die bisher nicht geweint waren. Aus dem Augenwinkel bemerkte ich, dass Liam sich in Bewegung setzte. Im Bruchteil einer Sekunde hielt er plötzlich eine Waffe in der Hand und richtete sie auf Tylor. Mein Blut gefror in den Adern. Ich hatte keine Angst um mich. Keine Angst, dass meine Hilfe sich nun doch in Luft auflöste. Ich hatte nur Angst um Tylor. Um sein Leben. Ihm durfte nichts passieren. Nicht ihm!

14. Tylor

Emily sah noch schlechter aus, als ich es nach dem Blick durchs Fenster vermutete. Es gab kaum eine unversehrte Stelle an ihr. Überall klebten Blut und Dreck. Die Reinheit des weißen Lakens, das sie sich umgeschlungen hatte, machte dies umso deutlicher. Ich konnte den Blick kaum von ihr abwenden. Heilfroh darüber, dass es ihr gut ging, war ich gleichermaßen erschrocken, sie so zu sehen. Und obwohl ich auch Erleichterung in ihrem Blick fand, fühlte ich mich mies. War es ihr recht, dass ich hier war? Nach unserem letzten Abend? Liam ließ mir kaum Zeit, darüber nachzudenken. Eh ich mich versah, richtete er eine Knarre auf mich. Ich hatte keine Ahnung, ob er damit umgehen konnte, aber ich wollte es sicher nicht herausfinden. Vor allem mit Emily in der Nähe.

»Alter, mach es nicht noch schlimmer, als es eh schon ist! Noch können wir alle gut aus der Sache herauskommen!«

»Denkst du, ich bin bescheuert? Denkst du, ich habe die Knarre umsonst hier? Du bekommst Emily nicht. Niemals!«

»Emily will mich gar nicht. Sie hat mir schon gesagt, dass sie mich nicht will. An dem Abend, als du sie entführt hast. Zwischen uns läuft nichts.« Liam schaute zu ihr herüber, um sich eine Bestätigung für meine Schilderung zu holen. Doch leider zu kurz, als dass ich ihn in der Zeit hätte überwältigen können.

»Du hast sie angefasst. Sie gevögelt. Das muss ich wieder ausgleichen. Es stand dir nicht zu, sie zu nehmen. Sie gehört mir!« Seine Stellungnahme verkündete er ganz ruhig, was sie nicht weniger verstörend wirken ließ. Niemand gehörte irgendwem und schon gar nicht musste man irgendwas wieder ausgleichen, nur weil jemand anders Hand daran legte. Alleine würde er seine Psychose nicht überwinden können, das stand fest. Es fiel mir verdammt schwer, ihm das nicht genauso ungefiltert an den Kopf zu knallen. Und ihm obendrein die Fresse zu polieren.

»Du hast recht. Ich kann das nicht abstreiten. Aber das heißt ja nicht, dass sie deswegen nicht mehr zu dir gehört. Leg die Waffe weg und kümmere dich um sie. Sie braucht dich jetzt. Schau hin!« Er blickte erneut zu ihr herüber und ließ dabei unbewusst ein Stückchen die ausgestreckte Hand sinken. Jetzt oder nie! Viele Möglichkeiten würden sich mir dazu nicht mehr bieten. Er war komplett übergeschnappt. In Windeseile lief ich auf ihn zu und versuchte, die Waffe zu erreichen, bevor er abdrücken konnte. Er bemerkte mein Vorhaben jedoch zu schnell. Im nächsten Moment ruhte sein Blick wieder auf mir und ein lauter Knall bestätigte die Ernsthaftigkeit seiner Aussage. Ich würde es hier nicht lebend mit ihr herausschaffen.

15. Emily

Ich hörte den Schuss, bevor ich irgendetwas von dem um mich herum verstand. Was zur Hölle passierte hier? Wurde jemand verletzt? Ging es Tylor gut? Ich stand unter Schock. Konnte nicht mehr denken und kaum noch atmen. Ich versuchte, das Chaos zu durchblicken. Tylor lag auf dem Boden. Aber ich sah kein Blut. Wurde er getroffen? Lebte er? Panik machte sich in mir breit. Liam stand noch immer mit erhobener Waffe da und zielte weiterhin auf die Stelle, wo sich Tylor zuvor befunden hatte. Ich schaute erneut zu ihm und bemerkte, dass er ebenso in Richtung Eingangstür starrte. Ich tat es ihnen gleich und bereute es sofort. Nun war klar, wen der Schuss traf. Auf der Türschwelle lag Patrick. In sich zusammengesunken und blutüberströmt. Wo kam der denn her? Stand er schon die ganze Zeit hinter Tylor? Hatte Liam mit Absicht auf Patrick geschossen und nicht auf Tylor? Oder fing Patrick die Kugel, die für Tylor bestimmt war? Meine Gedanken überschlugen sich, doch mir war klar, dass ich etwas tun musste. Ich schien die Einzige von uns dreien zu sein, die halbwegs bei Sinnen war. Ich kroch auf allen vieren zu Patrick hinüber, um zu checken, ob ich ihm irgendwie helfen konnte. Ich bete, dass er noch lebt. *Bitte, bitte! Das darf nicht sein!* Ich versuchte, den Tumult hinter mir auszublenden, und fokussierte mich ausschließlich auf Patrick. Ich war relativ sicher, dass mir nichts passierte. Um Patrick sah es hingegen nicht so gut aus. Das Blut auf dem Fußboden wurde sekündlich mehr. Ich versuchte, ausfindig zu machen, wo genau er getroffen wurde, um die Blutung zu stoppen. Doch egal was ich tat, überkam mich das Gefühl, es nur schlimmer für ihn zu machen. Er stöhnte vor sich hin, während die Blutlache mittlerweile bis an mein Knie reichte. *Wie viel Blut konnte ein Mensch verlieren, ohne dass er starb?* Ich wusste es nicht. Doch das, was ich sah, beunruhigte mich enorm. Urplötzlich hörte ich, wie sich hinter mir ein weiterer Schuss löste. Im ersten Moment duckte ich mich reflexartig, um in Deckung zu gehen. Im nächsten Augenblick hörte ich etwas hart auf den Boden aufschlagen. *Bitte nicht Tylor!* Doch er war es nicht. Er stand da, ein gutes Stück von Liam entfernt, welcher nun selbst leblos dalag. Ich sah eine entsetzliche Wunde an seiner Schläfe und unzählige Blutspritzer überall verteilt. Seine erstarrten Augen blickten mich an. Er war tot. Ganz sicher. Daran bestand kein Zweifel. Er richtete sich selbst.

Meine erste große Liebe. Tod! Doch auch wenn es makaber klingt, war ich dennoch froh, dass das zweite Opfer nicht Tylor hieß. Wie aus seiner Schockstarre gerissen, kniete sich dieser neben mich und drehte Patrick vorsichtig auf den Rücken. Blut sickerte aus seiner Brust. Liam traf genau ins Schwarze. Patrick ächzte bei jeder Berührung auf und war kurz davor, das Bewusstsein zu verlieren. Ich rief sofort den Notarzt. Erklärte kurz und knapp die wichtigsten Einzelheiten und dass ein Schwerverletzter mit einer Schussverletzung um sein Leben kämpfte. Ehrlicherweise fügte ich hinzu, dass wir nicht wussten, wie lange er noch durchhielt. Zwischenzeitlich stießen auch Kira und Larry sowie Finley und Rodriguez zu uns. Alle standen regungslos da und starrten auf das schreckliche Szenario, das sich uns bot. Ich kniete weiterhin neben Patrick und Tylor. Letzteren versuchte ich durch beruhigendes Streicheln über den Rücken und gutes Zureden emotional zu stützen. Er machte jedoch den Eindruck, dass er dies nicht mal bemerkte. Vielleicht gut so, denn meine Berührungen halfen wahrscheinlich eher mir als ihm. Ohne auf mich zu achten, redete er unentwegt auf Patrick ein, damit dieser bei Bewusstsein blieb.

»Du bleibst bei mir, Pat. Hörst du? Wage es ja nicht, jetzt aufzugeben!«

»Du schaffst das ohne mich, Ty. Hör einfach auf Emily. Sie wird zukünftig meinen Part übernehmen.«

»Einen Scheißdreck wird sie! Die Drecksarbeit machst du schön alleine!« Patrick versuchte zu lachen, gab aber nur erstickende Geräusche von sich und schloss dann die Augenlider.

»Patrick! Hey, mach die Augen auf! Komm schon!«, schrie Tylor ihn an und schlug ihm dabei mehrfach ins Gesicht. Es dauerte einen Moment, aber dann sah er uns wieder an. Sehr schwach und mehr abwesend als wirklich klar. Dennoch löste sich der Strick um mein Herz ganz vorsichtig. Wo blieb der verdammte Rettungswagen?

»Emily?«

»Ja, ich bin hier.«, antworte ich Patrick und kroch etwas näher an ihn heran, damit er mich sah.

»Versprich mir, dass du Tylor nicht allein lassen wirst. Er ist ein Idiot, aber er hat das Herz am rechten Fleck! Er braucht dich, wenn ich nicht mehr da bin. Du musst ihm zwischendurch den Kopf zurechtrücken!« Ich hörte Kira und Larry hinter mir aufschluchzen und sah zu Tylor, der wie erstarrt einfach nur dasaß. Was sollte ich tun?

»Patrick, du wirst ...«

»Versprich es mir! Bitte. Mir läuft die Zeit davon. Bitte, Emily!«

»Ich verspreche es dir. Zumindest als Freundin werde ich auf ihn achten! Mehr kann ich dir nicht zusichern. Aber ich bin für ihn da. Versprochen!« Patrick brachte ein zaghaftes Nicken zustande und schloss dann erneut seine Augen. Wir alle gerieten schlagartig in Panik. Das durfte schlichtweg nicht passieren. Tylor saß da und Tränen flossen über seine Wangen. Kira lehnte über Larry gebeugt, der mittlerweile an Patricks Füßen kniete. Tylor und Larry verbrachten ihr ganzes Leben mit ihm. Die drei waren wie Brüder! Ich sah Tylor nie so frei und unbekümmert wie mit Patrick. War es meine Schuld? Weil ich mein Versprechen abgab? Aber was sollte ich sonst tun? Einem Sterbenden den letzten Wunsch ausschlagen? Finley schoss an mir vorbei und stürzte sich auf Patrick. Im gleichen Moment hörte ich die Sirenen des Rettungsdienstes. Noch etwas entfernt, aber sie kamen. Endlich! Finley leitete geschickt die Herzdruckmassage ein, während Tylor auf sein Zurufen hin wieder zu sich kam und ihm bei der Beatmung half. Doch Patrick reagierte nicht. Er atmete nicht mehr. Er lag einfach friedlich da, während um uns herum die Hölle losbrach.

16. Tylor

Patrick verabschiedete sich, ich spürte es. Spätestens als er Emily ihr Versprechen abnahm, war es klar. Das durfte nicht passieren. Nicht hier. Nicht an diesem Tag. Nicht wegen Liam! Ich war verdammt nochmal nicht bereit, ihn gehen zu lassen. Kaum gab Emily ihre Zusicherung, schloss Patrick ein letztes Mal seine Augen. Nun ließ auch er mich allein. Ich konnte meine Tränen nicht mehr zurückhalten. Keine Ahnung, wann ich zuletzt weinte. Es war so lange her, dass ich mich nicht daran erinnerte. Selbst bei Emily besaß ich genug Selbstdisziplin, um im Stillen zu leiden. Dieser Punkt war in jener Sekunde überschritten. Finley hechtete an mir vorbei und schrie mich an. Ich verstand kein einziges Wort. Alles um mich herum fühlte sich so weit weg an. Doch was er tat, riss mich aus meiner Trance und ich schaltete mit ihm zusammen in den Funktionsmodus. Nicht denken, nur handeln! In weiter Entfernung nahm ich laute Sirenen wahr. Hilfe traf bald ein. Wir mussten Patricks Körper daran hindern, aufzugeben. Zumindest bis die Rettungskräfte eintrafen. Finley und ich wechselten uns ab. Immer und immer wieder nach dem gleichen Schema. Patrick reagierte nicht, aber das war uns egal. Wir machten einfach weiter. Dann kam endlich die ersehnte Unterstützung. Diverse Sanitäter fluteten den Raum. Einige rannten an mir vorbei, ein anderer schob mich weg und beugte sich über Patrick. Der offene Flur war innerhalb von Sekunden brechend voll und man verstand sein eigenes Wort nicht mehr. Jeder brüllte irgendwelche Anweisungen durch die Gegend. Wir anderen standen nur da und schauten dem Getümmel zu. Keiner von uns sagte ein Wort. Ich glaube, manche von uns wagten es nicht mal zu atmen. Emily kam indessen zu mir herüber und legte wie selbstverständlich einen Arm um mich. So als wenn vor ein paar Tagen nichts zwischen uns passiert wäre. Als wenn sie nicht zusammenbrach, weil sie Angst vor mir hatte. Als wäre sie nicht danach entführt worden, weil ich verdammter Idiot sie allein ließ. Als ob ich nicht daran schuld war, dass mein bester Freund vor meinen Füßen lag und starb, weil ich Liam die Möglichkeit gab, unser aller Leben zu zerstören.

17. Emily

Die nächsten Stunden raubten uns sämtliche Kraft, die wir noch übrig hatten, was in meinem Fall nicht mehr viel war. Die Zeit rannte wie im Flug und ging zugleich doch nicht um. Patrick wurde seit Stunden operiert. Keiner wusste, wie es um ihn stand. Weilte er überhaupt noch unter uns? Die Reanimation zeigte leichte Erfolge, aber er befand sich bei der Einlieferung in akuter Lebensgefahr. Auch die Information, dass wir mit dem Schlimmsten rechnen sollten, war nicht wirklich ermutigend. Derweil bestanden die Ärzte und die Polizei darauf, dass ich mich einigen Untersuchungen und Befragungen unterzog. Kira wollte mich begleiten, doch auf mein Bitten hin blieb sie bei den Cliffords. Larry und Tylor brauchten sie in dem Moment mehr als ich. Zum Glück durfte ich zeitnah wieder zu ihnen zurück. Ich versprach den Polizeibeamten, so bald wie möglich weitere Fragen zu beantworten. Sie sahen wohl ein, dass nicht der richtige Zeitpunkt für dieses Verhör war. Vor allem brachte ich kaum etwas Sinnvolles zustande. Aktuell ging es erstmal nur um Patrick. Die Ärzte machten uns keine großen

Hoffnungen, aber ich betete so viel wie in meinem ganzen Leben nicht. Liam durfte sein Ziel nicht erreichen. Ich habe gesehen, dass er sich im Anschluss selbst das Leben nahm. Liam war tot! Ich konnte es dennoch nicht realisieren. Ich war nicht mal in der Lage, um ihn zu trauern, weil er mir mit der Angst um Patrick alle weiteren Emotionen raubte. Sieben Jahre verbrachte ich mit ihm und doch war der Mann, den ich die letzten Tage und Wochen erlebte, ein Fremder für mich. Wenn ich mich bemühte, spürte ich tief in mir Trauer um ihn. Doch ich betrauerte weniger seinen Verlust als viel mehr die schönen Erinnerungen, die uns mal verbunden hatten. Wenn nur ein kleiner Teil des Mannes, den ich mal liebte, in ihm war, dann konnte er dies niemals gewollt haben. Vielleicht setzte er seinem Dasein genau deswegen ein Ende. Weil er mit der Wahrheit nicht hätte leben können. Wenn kein Wunder geschah, hatte er einen Menschen umgebracht. Kaltblütig erschossen. Stundenlang saßen wir im Wartebereich und hofften auf gute Nachrichten. Jeder in seinen eigenen Gedanken versunken. Tylor würdigte mich keines Blickes und ich ließ ihn. Dennoch wich ich nicht von seiner Seite. Meine Hand ruhte auf seinem Rücken. Und er tolerierte es unkommentiert. Dann öffneten sich endlich die Türen zum OP-Bereich und eine ganze Eskorte an Ärzten kam heraus. Sie sahen geschafft aus. Ihre erschöpften Mienen verrieten nichts. Eine Ärztin löste sich aus der Kolonne und steuerte direkt auf uns zu. Larry und Tylor gaben an, seine Brüder zu sein. Zum Glück wurde es nicht überprüft. Wahrscheinlich war es der Ärztin schlicht und einfach egal, denn es war deutlich zu erkennen, dass der Mann, den sie operierte, hier Menschen hatte, die ihn liebten und sich um ihn sorgten. Egal welcher Verwandtschaftsgrad. Sie informierte uns darüber, dass Patrick gegenwärtig lebte, aber sehr schwach sei. Die nächsten vierundzwanzig Stunden entschieden, ob er es schaffte oder wir ihn gehen lassen mussten. Das Herz wurde knapp verfehlt und die Lunge nicht beschädigt. Die inneren Blutungen konnten dadurch ohne größere Schwierigkeiten gestoppt werden. Auch wenn es noch einige Stunden bangen hieß, so waren es doch hervorragende Neuigkeiten. Wir alle hatten die Hoffnung nicht aufgegeben, doch die Angst die sich nun ein klein wenig auflöste, ließ uns endlich wieder zur Luft kommen. Wir waren noch weit entfernt von gut. Aber zumindest rückten wir etwas näher daran. Ich schaute mich in unserer kleinen, kuriosen Clique um. Durch das Schicksal zusammengeführt. So unterschiedlich und doch so verbunden. Ich sah Tylor aufatmen, auch wenn sich erneut eine Träne in seinen Augen andeuten ließ, bevor er sie schloss. Kira, die Larry in die Arme fiel und mit ihm zusammen weinte. Finley, der sich mit den Händen durchs Haar glitt, und Rodriguez, der erleichtert wieder Platz nahm und seine Ellenbogen auf den Knien ablegte, während er den Kopf senkte. Dann verlor ich mein Bewusstsein.

18. Tylor

Hatten wir es tatsächlich geschafft? Würde Patrick weiterleben? Ich hörte die Worte der Ärztin, brauchte aber einen Moment, um zu verarbeiten, was sie uns erklärte. Ich atmete tief durch. Schloss die Augen und schickte einen Dank nach oben, obwohl ich nicht wusste, wem genau ich dort eigentlich dankte. Aus heiterem Himmel hörte ich Kira aufschreien. Was zum Teufel war jetzt wieder los? Ich folgte ihrem entsetzten Blick. Gerade noch rechtzeitig, um zu verhindern, dass Emily mit dem Kopf auf dem Boden aufschlug. Jeder von uns funktionierte die letzten Stunden auf Autopilot, doch keiner von uns hatte zusätzlich solche Strapazen wie sie hinter sich. Bisher wussten wir nicht, was genau überhaupt geschehen war, aber ihrem optischen Erscheinungsbild nach war es die Hölle. Und wir konnten uns in der Wohnung einen guten Eindruck davon verschaffen, zu was Liam imstande war. Wenn dieser Wichser das nicht schon selbst erledigt hätte, würde ich ihn umbringen! Emily sah aus, als ob sie schlief. Verletzlich, friedlich und wunderschön. Wenn auch gleichzeitig deutlich gezeichnet und erschöpft. Langsam kam sie wieder zu sich und blickte mich aus ihren bezaubernden Augen an.

»Willkommen zurück, Prinzessin!«, neckte ich sie, um die Stimmung etwas zu lockern.

»Ich muss also erst ohnmächtig werden, damit du mich auf Händen trägst? Notiert!« Da war sie wieder. Unverkennbar. Langsam richtete ich sie auf und setzte sie in den Rollstuhl, den eine Krankenschwester zwischenzeitlich angekarrt hatte. Diesmal gab es keine Diskussion. Emily musste dringend gründlich untersucht werden und ich würde sie dabei auf keinen Fall alleine lassen. Ich versicherte Kira, dass ich ein Auge auf Emily haben werde, und bat sie, sich derweil um Larry zu kümmern. Zu meiner Überraschung willigte sie ein und fiel mir mit Tränen in den Augen in die Arme. Sie drückte mich kurz an sich, was ich umgehend mit einem »Schon gut« beendete. Dann schnappte sie sich wortlos meinen Bruder, um ihn gemeinsam mit Rodriguez nach Hause zu bringen. Finley setzte sich zu mir und wir warteten darauf, dass Emily sich wieder zu uns gesellte. Wir schwiegen uns nur an und dennoch wussten wir beide, dass wir an diesem Tag ein gutes Team ergaben. Erst fanden wir Emily und befreiten sie aus dieser Tortur. Dann versorgten wir Patrick bis zum Eintreffen der Rettungskräfte und retteten damit sein Leben. Und Liam, dieses Stück Scheiße, nahm uns die Drecksarbeit ab und entsorgte sich selbst. Alles in allem steuerten wir hoffentlich auf ein gutes Ende zu.

»Danke, Finley!«

»Nicht dafür, Ty! Nicht dafür!«

19. Emily

Die letzten Tage steckten mir in den Knochen. Das wusste ich auch ohne, dass mich Ärzte darauf hinwiesen. Dazu der Kampf um Patricks Leben und die Angst, die ich verspürte, als ich ihm mein Versprechen gab. Das war einfach zu viel. Für mich. Für Tylor. Für uns alle! Nach unzähligen Untersuchungen durfte ich endlich gehen. Die Ärztin entließ mich mit einigen Medikamenten und der Auflage, dass ich auf keinen Fall alleine bleiben durfte und mich schonen musste. Leider sagte sie es nicht nur mir, sondern im Beisein von Tylor und Finley, was mir jegliche Chance nahm, die Anweisung zu umgehen. Ich hatte keine Kraft mehr für Auseinandersetzungen und ergab mich daher meinem Schicksal. Tylor bestand darauf, dass ich bei ihm blieb. Angeblich versprach er es Kira. Von mir aus. Ich wollte einfach nur in ein Bett und drei Wochen durchschlafen. Wahrscheinlich versuchte Tylor zu vermeiden, mit mir in meine Wohnung zu gehen. Unser letztes Zusammentreffen dort endete nicht unbedingt so, wie man es sich wünschte. Zudem überwältigte mich danach Liam in meinen eigenen vier Wänden. Im

Moment war das vergangene kein Thema zwischen uns, da es so viel wichtigere Dinge gab. Doch uns war beiden klar, dass dies eines Tages besprochen werden musste. Ich bewunderte Finley dafür, wie geschickt er trotz des kürzlich erlebten durch den Verkehr schlängelte und uns sicher nach Hause brachte. Ich war kaum in der Lage einen Fuß vor den anderen zu setzen. Dort angekommen geleitete Tylor mich direkt in mein Zimmer. Oder besser gesagt in Melissas Zimmer. Wir sprachen kaum miteinander und berührten uns wenn dann nur versehentlich. Dennoch spürte ich zu jeder Sekunde diese unerklärbare Anziehung, die es zwischen uns gab. Noch immer! Es brachte mich um den Verstand, ihm so nah zu sein und doch so weit entfernt wie nie zuvor. Am liebsten hätte ich mich an ihn gekuschelt und uns gegenseitig die Sorgen und Ängste durch Liebe ersetzt. Doch das war nicht möglich. Selbst wenn zwischen uns alles gut gewesen wäre, standen die Chancen gut, dass er diese Zuneigung dennoch nicht zugelassen hätte. Ich dachte daran, wie unser letztes Aufeinandertreffen ablief. Er sagte zwar, dass die Worte an diese Reporterin nur vorgeschoben waren und nicht der Wahrheit entsprachen. Und irgendwie glaubte ich ihm das sogar. Doch ein Restzweifel blieb. Auch seine Verzweiflung an dem Abend vergaß ich nicht. Es lag nicht daran, dass ich Angst vor ihm hatte, sondern an dem, was er sagte. Jeder, der ihm bisher versprochen hatte zu bleiben, ist doch gegangen! Ich wollte aber gar nicht gehen. Er schob mich von sich weg und nicht andersrum. Ich wusste, dass er mir niemals körperlich wehtun würde. Ich hatte keine Angst vor ihm, sondern vor meinen Erinnerungen. Meine Reaktion in dieser Situation war instinktiv. Wahrscheinlich würde die Entführung meine Ängste nicht gerade verbessern, doch nichts davon lag an ihm. Ich vertraute Tylor nach wie vor zu Einhundertprozent. Er kam, um mich zu retten. Und das, obwohl er mir sagte, dass er mich nicht in seinem Leben wollte. Dass er überhaupt keine dort will. Und Patrick bestand darauf, dass ich auf Tylor achtete. Warum sollte er mich darum bitten, wenn er davon ausging, dass Tylor dagegen wäre? Ich würde mein Versprechen halten. Auch wenn Patrick lebte. So schnell würde dieser Blödmann mich nicht loswerden. Mein Blödmann! Sobald es mir besser ging, würde ich den Kampf um uns wieder aufnehmen. Auch wenn das erstmal hinten anstand. Als wir am Zimmer ankamen, lächelte ich ihn dankbar an. Für einen Moment bekam ich ein kurzes Lächeln zurück. Immerhin versuchte auch er, auf mich zuzugehen. Das war doch ein guter Anfang für das, was uns bevorstand. Ich streckte mich hinauf, um ihm einen zärtlichen Kuss auf die Wange zu drücken.

»Danke! Für alles!«, flüsterte ich ihm entgegen. Er reagierte nicht. Und das war ok. Er brauchte Zeit. Ich brauchte Zeit. Wir würden es schaffen!

20. Tylor

»Danke! Für alles!«, hörte ich sie wie aus weiter Ferne sagen, obwohl sie direkt vor mir stand und unsere Körper sich berührten. Ich hätte darüber nachdenken sollen, wofür sie sich bedankte. Was genau sie mir mitteilen wollte? Oder eine passende Erwiderung formulieren. Doch meine Gedanken kreisten nur um ihre Lippen, die sie kurz zuvor auf meine Wange presste. Ich wusste, dass es falsch war. Ich durfte sie nicht so sehr wollen. Schon gar nicht in dieser Situation. Aber mein Verlangen nach ihr breitete sich in mir aus wie eine Explosion. Alles, was ich auf der verdammten Toilette mit dieser Blondine gebraucht hätte, entstand hier innerhalb einer Sekunde durch einen flüchtigen Kuss auf die Wange. Die andere lutschte eine halbe Ewigkeit meinen Schwanz und ich musste mich trotzdem anstrengen, überhaupt ansatzweise 'nen Ständer zu haben. Und vor allem, diesen auch in dieser Form zu behalten. Und jetzt platzte meine Hose bald aus allen Nähten, im unpassendsten Augenblick, den es gab. Also stand ich einfach da. Ich bewegte mich keinen Millimeter. Nicht mal ein verficktes Wort bekam ich raus. Sie lächelte mich trotzdem an, lief ins Schlafzimmer und schloss die Türe hinter sich. Und ich stand da wie der größte Trottel und starrte mit einer mordsmäßigen Latte von draußen auf die beschissene Türe.

21. Emily

Ich lehnte meinen Rücken gegen die Türe und genoss noch einen Moment dieses Kribbeln, das seine Nähe in mir auslöste. Natürlich hatte Tylor gerade ganz andere Dinge im Kopf als mich. Doch meine Sehnsucht nach ihm übernahm unkontrolliert Besitz von mir. Mein Körper erinnerte mich jedoch daran, dass ich dringend ins Bett gehörte. Zum Glück hatte ich im Krankenhaus schon die Gelegenheit, mich zu duschen und saubere Sachen anzuziehen. Kira hatte Klamotten im Auto, die sie mit zu Larry nehmen wollte. Diese lieh sie mir spontan aus, damit ich nicht wie der letzte Mensch rumlief. Die Sachen waren zu knapp und auch nicht mein Stil, aber das war mir egal. Ich war dankbar für alles, was mich einem normalen Aussehen näherbrachte. Nach kurzer Zeit stieß ich mich von der Schlafzimmertür ab und lief hinüber zum Bett. Ich zog die Sachen aus, warf sie achtlos auf den Fußboden und legte mich splitterfasernackt in das frisch bezogene Bett. Es war kuschelig weich und roch nach Vanille. Mir stiegen Tränen in die Augen, als ich daran dachte, wie ich die letzten Tage verbrachte. Verrottend in einem Kellerverlies. Dieses Bett hüllte mich ein. Gab mir Geborgenheit. Und Tylor vermittelte mir Schutz und die Sicherheit, die ich brauchte. Innerhalb von Sekunden schwebte ich in einen traumlosen Schlaf. Früh am Morgen weckten mich die ersten Sonnenstrahlen. An die Vorhänge hatte ich in der Nacht nicht mehr gedacht, daher fiel die Sonne wie tausende kleine Diamanten auf mein Bett. Ich genoss die Wärme, die von ihr ausging, und ließ die letzten Tage und Stunden Revue passieren. Es war so viel passiert, in so kurzer Zeit. Ein Drama jagte das nächste. Am liebsten wäre ich einfach abgehauen und hätte mich irgendwo auf einer einsamen Insel verkrochen. Nur ich und Tylor. Dabei fiel mir ein ... wo steckte er überhaupt? Ging es ihm gut? Schlief er noch? Ich krabbelte aus meinem Bett und nahm ein frisches T-Shirt aus dem Schrank. Es war schön groß, so dass ich mich darin einmummeln konnte, ohne einen Slip darunterziehen zu müssen. Ich trat auf den Flur heraus und vernahm ganz leise Musik. Etwas, was bislang nie vorkam, solange ich Tylor kannte. Nicht mal im Auto hörte er Musik, wie mir bei genauerer Überlegung auffiel. Ich folgte den Klängen und blieb verwundert stehen. Er hörte keine Musik. Er spielte sie. Er saß im Sessel und hielt eine Gitarre in der Hand, den Blick hinaus in die Ferne gerichtet. Seine Füße lagen auf der Fensterbank und die Gitarre ruhte auf seinem Schoß. Da er mir durch diese Position den Rücken zukehrte, genoss ich noch einen Moment länger dieses liebevolle Schauspiel. Er spielte ein Lied, das ich nicht kannte. Doch es war wunderschön. Es klang, als wenn er immer und immer wieder von vorne begann, sobald das Lied endete. Wie in Dauerschleife. *Machte er das schon die ganze Nacht?* Ich lief zu ihm herüber und legte ihm sachte meine Hände von hinten auf die Schultern. Augenblicklich hielt er inne und versuchte aufzustehen.

»Bitte bleib. Spiel weiter!« Es dauerte einen Moment, bis er seinen inneren Kampf geschlagen hatte, doch dann tat er mir den Gefallen und klimperte weiter auf der Gitarre herum.

»Ich wollte dich nicht wecken, sorry!«

»Das hast du nicht. Was ist das für ein Lied?«

»Es ist ein altes Lied, das Patrick und ich uns als Jugendliche selbst ausgedacht haben. Ich habe es ewig nicht mehr gespielt, aber letzte Nacht kam es mir wieder in den Sinn.«

»Hast du schon was aus dem Krankenhaus gehört?«, fragte ich vorsichtig nach, obwohl ich Angst vor der Antwort hatte. Keine Nachricht war in dem Fall wohl eine gute Nachricht.

»Ich habe vorhin dort angerufen. Die Nacht verlief ruhig. Patrick geht es unverändert. Das ist wohl aktuell das Beste, was wir erwarten können. Noch lebt er.«

»Er wird es schaffen. Ich bin ganz sicher!« Tylor sagte nichts, aber nickte knapp und spielte weiter. Mir entging nicht, dass er nach meinem Auftauchen nur zusammenhanglose Töne anstimmte, doch das war egal. Es schien ihn zu beruhigen, somit brachte es einen positiven Nebeneffekt mit sich. Ich lief rüber in die Küche und nahm mir etwas zu trinken aus dem Kühlschrank. Tylor tat mir so unendlich leid, dass es mir fast das Herz zerriss. Mir kam erneut seine Aussage in den Sinn, dass alle, die versprochen hätten zu bleiben, schließlich weggegangen sind. Ich wusste nicht, wen er genau damit meinte, doch ich wollte mir gar nicht ausmalen, was geschah, wenn Patrick es nicht schaffte. Selbst ich mochte ihn in der kurzen Zeit richtig gerne. Und das, obwohl ich ihn kaum kannte. Wie sollte es da erst für jemanden sein, der sein ganzes Leben mit Patrick teilte. Ich musste Tylor auf andere Gedanken bringen. Aber wie? Egal, was wir unternehmen würden, seine Gedanken würden doch immer nur um das alles kreisen. Ich stellte die Flasche zurück in den Kühlschrank und blieb mit meinem Blick an der Sahne und den Erdbeeren hängen, die Rosalie dort für ihn deponiert hatte. Mir kam spontan die grandiose Lösung für seine Ablenkung in den Sinn. Sex! Ich hatte zwar keine Ahnung, ob er überhaupt noch Verlangen nach mir verspürte, doch dies wäre definitiv etwas, womit ich ihn auf andere Gedanken bringen konnte. Es würde ihn lustvoll dazu zwingen, den Kopf für einen Moment abzuschalten. Insofern er überhaupt mit mir intim werden wollte, hieß es. Einen Versuch war es wert. Ich nahm die Sachen heraus und lief damit herüber zum Esstisch. Es bestand die Gefahr, dass ich mich zur totalen Idiotin machte, daher betete ich dafür, dass er ebenfalls die Anziehung zwischen uns noch spürte. Er beachtete mich nicht, sondern starrte weiterhin klimpernd aufs Meer hinaus. Ich stellte die Erdbeeren und die Sahne griffbereit auf den Tisch und setzte mich dann mit dem nackten Hintern auf die kühle Tischplatte. Bisher verdeckte mein langes Shirt, dass ich keine Unterwäsche trug, doch spätestens als ich meine Beine breitbeinig rechts und links auf den Stühlen positionierte, hatte er ausgiebige Einsicht. Wenn er mich denn angesehen hätte. Dieser Tisch bereitete mir schon bei meinem ersten Besuch bei Tylor erhebliches Kopfkino, daher fiel es mir nicht schwer, ein passendes Szenario in meiner Fantasie aufzubauen. Demnach ging es nur um die entsprechende Umsetzung meines Plans.

»Möchtest du auch ein paar Erdbeeren? Oder Sahne?«, fragte ich ganz beiläufig.

»Ich habe keinen Hunger!«, kam seine Antwort geradewegs, ohne den Blick aus der Ferne abzuwenden.

»Bist du ganz sicher? Vielleicht reicht ja auch etwas Appetit aus, um eine Kleinigkeit zu naschen?« Er hörte auf zu spielen und sah mich das erste Mal an. In dem Augenblick steckte ich mir eine Erdbeere in den Mund und biss genüsslich davon ab, während meine weit geöffneten Beine ihm alles signalisierten, was er wissen musste. Ich liebte diesen Ausdruck, der sich immer auf seinem Gesicht ausbreitete, wenn die Erregung überhandnahm. Ihm gefiel, was er sah, das war unverkennbar. Seine Augen fixierten mich, aber er machte keine Anstalten, zu mir herüberzukommen. Ich nahm die Sahne vom Tisch und schüttelte sie provozierend in eindeutiger Anspielung auf etwas anderes, was man mit dieser Handbewegung erledigen konnte. Zumindest stibitzte ich ihm damit ein kleines Lächeln gefolgt von einem Kopfschütteln. Ich öffnete den Deckel und sprühte mir direkt in den Mund. Ganz aus Versehen kleckerte ich dabei und die Sahne tropfte aufs Shirt.

»Upsi!« Ich stellte die Dose zur Seite und zog langsam mein Oberteil aus. Und da saß ich. Splitternackt, wie Gott mich schuf. Wenn dieser gewusst hätte, wie ich mich hier in Szene setzte, um einen Mann um den Finger zu wickeln, hätte er mir wahrscheinlich bei der Geburt Kleidung verpasst, die sich nicht ausziehen ließ. Ich versuchte mein Glück ein weiteres Mal.

»Sahne?« Doch Tylor starrte mich nur an und schüttelte abermals den Kopf. Die erneute Zurückweisung versetzte mir einen Stich in die Magengrube. Vielleicht hatte er gerade wirklich nicht den Kopf dafür. Oder er wollte mich schlichtweg nicht mehr. Beides war möglich. Es machte zumindest keinen Sinn, weiter dort rumzusitzen und auf etwas zu warten, was nicht geschehen würde. Doch dann stand er auf und seine Jogginghose zeigte sich großzügig gespannt. Alle meine Zweifel lösten sich in Rauch auf. Sicher hatte er nicht den Kopf dafür, aber dass ich ihn mit dieser Aktion nicht kaltließ, war sehr deutlich erkennbar. Er hatte Lust. Große Lust. Und er wollte mich. Ebenso wie ich ihn!

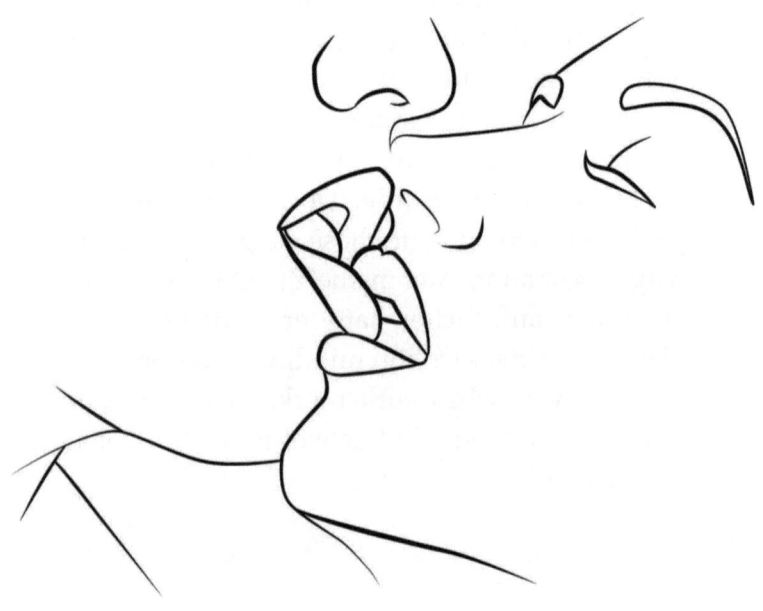

22. Tylor

Sie saß mit gespreizten Beinen auf meinem Esstisch. Das T-Shirt hing locker auf ihren Oberschenkeln. Da sie kein Höschen trug, sah ich direkt auf ihre glänzende Grotte. Ihre Nippel streckten sich energisch durch den Stoff ihres Oberteils. Meine Erregung detonierte fast in meiner Hose. Ich hatte seit gefühlten Ewigkeiten keinen geilen Sex mehr. Natürlich fühlte es sich nur so an, denn mein letzter Sex mit Emily lag noch nicht so lange zurück. Diese katastrophale Nummer auf dem Klo schob ich in die hinterste Ecke meiner Erinnerungen. Emily machte mich so heiß, dass ich mich kaum beherrschen konnte, nicht auf Anhieb zu ihr rüberzugehen und sie an Ort und Stelle zu nehmen. War es die richtige Situation dafür? Und das nach dem Scheiß, den wir zwischen uns schon durch hatten?

»Upsi!«, hörte ich sie sagen und beobachtete wortlos, wie sie ihr Shirt auszog, welches sie absichtlich mit der Sahne einsaute.

»Sahne?« Heilige Scheiße! Ich konnte mich nicht erinnern, wann ich zuletzt etwas so Erotisches sah wie das. Ich schüttelte den Kopf, doch eigentlich wollte ich zu ihr gehen und ihr die verdammte Sahne von ihrem ganzen Körper lecken. Ohne Übergang stand ich auf und lief zu ihr herüber. Mir entging natürlich nicht, dass ihr Blick dabei geradewegs auf meinen Schritt fiel. *Ja Babe, das gehört alles dir!* Mit etwas Abstand blieb ich vor ihr stehen. Ich berührte sie nicht, sondern sah sie nur an. Genoss jede Sekunde. Spürte die Anziehung zwischen uns. Sie sprühte Sahne auf ihre harten Knospen und lutschte danach den kleinen Schaft der Sprühvorrichtung ab. Ich trat einen Schritt vor, nahm ihre Brüste in die Hand und leckte die Sahne genüsslich ab. Sie legte den Kopf in den Nacken und bestätigte mein Tun mit einem gehauchten Aufstöhnen. Dann griff sie mit ihren Händen nach meinem Hintern, um mich näher heranzuziehen. Ich überwand das letzte Stück Distanz, das uns voneinander trennte, und langte ebenfalls nach ihrem prallvollen Arsch. Schmerzverzerrt schrak sie zusammen. Sofort ließ ich sie los und ging drei Schritte zurück.

»Entschuldige, ich wollte dir nicht wehtun, Emily!« Ich drehte mich von ihr weg und fuhr mit den Händen durch meine Haare. *Was hatte ich mir nur dabei gedacht, ich Idiot!*

»Alles gut, Tylor. Es war nicht deine Schuld! Komm wieder her!«

»Das ist keine gute Idee!« Ich stand da und schüttelte energisch den Kopf. Den Bruchteil einer Sekunde schaffte sie es, mich auf andere Gedanken zu bringen, und dann machten ihre Schmerzen das mit einem Schlag zunichte. Den Moment würde Liam uns also auch wieder zerstören. Die Wunden an ihrem Körper waren nun mal da, und sie setzten unserer Lust eine klare Grenze.

»Tylor, du möchtest doch, dass ich dir immer sage, was ich will, richtig?« Ich nickte ihr verhalten zu, auf der Hut vor dem, was folgen könnte.

»Dann hör mir genau zu! Ich will, dass du mich küsst, als wenn dein Leben davon abhinge. Dass du mich leckst, als wäre ich die süßeste Versuchung, die du dir vorstellen kannst. Und dann fickst du mich, als wenn es nur noch diesen einen Augenblick für uns gäbe. Lass uns zusammen die Welt um uns herum vergessen. Bitte, Tylor. Fick mich!« Sie hatte mich schon bei der süßesten Versuchung, denn das war sie unzweifelhaft für mich. In Windeseile war ich bei ihr und küsste sie mit all dem Verlangen, das sich die letzten Tage aufgestaut hatte. Sie schlang ihre Beine um mich und klammerte sich an mir fest, als wenn nun ihr Leben von diesem Kuss abhing. Keiner von uns dachte mehr nach. Ich genoss ihre Berührungen. Ich duldete sich nur, sondern ich wollte sie. Unsere Körper leiteten uns an. Wie selbstverständlich, in einer Harmonie vereint.

Als würde es nichts geben, außer uns! So sehr ich dieses Gefühl auch fürchtete, war es genau das, was ich wollte. Und ihr ganzer Körper signalisierte mir, dass auch sie es brauchte. Also gab ich ihr, wonach sie verlangte!

23. Emily

Sein Kuss glich einem Vulkanausbruch. Er ahnte nicht mal, was er damit in mir auslöste. Ich zog ihn an mich heran, so fest ich nur konnte. Alles an ihm gab mir das Gefühl, dass er mich ebenso sehr wollte wie ich ihn. Ob er ein guter Schauspieler war oder es der Tatsache entsprach, interessierte mich in dem Moment nicht. Unser Kuss zog sich unendlich leidenschaftlich dahin. Immer wieder neckte er mich mit seiner Zunge. Schob sie vor und entzog sie mir dann wieder. Seine Arme hielten mich fest, als wenn er Angst hatte, dass ich aufstand und ging. Dabei trugen meine Beine mich ganz sicher nicht mal mehr. Dieser Mann raubte mir den Verstand, meine Seele und schon längst mein Herz. Er löste unseren Kuss und wanderte stattdessen zu meinem Hals und dann weiter hinab. Millimeter für Millimeter bedeckte er meinen geschundenen Körper mit kleinen Küssen. Er lutschte an meinen harten Nippeln und massierte dabei meine Brüste im stetigen Rhythmus. Seine Zunge machte mich wahnsinnig. Ich sank hinab auf den kalten Tisch. Augenblicklich wurden meine Nippel noch ein wenig härter. Tylor erkundete meinen

Körper weiter. Küsste, leckte und knabberte an mir. Meine Vorfreude auf seinen Zielpunkt konnte ich kaum in Zaum halten. Ich wollte ihn spüren. Der Gedanke an seine Zunge zwischen meinen Beinen machte mich vollkommen willenlos. Dort angekommen legte er meine Beine über seine Schultern und vergrub seinen Kopf in meiner Mitte. Ganz langsam und vorsichtig leckte er genüsslich die Spalte entlang. Schob seine Zunge zwischen den Schamlippen durch und saugte an meiner Klitoris. Ich kam augenblicklich. Ich probierte, diesen Drang zu unterdrücken, doch ich hatte keine Chance. Ich stellte meine Füße rechts und links auf die Tischplatte auf und versuchte, mich von ihm wegzudrücken, um den Moment hinauszuzögern, aber er hielt mich felsenfest. Unverzüglich kam ich laut und heftig auf seinem Esstisch. Ich ließ los und schrie all meine Hingabe heraus. Tylor leckte jeden Tropfen meiner Ekstase ab. Etwas bescheuert kam ich mir schon vor, weil es so schnell ging, aber ich war so grenzenlos heiß auf ihn, dass ich mich absolut nicht länger beherrschen konnte. Ich suchte seinen Blick und empfand unermessliche Lust und Liebe für diesen Mann, der vor mir stand und mit verhangenen Augen auf mich herabblickte. Küssen hatten wir erledigt. Geleckt hatte er mich auch ... und wie! Blieb also noch ein weiterer Punkt auf meiner Liste offen. Wir wollten es beide. Wir brauchten es so sehr. Ich stand auf und schob ihn dabei ein Stück von mir weg, dann drehte ich mich um, streckte ihm meinen Hintern entgegen und legte meinen Oberkörper auf der Tischplatte ab. Ich gehörte ihm. Er musste mich nur nehmen. Und das tat er. Er befolgte meine Anweisung und ließ uns zusammen einen Moment lang die Welt vergessen.

24. Tylor

Sie streckte mir ihren Arsch entgegen, als wäre es das Selbstverständlichste der Welt. Ihre Beine stellte sie weit genug auseinander auf, so dass ich freie Sicht auf ihre Lustzone erhielt. Mein Schwanz pulsierte wie verrückt in meiner Hose. Bei ihrem Orgasmus wäre ich beinahe selbst gekommen, und das, obwohl sie mich bisher keine verfickte Sekunde berührt hatte. Ich war mir nicht sicher, wie lange ich mich kontrollieren konnte, sobald ich mich in ihr versenken würde. Vielleicht war es wirklich unser letzter Augenblick. Vielleicht würde sich später wieder die Hölle um uns herum auftun. Ich sollte verdammt sein, wenn ich uns beiden nicht das bescherte, nach dem wir verlangten.

»Emily, ...«

»Wenn du mich jetzt um Erlaubnis fragst, dann hau ich dir höchstpersönlich eine runter und zieh mich wieder an!« Ich konnte mir ein Lachen nicht verkneifen, verstand aber den Ernst der Sache. Ich zögerte dennoch, denn mit unseren letzten Komplikationen verspielte ich mir die Generalerlaubnis, die Emily mir einst gab. Natürlich war ihre Einladung, die sie mir in nackten Tatsachen präsentierte, eindeutig.

Aber es widersprach meinem eigenen Kodex, es nicht sicher zu klären. Verfluchte Scheiße!

»Okay, dann nicht!« Emily richtete sich wieder auf und deutete an, zu gehen. Blitzschnell hielt ich sie fest und hinderte sie daran, auch nur einen Zentimeter Abstand zwischen uns zu bringen. Stattdessen legte ich sie zurück auf den Tisch, in die Position, die sie zuvor selbst gewählt hatte. Denk nicht nach, du Idiot! Direkt an ihr stehend, fuhr ich mit meiner Hand über ihren runden Arsch. Ich streichelte sachte darüber, holte dann aus und klatschte mit angepasster Härte darauf. Sie stöhnte auf. Gleichermaßen erschrocken wie erregt. Sie versuchte, sich erneut aufzurichten, doch ich hinderte sie tonangebend und fixierte sie an Ort und Stelle. Dann zog ich meine Hose aus, ließ sie auf den Boden fallen und warf das Shirt hinterher. Meine harte Männlichkeit fand seinen Weg und glitt lässig ihre Ritze entlang. Ich griff nach ihren Hüften und zog sie ein Stück näher zu mir. Provozierend bewegte sie sich hin und her und rieb sich dadurch an meiner Erektion. Erneut schlug ich auf ihre Arschbacke. Ihr Stöhnen erklang lustvoll. Diesmal blieb der Schock darüber aus. Sie genoss es, wie ich es erwartete. Es kostete mich Überwindung, ohne ein eindeutiges Ja den nächsten Schritt zu gehen, aber dann schob ich meinen Finger tief in sie hinein. Sie war wunderbar eng und göttlich feucht für mich. Ich fingerte sie und beobachtete dabei jede ihrer Reaktionen genau. Ihre Hände klammerten sich rechts und links an die Tischkante und ihre Beine positionierte sie noch etwas weiter auseinander. Ich schob einen zweiten Finger hinterher. Mein stetiges Tempo machte sie heiß, aber ich wollte, dass sie nach mehr verlangte. Und sie tat es. Ihr Becken drückte immer wieder gegen meine Finger, damit ich sie heftiger mit ihnen fickte. *Unersättliches Biest!*

»Halt still!«, wies ich sie an. Sie hörte kurz auf, aber machte unerwartet schnell weiter in ihrem Tun.

»Tu, was ich dir sage, Emily!« Meine kompromisslose Anweisung untergrub ich mit einem weiteren Schlag auf ihren Arsch. Diesmal jedoch eine Spur fester. Sie wand sich kurz, blieb dann aber still liegen. Ich streichelte hingebungsvoll die Stelle und beruhigte die leicht gerötete Hautstelle. Dann ließ ich die Hand hinabwandern und durchfuhr damit ihre Po-Spalte. Die andere fingerte nach wie vor an ihrer nassen Pussy.

»Tylor nicht!« Sie stellte sich auf und schaute mich an. Mir war klar, dass sie keine Erfahrungen darin besaß, doch es gab nichts, vor dem sie sich fürchten musste.

»Vertrau mir!« Ihr Blick war zweifelnd und es dauerte einen Moment, aber dann legte sie sich zögerlich wieder in Position. Ich setzte meinen Weg fort und zog meine Finger aus ihr heraus. Ich strich mit den feuchten Spitzen über ihren hinteren Eingang, um ihre eigene Nässe als natürliches Gleitgel zu nutzen. Emily war so benässt, dass nichts anderes nötig war für das, was ich vorhatte. Ich streichelte und massierte ihr zweites Loch, ohne in sie einzudringen. Sie sollte sich an das Gefühl gewöhnen und verstehen, dass nichts Abstoßendes daran war. Dann schob ich meine Finger wieder in ihre Schnecke und fickte sie so, wie sie es vorher gefordert hatte. Es dauerte einen Augenblick, bis sie sich erneut fallen ließ und zurück in ihrer Lust ankam. Doch als es so weit war, nahm ich die zweite Hand dazu und schob vorsichtig meinen kleinen Finger in ihren Arsch hinein. Ich spürte sofort ihre Anspannung und bewegte meinen Finger nicht weiter. Sie war irritiert, aber nicht abgeneigt. Da ich sie vorne unaufhörlich traktierte, blieb ihre Lust durchgängig auf einem hohen Level. Sie entspannte sich langsam wieder, also begann ich gleichzeitig meine Finger in ihren beiden Löcher zu bewegen und verwöhnte sie somit doppelt. Ich spürte ihre Unsicherheit. Sie wusste nicht, ob sie dies genießen durfte. Ihr Kopf sagte ihr möglicherweise, dass es dreckig war, doch ihr Körper signalisierte Lust. Sie entspannte sich schlussendlich und genoss diese doppelte Penetration. Ich platze bald vor Geilheit. Sie so zu sehen, erregte mich ins Unermessliche. Sie stöhnte laut, tobte unter meinen Berührungen und stemmte sich immer wieder dagegen, um mich tiefer aufzunehmen. Da ihre Rosette noch nicht bereit für ein derart heftiges Eindringen war, zog ich meinen Finger aus ihrem Hintern heraus und legte dafür vorne einen Zahn zu. Meine Finger besorgten es ihr heftig, während meine andere Hand sich ausgiebig um ihre Klitoris kümmerte. Ich trieb Emily zu ihrem zweiten Orgasmus und spürte ihn deutlich an meinen Fingern. Ihre Vulva zog sich eng zusammen. Ihre Schamlippen waren mittlerweile sündhaft geschwollen und ihr Stöhnen brach vollkommen unkontrolliert aus ihr heraus. Es war mir unmöglich, mich auch nur eine Sekunde länger zu beherrschen. Ich wollte sie spüren. Mich in ihr versenken und in unserer gemeinsamen Lust ertrinken. Und dann endlich auch für sie kommen!

25. Emily

Mein zweiter Orgasmus durchflutete mich noch heftiger als der erste. Dieser Mann raubte mir jegliche Vernunft und die Verklemmtheit dazu. Ich musste gestehen, dass ich es wahnsinnig erregend fand, als er mir auf diese Art und Weise den Hintern versohlte. Im ersten Moment war ich verwundert. Das zählte definitiv zu den Dingen, die ich vorher nie erlebt hatte. Aber es machte mich an. Wir beide liebten Spielchen und dies war ein Spiel, das nur uns gehörte. Etwas Angst verspürte ich hingegen, als seine Finger sich an meinem Hinterteil zu schaffen machen wollten. In erster Linie fürchtete ich mich vor den Schmerzen, doch je mehr ich darüber nachdachte, desto mehr hatte ich Angst, mich zu blamieren. Wenn irgendwelche Rückstände an seinen Fingern haften geblieben wären, hätte ich mir selbst ein Erdloch gebuddelt, um mich darin zu verstecken. *Konnte das überhaupt passieren? Dass er im wahrsten Sinne des Wortes danach Kacke am Finger hatte?* Ich spürte, wie mir die Schamesröte ins Gesicht schoss, dabei kannte er meine Sorge nicht mal. Tylor versprühte absolute Entschlossenheit und signalisierte mir deutlich, dass er keinerlei Hemmungen oder Bedenken hatte. Daher tat ich, worum er mich bat. Ich vertraute ihm. Uneingeschränkt! Das Gefühl, ihn an jeder erdenklichen Stelle zu spüren, ließ meine Lust überschäumen, was sich in einem erneuten Höhepunkt widerspiegelte. An dem Punkt wollte ich nur noch eines. Ihm seinen eigenen Orgasmus besorgen. Und offensichtlich verspürte er ebenso den Drang danach. Er brachte mich an jede erotische Grenze und das Gleiche wollte ich für ihn tun. Ich blickte ihn entschlossen an, nahm seine Hand und leckte die Finger ab, mit der er kurz zuvor meine Pussy gefickt hatte. Er schloss seine Augen und genoss sowohl meine Lippen als auch die Tatsache, dass ich von mir selbst kostete.

»Wo hast du Kondome?« Tylor griff in eine nahegelegene Schublade und fischte das Nächstbeste heraus.

»Natürlich, allzeit bereit, Mr. Cliffort!«, zog ich ihn auf und verdrehte theatralisch die Augen. Ich nahm es ihm aus der Hand und vollendete meine Provokation: »Oh, Noppen. Für mich nur das Beste!« Frech grinsend schüttelte er den Kopf, während er mir das Gummi aus der Hand nahm und es überstreifte.

»Wie hättest du mich gerne?« Er sah mich kurz verständnislos an. Doch dann realisierte er, was ich wissen wollte. Er durfte mich dominieren! Ich überließ ihm volle Handlungsfreiheit, was dazu führte, dass seine Augen sich noch etwas mehr verdunkelten, als sie es eh durch seine Erregung schon taten. Er überlegte keine Sekunde, was mich zu der Annahme verleitete, dass er nicht das erste Mal an das dachte, was er mit mir tun würde.

»Komm mit!« Er nahm meine Hand und führte mich den kurzen Weg zur Couch herüber. Er fragte nicht, sondern er kontrollierte mich, was ausgesprochen heiß war. Bei Liam bin ich in solchen Situationen immer in eine Schockstarre verfallen. Halb betend, halb flehend. Bei Tylor versetzte mich diese Machtausübung in pure Ekstase. Ich wusste einfach, dass er niemals etwas tun würde, was mir schadete. Er deutete mir an, mich zu setzen. Ich gehorchte ihm ohne Widerspruch. Sein Anblick war atemberaubend. Wie er da stand. Nackt, erregt und mein! Er beugte sich zu mir herunter und überraschte mich, als er mich unangekündigt küsste. Er hatte die Erlaubnis, sich zu nehmen, was immer er wollte, und er entschied sich dazu, mich zu küssen. Liebevoll und zärtlich. Am liebsten hätte ich angefangen, zu heulen vor Freude, doch seine tonangebende Mission unterbrach er nur ganz kurz und spielte seine Fantasie direkt weiter ab.

»Leg dich hin und rück weit nach vorne mit deinem heißen Arsch. Dann warte auf mich!« Ich schaute ihn skeptisch an, vertraute aber darauf, dass er nicht auf die Idee kam, diesen stattlichen Ständer in meinen Hintern zu schieben. Offensichtlich ahnte er diesen Gedanken, denn er lächelte mich frech an, ohne ein Wort zu sagen. In seinen Augen erkannte ich dennoch, dass ich mir keine Sorgen machen musste. Auch wenn sein Grinsen etwas Diabolisches in sich trug. Er lief ins Schlafzimmer und kam kurze Zeit später zu mir zurück. Irgendetwas hielt er in der Hand, doch ich konnte nicht erkennen, was. Dann legte er ein Kästchen auf dem Tisch ab, entfernte die Rückenkissen des Sofas und rückte mich in Position. Mein Hintern lag an der Kante der Sitzfläche und meine Arme legte er hoch über meinen Kopf. Schließlich nahm er das Kästchen vom Tisch und lief damit um mich herum. Als er es öffnete, verstand ich, was er vorhatte. Er entnahm bordeauxrote Handschellen und legte sie mir an. Meine Hände fixierte er an dem Gestell der Couch, so dass es mir unmöglich war, die Arme herunterzunehmen. Es war ein seltsames Gefühl, so ausgeliefert dazuliegen, doch zugleich auch wahnsinnig erotisierend. Nachdem alles seiner Zufriedenheit entsprach, lief er zurück auf seine ursprüngliche Position und sah mich an. Er stand einfach da und blickte auf mich herab. Betrachtete jede einzelne Stelle meines Körpers. Dann hob er meine Beine an und stellte sich über mich. Meine Schultern lagen noch auf der Couch, den Rest fixierte er in der Luft. Ich fühlte mich wie in einem Turnvideo. Bitte machen Sie jetzt eine Kerze! Hatte er dafür so eine niedrige Couch? Und die Möglichkeit, jemanden zu fesseln?

»Du wirst mich nun tief spüren. Wenn ich dir irgendwie wehtue oder es unangenehm sein sollte, sag es mir. Sofort! Zögere nicht!« Seine Ansage bewirkte leichte Unsicherheit in mir, doch ich nickte ihm zu und verließ mich darauf, dass er nichts machte, was mir absichtlich wehtat. Daher war ich trotz meiner Neugierde vollkommen entspannt. Im nächsten Moment fand sein Glied das Ziel und drang in mich ein. Er füllte mich komplett aus. So tief wie nie zuvor. Ich atmete automatisch tief ein. Er bewegte sich ganz langsam, aber stetig. Ich gewöhnte mich schnell an das Gefühl und signalisierte ihm, mich so zu nehmen, wie es für ihn geil war. Er legte langsam an Speed zu, und packte mich etwas fester, um mich für den rascheren Rhythmus zu stabilisieren. Ich wollte ihn spüren und berühren, aber meine gefesselten Hände machten dies unmöglich. Meine Finger schlossen sich um das Gittergestell, an dem er mich festgebunden hatte, und ich ließ seiner und meiner Lust freien Lauf. Er schob sich in mich hinein, immer und immer wieder bis zum Anschlag. Seine Hoden klatschten gegen mich und das Geräusch unserer gemeinsamen Nässe erzeugte ein lautes Schmatzen bei jedem Aufeinandertreffen. Ich spürte, wie er noch mehr in mir anschwoll und das deutliche Pulsieren seiner Erregung. Nicht mehr lange und er würde für mich kommen. Doch kaum hatte ich den Gedanken gefasst, zog er sich plötzlich aus mir zurück. Ich fühlte mich, als hätte ich etwas verloren. Ich wollte nicht, dass er sich von mir entfernte, und ich wollte seinen Orgasmus, doch er hatte die Zügel in der Hand. Er kniete sich zwischen meine Beine und leckte mich wie von Sinnen. Ich konnte nicht mehr denken. Nicht mehr handeln. Selbst das Atmen setzte ich stellenweise einfach aus. Er spielte mit mir. Betrachtete mich und genoss meine Reaktionen auf jede seiner Berührungen. Ich flehte ihn an, wieder zu mir zu kommen, mich zu ficken und sich selbst zu erlösen, doch er setzte seine süße Folter ungeachtet fort. Immer wenn ich kurz vor einem weiteren Orgasmus stand, veränderte er die Position. Setzte aus. Oder grinste mich schlichtweg nur an. Er zögerte mein Kommen hinaus und brachte mich damit auf ein neues Level der Erregung. Als ich die Chance sah, schlang ich meine Beine um seine Hüften und zog ihn an mich heran. Ich wollte meine Finger in seinen Haaren vergraben und ihn küssen, während er mich hart vögelte.

Doch meine Hände ließen keinerlei Bewegung zu. Ich verfluchte diese Handschellen und verstand dann, dass er damit seinen Standpunkt des »Nicht-Anfassens« ohne Worte durchsetzte. Es gab keine Alternative, ich konnte ihn nicht anfassen!

»Ich will dich berühren!«, versuchte ich es so unbewegt, wie ich konnte, obwohl meine Emotionen kaum eine deutliche Besinnung zuließen.

»Na, na, na! Was sagt man?« Am liebsten hätte ich ihm das Grinsen, das er auflegte, aus dem Gesicht gefegt.

»Bitte!«, sagte ich stattdessen mürrisch, um ihn dennoch endlich wieder zu spüren. Unentwegt fummelte er mit seinen Fingern an mir herum, was dazu beitrug, dass ich kaum einen klaren Gedanken finden konnte.

»Bitte, was?«

»Fick dich!«

»Das ist das falsche Wort. Du meintest sicher Fick mich!« Im nächsten Augenblick stieß er sich unerwartet hart in mich hinein. Er packte mich und gab mir alles, was ich wollte, und das, ohne dass ich eine Erklärung geben musste. Das Klatschen und Schmatzen unserer Körper erfüllte den Raum und ergab mit unserem beiderseitigen Stöhnen eine gemeinsame Symphonie. Hier ging es nicht mehr darum, Sex zu haben, alles daran war genau das, worum ich ihn gebeten hatte. Lass uns zusammen die Welt um uns herum vergessen. Bitte, Tylor. Fick mich! Wir kamen zur gleichen Zeit und unser lautes Stöhnen verriet, wie extrem wir beide dies nötig hatten. Ich spürte, wie hart er in mir pumpte, und wünschte mir, dass sich kein beschissenes Kondom zwischen uns befand. Er verharrte noch einen Moment in mir. Genoss das Nachpumpen seines Höhepunkts. Dann trat er zurück, zog das Kondom ab und warf seine komplette Geilheit einfach so in den Mülleimer, obwohl sie doch für mich bestimmt war. Wenn das zwischen uns in irgendeiner Form weitergehen würde, müssten wir darüber reden. Dringend!

26. Tylor

Verdammt, was veranstaltete diese Frau nur mit mir? Der Sex mit ihr raubte mir jegliche Denkfähigkeit. Vor ihr war ich niemals in einer gekommen. Das war ein No-Go. Ich fickte immer nur so lange, bis ich vor meinem Orgasmus stand, und dann durften die Ladys mir bis zum Schluss einen blasen. Bei Emily hatte ich nicht die Stärke, mich rechtzeitig aus ihr zurückzuziehen. Und was noch viel schlimmer war ... ich wollte es auch nicht. Wir standen da und lauschten einfach nur gegenseitig unserem Atem. Da ihre Hände weiterhin gefesselt waren, bestand keine Gefahr einer unerwarteten Berührung. Wenn dies unser letztes Mal war, dann wollte ich jeden Moment in vollen Zügen genießen. Emily roch gut, aber nicht nach ihr. Wahrscheinlich lag es an dem Duschzeug aus der Klinik. Und den geliehenen Klamotten von Kira. Dieser Gedanke holte mich in die Realität zurück. Die Welt um uns herum gestaltete sich noch immer als das reinste Chaos, auch wenn die Zeit für uns beide in den vergangenen Minuten stillgestanden hatte. Ich entfernte mich ein Stück, entsorgte das Gummi und befreite sie dann von ihren freiwilligen Fesseln.

»Lass uns duschen und dann fahren wir ins Krankenhaus!« Emily folgte mir ohne Widerspruch, doch ich sah ihr an, dass sie gern mit mir noch gekuschelt hätte oder ähnliches. So standen wir aber kurz danach zusammen unter der Dusche. Unauffällig musterte ich ihren Körper und entdeckte diverse Kratzer, blaue Flecken sowie größere Verletzungen. Ich spürte, wie die Wut wieder in mir aufkochte. Leider auch die Wut auf mich selbst. Hätte ich sie an dem Abend nicht allein gelassen, wäre ihr das erspart geblieben. All das war meine verfickte Schuld!

»Was ist los?« Sie riss mich aus meinen Gedanken.

»Was meinst du?«

»Dein Gesicht ist so angespannt, dass ich Sorge habe, dass dein Kiefer gleich den Geist aufgibt.«

»Es ist alles okay.«, schloss ich die Diskussion und drehte ihr den Rücken zu.

»Lüg mich nicht an, Tylor!«, sagte sie streng und erinnerte mich damit unmissverständlich an unsere Übereinkunft, immer ehrlich zu sein. Fuck! Ich drehte mich wieder um, versuchte aber dennoch, der Unterhaltung vorerst zu entgehen.

»Können wir später darüber reden? Ich würde jetzt gerne erstmal zu Patrick und das Gespräch zwischen uns wird nicht so schnell erledigt sein.«

»Hab ich was falsch gemacht?«

»Nein ich! Es ist mein Fehler!« Emily sah mich nur an. Wartete auf eine weitere Erklärung meinerseits. Da ich nichts mehr hinzufügte, akzeptierte sie meinen Wunsch, dass wir später darüber sprachen. So beendeten wir das Duschen wortlos. Danach lief jeder von uns in sein Zimmer. Finley besorgte bereits am frühen Morgen Anziehsachen für Emily. Kira packte diese in Windeseile zusammen, damit Emily einige ihrer eigenen Klamotten bekam. Als sie aus Melissas Zimmer herauskam, sah sie wieder aus wie sie selbst. Zwar ziemlich mitgenommen, aber dennoch sie selbst. Wir fuhren hinunter in die Tiefgarage und stiegen zu Finley in den Wagen. Nach wie vor sprachen wir kein einziges Wort mehr miteinander.

27. Emily

Er hatte also einen Fehler gemacht. Toll! Ich war so bescheuert. Warum konnte ich nicht einmal den Kopf einschalten, wenn es um Tylor ging? Meine Lust auf ihn sorgte dafür, dass ich nicht klar denken konnte. Zudem dachte ich, dass auch er eine heiße Nummer gebrauchen konnte, um auf andere Gedanken zu kommen. Und jetzt bereute er unsere vergangenen Stunden. Ganz toll, Emily! Er wollte das alles gar nicht, aber ich musste mich ihm ja so energisch aufdrängen, dass er keine Wahl hatte, als mich zu nehmen. Wie peinlich konnte man sich bitte anstellen? Ich machte ihm keinen Vorwurf. Nicht im Geringsten. Ich ärgerte mich mehr über mich selbst. Was sollte er schon tun, wenn ich mich nackt auf seinem Esstisch räkelte? Es war ja nett, dass er mich nicht an Ort und Stelle sitzen ließ, sondern sich regelrecht opferte, damit ich mich nicht zum totalen Trottel machte. Doch in der Zwischenzeit bereute er es, mich angerührt zu haben. Am liebsten hätte ich mich ins Bett geworfen, geheult und mich versteckt, aber wir mussten zu Patrick. Für meine Wehwehchen war nicht die Zeit, also schaltete ich auf Autopilot und funktionierte, solange es nötig war. Wir sprachen kein Wort mehr und das war mir sehr recht. Ich wollte es Tylor nicht noch schwerer machen. Zudem hatte ich keine Ahnung, ob ich die Tränen, die ich mühsam herunterschluckte, weiter unterdrücken konnte, wenn er mir die erwartete Abfuhr erteilte. In der Klinik angekommen liefen wir direkt zur Intensivstation. Wir warteten ungeduldig, bis uns endlich jemand Infos zum aktuellen Zustand geben konnte. Die Ärztin, die uns schon in der Nacht informierte, tauchte erneut auf. Sie wirkte müde, aber freundlich und begrüßte uns direkt mit der Botschaft, dass es gute Neuigkeiten gab. Sie erklärte uns, dass Patrick sich für seine Umstände erstaunlich erholt hatte und seine Vitalwerte sich sehr gut hielten. Die Wunde sah ausgezeichnet aus und Patrick hätte nach uns gefragt.

»Wie bitte? Er war schon wach?«, hakte Tylor genauer nach.

»Nein, nicht wirklich wach. Es war eher so ein Traumsprechen, wenn Sie so wollen. Das findet im Unterbewusstsein statt. Das Gute daran ist aber, dass wir dadurch davon ausgehen, dass sein Gehirn keinen Schaden genommen hat. Er war eine kurze Zeit nicht mehr unter den Lebenden. Diese enormen Auswirkungen darf man nicht unterschätzen. Doch aktuell sieht alles so aus, als ob es zu keinen großen bleibenden Schäden geführt hätte. Genauer wissen wir es, wenn er komplett aufwacht.«

»Ist er noch in Lebensgefahr?« Tylor musste das selbstverständlich fragen, doch ich sah, dass er die Luft anhielt, als er auf die Antwort wartete.

»Nein. Es besteht keine Lebensgefahr mehr. Mr. Leroy wird wieder gesund werden!« Gott sei Dank! Mir rannen ungehindert Tränen die Wangen hinunter. Erst jetzt bemerkte ich, dass auch ich den Atem anhielt, denn ich schnappte stockend nach Luft und hörte mich dabei an, als wenn ich erstickte. Mein Atmen vermischte sich mit dem Geheule, was dazu führte, dass mich beide abrupt ansahen. Ich hob kurz eine Hand, um zu signalisieren, dass es mir gut ging, und trat einen Schritt beiseite. Ich war so unendlich glücklich, dass Patrick es schaffte und Tylor seinen besten Freund weiterhin an seiner Seite hatte. Zeitgleich war ich dankbar, dass ich nicht schuld an seinem Tod war. Ich schoss ihn zwar nicht selbst an, doch Liam tat es. Wegen mir! Dieser Moment tat so unendlich gut, dass ich mich mit dem Rücken an die Wand lehnte und bloß dastand und aus etwas Entfernung zuhörte. Die beiden ignorierten mich und sprachen weiter, was mir absolut recht war. Als die Ärztin ging, rief Tylor bei Larry an und informierte ihn über alles, was wir in Erfahrung bringen konnten. Aktuell brauchte Patrick noch Ruhe, daher durfte keiner zu ihm. Aber auch das war okay. Er lebte, nur das war wichtig! Also gingen wir zurück zu Finley und informierten ihn ebenfalls. Wir alle waren einfach nur erleichtert. Riesige Steine fielen uns vom Herzen. Jedem von uns! Ich glaube selbst der Ärztin. Diesen Vorfall würde sie sicher noch lange in ihrer Erinnerung behalten.

»Gehen wir was essen?«

»Nein danke. Ich würde gerne in meine Wohnung zurück. Du musst nicht mehr auf mich aufpassen. Auch meine ärztlich verordnete Beobachtungszeit ist abgelaufen. Ich darf jetzt wieder alleine bleiben. Ich will einfach nur nach Hause!«

»Seit Stunden sprichst du kein Wort mehr mit mir. Jetzt willst du nach Hause und gehst mir aus dem Weg. Was ist los, Emily?«

»Es ist alles okay!« Tylor sah mich mit hochgezogener Augenbraue an und glaubte mir kein Wort.

»Natürlich! Meinst du, ich bin blöd oder was? Verarschen kann ich mich auch alleine!« *Er regte sich auf? Er?*

»Können wir dann vielleicht auch mal später drüber reden. Ich möchte mich jetzt gerade wirklich nicht unterhalten, Tylor!«

»Darum geht's? Dass ich vorhin nicht mit dir über unsere ganze Kacke sprechen wollte? Ernsthaft?« Er blieb stehen und sah mich an.

»Nein! Darum, dass es nichts zu besprechen gibt!« Tränen traten in meine Augen.

»Diesmal werden wir nicht so auseinandergehen!«, bekräftigte er seine Aussage dominant und ließ keinerlei Widerspruch zu.

»Du kommst mit zu mir. Wir sprechen und essen was, und wenn du dann noch immer gehen willst, wird Finley dich unverzüglich zu dir fahren!« Ich wollte protestieren und dagegen argumentieren. Meinen Standpunkt dazu klarstellen. Aber Tylor wartete nicht mal eine Reaktion ab, sondern packte meine Hand und zog mich hinter sich her. Ich versuchte, meine Finger aus seinen herauszuziehen, doch er hielt sie unnachgiebig fest. Ich hatte keine Chance. Wenn ich nicht auf der Stelle ein Drama veranstalten wollte, musste ich so neben ihm her trotten. Die Leute sahen uns eh schon an, oder zumindest bildete ich mir das ein. Aber eines wurde mir zusätzlich extrem bewusst. Nämlich, dass wir Hand in Hand durch das Krankenhaus und über die Straße zum Auto liefen. In seinem Wahn schien er das gar nicht zu bemerken oder zumindest nicht wirklich zu realisieren. Auch wenn es die Situation nicht hergab, grinste ich dümmlich vor mich hin und stolzierte als die Frau an seiner

Seite neben ihm her. Vielleicht sollte ich ihn öfter an diese Grenze bringen, wenn ich dadurch sowas hervorrufen konnte. Besinn dich, Emily! Er will dich nicht mehr. Nach diesem Gespräch waren alle Träume zerplatzt.

28. Tylor

Diesmal würde keiner von uns sich vor der Konfrontation verpissen. Aus dem letzten Mal hatte ich gelernt. Ich wusste zwar nicht, was nach unserem kürzlichen Esstischvergnügen geschehen war, aber das würden wir definitiv klären. Vielleicht hatte sie wieder zu Besinnung gefunden und wollte das zwischen uns doch nicht mehr, dann war es okay und ich akzeptierte es. Aber dann sollte sie es mir verdammt nochmal sagen und nicht vor mir flüchten. Hand in Hand stolzierten wir durch das Krankenhaus. Erst zierte sie sich, doch mittlerweile gab sie ihren Widerstand auf. Auch ihr Grinsen, das sie zwischenzeitlich aufgelegt hatte, entging mir nicht. Ich musste mich bemühen, nicht ebenso dümmlich zu schauen, denn die Situation war gänzlich absurd. Tylor Cliffort spazierte händchenhaltend mit einer Frau durch die Öffentlichkeit. Noch auffälliger wäre nicht mal ein bunter Hund gewesen, der rückwärts lief. Aber ich fand es auch zum Anbeißen, dass sie stolz neben mir her spazierte. Denn ich wusste, dass sie nicht stolz darauf war, weil ich reich oder einflussreich mein Leben bestritt. Sondern weil ich einfach ich war, und das schmeichelte mir tatsächlich sehr, auch wenn ich nicht verstand, was sie in mir sah. Ich hatte keine Ahnung, wie wir das alles hinbekommen sollten. Aber ich war mir sicher, dass wir getrennt voneinander nicht da waren, wo wir hingehörten. Mir war klar, dass es an mir lag. Ich hatte keinen Plan davon, wie man eine Beziehung führte, aber vielleicht fanden wir einen Weg. Gemeinsam! Auch wenn mir allein bei dem Gedanken schon Schweißperlen auf der Stirn standen. Vom Auto aus informierte ich dann Rosalie über Patricks Zustand. Da sie ihn genau so lange kannte wie ich und Larry, war seine Genesung ihr ebenso wichtig. Außerdem teilte ich ihr mit, dass sich Emily vorerst bei mir aufhielt und wir daher mehr Essen und Frauenkram im Haus benötigten. Emily sagte nichts dazu, aber auch nichts dagegen. Sie sah einfach nur angespannt aus dem Fenster. Ich fragte mich abermals, wie meine Adoptiveltern es hinbekamen eine glückliche Ehe zu führen. Bei ihnen wirkte immer alles leicht und herzlich. Sie lachten und respektierten sich in jeder Sekunde ihres Daseins. Bei uns regierte das reinste Chaos und ohne harte Arbeit schafften wir nicht mal einige Wochen zusammen. Es war eindeutig meine Schuld, denn Emily hatte schon bewiesen, dass sie in der Lage war, eine Beziehung zu führen, auch wenn sie sich dafür den reinsten Vollidioten geangelt hatte. Na ja, diesem Schema blieb sie ja bei mir treu, wenngleich aus anderen Gründen. Ich war kaputt und rettungslos. Aber ich behandelte Frauen nicht beschissen, ich betete sie an. Vor allem Emily. Niemals begegnete ich irgendeine wie respektlos oder abwertend. Auch wenn ich bei Lora hart an die Grenze gehen musste. Ich war ein emotionaler Freak, das ja! Aber Liam der reinste Abschaum. Rosalie zauberte uns ein wunderbares Essen, welches bereits fix und fertig auf dem Tisch stand, als wir aus dem Aufzug traten. Der ganze Raum roch nach Pasta alla Rosa. Der Geruch nach Rosmarin und Meeresfrüchten ließ uns das Wasser im Mund zusammenlaufen. Sie gab sich immer für mich Mühe, aber dieses Arrangement strotzte vor Romantik. Im ersten Moment hätte ich sie erwürgen können und ich musste zugeben, dass ich am liebsten drei Schritte zurückgegangen wäre. Aber so sah wohl meine Zukunft aus, wenn ich das hier nicht verbockte. Rosalie verabschiedete sich nach einem kurzen Plausch und ließ uns allein. Wir setzten uns hin und begannen zu essen.

»Scheint jetzt dein Stammplatz zu werden, so wie es aussieht!«, neckte ich Emily, da sie genau dort saß, wo vorhin noch ihr nackter Arsch über die Tischplatte rutschte.

»Welcher Stammplatz?« Ich hob herausfordernd die Augenbraue und klopfte mit der Hand langsam auf den Platz vor ihrem Teller.

»Tylor!« Sie lachte laut auf und versteckte das Gesicht in ihren Händen. Was mir ebenfalls ein Lächeln entlockte. Ihre Schamesröte zeigte sich deutlich in den Fingerzwischenräumen. Zumindest bekam ich das noch hin, das war doch ein gutes Zeichen.

»Du bist echt unmöglich, weißt du das!«, nuschelte sie in ihre Handflächen.

»Ja, hab ich schon mal gehört glaube ich!« Sie nahm die Hände runter und grinste mich mit einer Mischung aus Empörung und Hingabe an, und ich meinte, einen Hauch Sorglosigkeit darin zu entdecken. Wir warfen uns in der Vergangenheit Dinge an den Kopf, die nicht korrekt waren. Nicht nur, dass sie nicht der Wahrheit entsprachen. Nein, sie waren schlichtweg falsch. Sie dienten dazu, den anderen aus der Reserve zu locken oder gar zu verletzen. Unsere gegenseitige Intimität gab mir jedoch Hoffnung, dass wir es noch nicht komplett versaut hatten. Ich wollte sie! Sie wollte mich! In jeder erdenklichen Perspektive! Vielleicht würde der Abend doch nicht in einer Katastrophe enden.

29. Emily

Das Essen schmeckte superlecker. Erst dabei bemerkte ich, wie groß mein Hunger tatsächlich war. Ich hatte scheinbar einiges nachzuholen aus den letzten Tagen. Tylor verabschiedete sich kurz unter die Dusche und versprach mir, dass wir danach über alles sprechen würden. Ich wollte es zwar aus der Welt schaffen, aber zeitgleich hatte ich Angst vor dem, was er mir sagen könnte. Dass er unseren Sex am Morgen bereute, wusste ich ja bereits. Ich verstand nur nicht, warum. Er vögelte schon so viele Frauen, warum war ich dahingehend eine Ausnahme, die ihm leidtat? Und warum machte er dann beim Essen eine Anspielung darauf? Na ja, ich würde es wohl noch herausfinden. Ich holte meine Bettdecke aus Melissas Zimmer und kuschelte mich auf die Couch. Ich fragte mich wieder mal, ob es seiner Schwester überhaupt recht war, dass ich ihr Zimmer nutzte, doch fragen konnte ich sie nicht, da ich außer Larry und Patrick keinen von seinen Leuten kannte. Ich lauschte dem Plätschern seines Wassers und versank in meinen Gedanken, die dazu beitrugen, dass ich unverhofft einschlief. Als ich wieder aufwachte, war es dunkel und es brannte nur ein kleines Licht in der Ecke des Raums. Tylor saß mir gegenüber im Sessel und sah mich an. Im ersten Augenblick kam ich mir komisch und beobachtet vor, und ich brauchte einen Moment, um seine Stimmung zu deuten, da ich somit unser Gespräch verzögerte. Doch dann sah ich seinen Blick und genoss diese Reinheit, die er ausstrahlte. In der Regel versteckte er sich hinter meterhohen Mauern, die er wie ein Ritter bis zum Tode verteidigte, doch so wie er dasaß, war er einfach Tylor. Seine Haare hingen noch leicht feucht und wuschelig in seinem Gesicht. Er roch himmlisch. Frisch und irgendwie nach Meer. Er trug eine schwarze Jogginghose und ein hautenges Shirt, welches jeden Zentimeter seines Körpers betonte. Ich genoss die Situation einen Augenblick und unsere Blicke schossen wie Funken zwischen uns hin und her. Sie sagten alles aus, und zugleich hingen sie als unausgesprochene Worte in der Luft. Wir mussten diesen Kreislauf durchbrechen und endlich miteinander reden, wenn wir auch nur den Hauch einer Chance haben wollten, zumindest Freunde zu bleiben. Immerhin hatte ich das Patrick versprochen! Ich setzte mich aufrecht hin, verschränkte die Beine in einen Schneidersitz und wartete, dass er die Initiative ergriff. Was er nicht tat. Minutenlang sah er mich einfach weiter an. Ohne ein Wort. Ohne den Blick abzuwenden. Er machte mich nervös. In vielerlei Hinsicht.

»Ähhämm!«, räusperte ich mich, um endlich mit dem unumgänglichen Gespräch zu beginnen.

»Was genau sollen wir besprechen? Ich bin nicht sicher, was es noch zu reden gibt.« Tylor wandt zum ersten Mal den Blick ab und betrachtete stattdessen seine Hände. Dann fand er endlich die Worte, die er suchte.

»Wir sind wie immer bei offen und ehrlich, richtig? Auch wenn es unangenehm wäre, sagen wir uns immer die Wahrheit!«

»Ja, versprochen. Wenn du es auch tust!« Tylor bestätigte dies mit einem Nicken und ich wusste, dass ich ihm vertrauen konnte. Was ich nicht wusste, war die Tatsache, warum er danach fragte.

»Okay, dann beginnen wir damit, warum du nach unserem Sex heute plötzlich abweisend zu mir warst!« Na toll. Ein langsamer Start ins Gespräch wäre wohl zu viel verlangt gewesen.

»Ich hatte das Gefühl, dass es besser wäre, wenn ich mich zurückziehe.«, antwortete ich wahrheitsgemäß.

»Warum hast du das gedacht? Es war doch alles gut, oder nicht?«

»Ja. Schon. Zumindest bis zum Duschen.«
Ich sah ihm an, dass er die Situation unter der
Dusche Revue passieren ließ.

»Du bist sauer, weil ich nicht sofort mit dir
sprechen wollte? Aber ich habe dir doch
erklärt, dass es länger dauert und ich es nicht
dazwischen schieben wollte.«

»Jain! Im Prinzip hast du mir erklärt, dass
du einen Fehler gemacht hast und bereust, was
kurz zuvor geschehen ist.« Tylor stand auf und
kam zu mir herüber. Er setzte sich direkt neben
mich und nahm meine Hand.

»Herrgott, Emily! Wenn das hier irgendwie
klappen soll, müssen wir daran arbeiten, dass
ich mich genauer ausdrücke und du nichts
hineininterpretierst, was ich niemals gesagt
habe! Ich habe gesagt, dass ich einen Fehler
gemacht habe und auch, dass ich es bereue,
aber ich bezog das auf unseren Abend vor
deiner Entführung. Nicht auf heute!« Ich war
so selten dämlich. Natürlich meinte er das. *Verdammt nochmal!* Ich spürte, wie mir schon
wieder die Scham ins Gesicht stieg, doch
meine Wut auf mich selbst hielt sie im Zaum.

»Ich habe nichts bereut! Zumindest nicht
heute. Aber ich habe dich an dem Abend allein
gelassen, was mir unendlich leid tut. Und was
noch schlimmer ist ... ich habe dafür gesorgt,
dass du Angst vor mir hast. Das werde ich mir
niemals verzeihen!«

»Nein, Tylor! Ich hatte keine Angst vor dir.«
Ich drehte mich zu ihm und verschränkte
meine Finger mit seinen. »Ich hatte Angst vor
meinen Erinnerungen. Vor dem, was Liam in
mir kaputtgemacht hat im Laufe der Jahre.
Aber ich vertraue dir zu einhundertprozent,
dass du mir niemals körperlich wehtun würdest.« Uns beiden standen Tränen in den
Augen. Keiner von uns konnte das Geschehene
ändern und wir trugen auch keine Schuld an
all dem. Dass wir hier saßen. Hand in Hand.
Das war mehr, als ich mir je erhofft hatte.

»Es tut mir dennoch leid. Aber ich danke
dir, dass du mir verzeihst und mir keine
Schuld gibst. Auch wenn ich es dennoch selbst
tue. Aber das ist eine Baustelle, mit der ich
fertig werden muss. Nicht du!« Tylor strich in
Gedanken versunken mit seinem Daumen über
meinen Handrücken. Sein Gesicht zum Zerreißen gespannt.

»Wie kommst du nur darauf, dass ich
irgendetwas bereuen könnte, was dich betrifft?
Hattest du vorhin das Gefühl, dass ich dich
nicht genossen habe? Dass ich dich nicht will?«

»Nein. Ich spüre, dass du mich genießt.
Genau so wie ich dich. Zwischen uns, das ist
magisch!« Ich lachte los. »Sorry, das klingt als
wäre ich ein Teenie. Aber ich spüre dich, bevor
ich dich sehe. Und wenn du mich berührst,
vergesse ich alles um mich herum. Und ich

glaube, dass es dir ähnlich geht.« Er überlegte keine Sekunde, bevor er weitersprach.

»Mir geht es genauso. Nur, dass ich es nicht so schön formulieren kann. Wie geht es weiter mit uns, Emily? Ich bin nicht gut in sowas und das wird sich auch nicht einfach mal so ändern.«

»Das ist mir klar. Und ich möchte auch gar nicht, dass du dich änderst. Na gut, etwas vielleicht.«, grinste ich ihn an. »Aber im Grunde mag ich dich genau so, wie du bist. Deine Arroganz, deine Überheblichkeit, dein Sexappeal. Und auch deine Dominanz und dass du mich herausforderst. Dass du Dinge in mir weckst, die ich selbst nicht an mir kenne. Das alles will ich! Doch ich brauche die Gewissheit, dass du mich genauso willst, und ich brauche dich als feste Basis an meiner Seite. Mir ist es zu wenig, nur deine Affäre zu sein. Oder eine Freundschaft plus. Ich will deine Freundin sein. Die eine! Und auch wenn es schwer ist, denke ich, dass es das wert ist. Die Frage ist nur, ob du das auch so siehst und es versuchen willst. Wenn nicht, bleiben wir Freunde, aber dann ohne ein Plus!« Meine Liebeserklärung war so nicht geplant, doch als ich einmal loslegte, kamen die Worte nur so aus mir herausgeschossen. Tylor schaute hinab auf unsere Finger, die noch immer ineinander verschlungen auf der Decke lagen. Ich hätte so gerne gewusst, was in seinem Kopf vorging, doch ich wollte ihm die Zeit geben, über alles in Ruhe nachzudenken. Ich wollte kein Hin und Her mehr. Was er jetzt entschied, das würde bleiben. Wie auch immer die Entscheidung ausfiel.

30. Tylor

Mir war klar, dass sie recht hatte. Aber ich wusste nicht, ob ich das ebenso wollte. Ich hatte mich in Emily verliebt, das stand außer Frage. Und die Vorstellung, nicht mehr in ihrer Nähe zu sein, war schier undenkbar. Meine Gedanken wanderten erneut zu meinen Eltern. Wie stellten sie das nur an? Bei ihnen sah Liebe einfach aus. Glück wirkte spürbar. Bei Emily und mir endete jeder einzelne Tag im Chaos. Vielleicht passte es zwischen uns schlicht und einfach nicht. Oder lag es daran, dass ich es bisher nicht wirklich versucht hatte? Sie saß hier vor mir und ich schaffte es nicht mal, sie anzusehen. Trotz allem, was sie sagte, war ich unsicher. Sie wollte mich, wie ich war. Aber wie verfickt nochmal sollte ich für sie das sein, was sie brauchte? Wie sollte ich der Mann sein, in den sie sich verliebt hatte, und zugleich der, den ich in der Öffentlichkeit vorgab? Das war doch alles zum Scheitern verurteilt. Das klappte niemals!

»Tylor, zerdenke nicht alles! Teilst du mit mir deine Gedanken?« Sie hatte ja recht. Ich saß hier minutenlang in meinen Überlegungen versunken rum, ohne sie einzubeziehen. Vielleicht sollte ich genau das tun, um eine Lösung zu finden. Nur das offene und ehrliche Sprechen über Gefühle gestaltete sich für mich als eine echte Herausforderung. Ich zwang sie regelrecht zu diesem Gespräch, also musste ich diesen Druck nun ebenso für mich anwenden.

»Okay, aber ich warne dich. Ich bin überhaupt nicht gut in so einer Scheiße, also leg nicht jedes Wort auf die Goldwaage!« Emily nickte vorsichtig zur Bestätigung.

»Ich kann mir nicht vorstellen, nur mit dir befreundet zu sein. Ich will mehr als das!«

»Das ist doch schon mal ein Anfang, finde ich. Du weißt also schon mal, was du nicht willst!«

»Ja, aber ich weiß nicht, wie ich dieses *Mehr* umsetzen soll. Wir haben es schon mal versucht und da ging es noch nicht mal um eine wirkliche Beziehung. Und trotzdem haben wir es innerhalb kürzester Zeit komplett verkackt.«

»Das stimmt, aber dennoch sitzen wir hier zusammen und reden. Das ist doch ein gutes Zeichen, oder nicht? Wenn da nichts wäre zwischen uns, dann würden wir schon längst getrennte Wege gehen. Tun wir aber nicht!« Da war was Wahres dran. Wie so oft hatte sie recht.

»Du denkst also, dass Verliebtsein ausreichend ist?«

»Wenn es beide sind, dann ja. Das denke ich tatsächlich! Ist es denn so?«

»Woher soll ich wissen, ob du verliebt bist? Ich meine, ich könnte es ja verstehen, ich bin halt unwiderstehlich!«, versuchte ich, auf die spaßige Ebene zu gehen, um keine Antwort auf ihre Anspielung geben zu müssen. Doch sie ließ nicht locker. Sie sagte zwar nichts mehr, aber ihr Blick signalisierte eindeutig, dass sie auf eine Reaktion wartete.

»Ja, vielleicht.«, stammelte ich mir zurecht wie ein Idiot.

»Vielleicht? Also, ich bin mir sehr sicher. Ich habe mich in dich verliebt, Tylor Cliffort!« Wow! Diese Worte hatte ich noch nie in meinem ganzen Leben gehört. Und jetzt, wo ich sie vernahm, überschlugen sich jegliche Emotionen zu einem großen Wirrwarr. So oft hatte ich mir diese Worte von Lisa gewünscht, doch immer nur einen Arschtritt erhalten. Ich sah Emily endlich wieder an und ihr Anblick verschlug mir im selben Augenblick jeglichen weiteren Gedanken. Ich liebte diese Frau. Ich war mir mehr als sicher. Es gab kein Vielleicht. Ich wollte sie oder keine!

»Dann streichen wir das Vielleicht. Denn ich habe mich ganz sich auch in dich verliebt, Emily Downert!« Im nächsten Moment saß sie heulend auf meinem Schoß und küsste mich. Sie klammerte sich an mir fest und ich hielt sie.

»Warum verdammt nochmal spannst du mich dann so lange auf die Folter?«

»Na, na, na. So eine Ausdrucksweise, junge Dame?«, erwiderte ich, ohne den Spott in meiner Stimme zu überspielen. »Meine Gefühle will ich nicht abstreiten, aber meine Angst auch nicht, Emily. Ich habe keine Ahnung, wie das alles funktioniert! In der Hinsicht bin ich quasi Jungfrau. Und ich scheiße mir ziemlich in die Hose, allein bei der Vorstellung, was ich alles falsch machen kann.«

»Ich habe auch keine Ahnung, wie wir das hinbekommen sollen, aber wenn wir es beide wollen, dann schaffen wir das. Ich glaube an uns! Okay?«

»Okay! Also, ähm ... Scheiße ... ich habe dann jetzt wohl eine feste Freundin!« Ich sagte es so unbeschwert, wie ich nur konnte, doch in Wahrheit ging mir der Arsch ganz schön auf Grundeis.

31. Emily

Ich schwebte auf Wolke sieben. So stellte ich mir den Abend definitiv nicht vor. Tylor war also in mich verliebt und wir waren ab sofort offiziell ein Paar. Am liebsten hätte ich es von allen Dächern geschrien. »Tylor Cliffort war vom Markt! Er gehörte mir!« Seit Stunden lagen wir einfach hier und quatschten über Gott und die Welt. Nichts Besonderes oder Superprivates, aber das sprengte so viele seiner Grenzen gleichzeitig, dass ich jede Sekunde zu schätzen wusste. Er war noch immer der gleiche beziehungsgestörte Typ wie zu der Zeit, als ich ihn kennenlernte. Und auch Nähe mochte er nicht wirklich. Oder zumindest genoss er sie nicht. Daher legte ich mich nur auf seinen Bauch und sah ihn an, während wir redeten. Zwischendurch, wenn er nicht groß drüber nachdachte, streichelte er über meinen Arm oder meine Haare. Ich blieb dann wie eine Statue liegen, damit er nicht wieder aufhörte. Zumindest dauerte es so immer ein paar Minuten, bis es ihm selbst auffiel und er sein Tun wieder einstellte. Diese Zeit genoss ich dafür im vollen Maße.

»Begleitest du mich in zwei Wochen auf einen Empfang?«

»Was für ein Empfang? Und wie genau meinst du begleiten? Als deine Freundin? Also so richtig öffentlich?«

»Nein, ich dachte eher daran, dass du vor mir hingehst und dich dann frühzeitig unter den Tisch begibst und wartest, bis ich mich setze, um mich dann heimlich mit einem geilen Blowjob zu beglücken!«

»Hmmm, das hätte was!«, entgegnete ich verführerisch. Bei seinem plötzlich sehr interessiertem Gesichtsausdruck musste ich unwillkürlich anfangen zu lachen. »Vergiss es, Tylor!«

»Schade!«, zog er einen theatralischen Schmollmund. »Aber ja, natürlich offiziell als meine Freundin. Es ist mehr oder weniger ein Ball, der seit Jahrzehnten stattfindet. Es dauert zu lange, um das alles zu erklären. Die Kurzfassung ist, dass mir ein Kinderheim gehört, welches seit mittlerweile 50 Jahren besteht. Ich habe es erst seit einigen Wochen, aber na ja, sagen wir, uns verbindet eine gemeinsame Vergangenheit. Da es dieses Jahr 50-jähriges Jubiläum hat und Larry der Meinung ist, dass ich es nicht absagen sollte, findet es halt statt. Eigentlich alle fünf Jahre, aber diesmal halt besonders groß.«

»Ich würde dich sehr gerne begleiten, Schatz!« Kaum hatte ich es ausgesprochen, musste ich schon wieder losprusten. Wie er mich ansah, war einfach Gold wert. Ich würde mir darüber noch ziemlich oft einen Spaß erlauben.

»Sehr lustig, Schatz!«, erwiderte er ebenfalls mit einem Grinsen auf den Lippen, nachdem er den ersten Schock über meine Wortwahl verarbeitet hatte. »Meine ganze Familie wird da sein, mal sehen, ob du dann noch immer lachst.« Nun blieb mir wortwörtlich mein Gelächter im Hals stecken.

»Du stellst mich deiner Familie vor und gleichzeitig der ganzen Welt? Bei unserem ersten Mal, dass wir überhaupt zusammen unterwegs sind?«

»Du musst nicht, wenn du nicht willst!«

»Und ob ich will, aber ich habe Angst. Was ist, wenn sie mich nicht mögen?« Tylor lachte erneut laut auf.

»Ich bin der absolute Beziehungsfreak. Gestört. Kaputt. Und habe noch nie eine Frau an meiner Seite präsentiert! Und du machst dir Sorgen, dass sie dich nicht mögen könnten? Ach, Emily!«, grinste er mich an. »Sie werden dich lieben, schon allein weil es dich gibt. Aber erst recht, weil du mich glücklich machst!« Diese Aussage scheuchte die Schmetterlinge in meinem Bauch erneut auf.

»Aber ich werde dich an meiner Seite brauchen, Tylor!«

»Und ich dich an meiner, das ist doch dann sehr praktisch!« Mir war klar, dass wir beide versuchten, es schönzureden und optimistisch zu sein, aber in Wirklichkeit steuerten wir geradewegs auf neues Chaos zu. Zum Glück blieb uns bis dahin noch etwas Zeit, so das wir uns erstmal an den Gedanken gewöhnen konnten. Zwei Wochen konnten eine endlos lange Zeit sein, aber andersrum auch vergehen wie im Flug.

»Über was denkst du nach?«, fragte mich Tylor, nachdem ich schweigend dasaß und vor mich hinstarrte.

»Ich versuche eigentlich nur, das alles zu realisieren. Irgendwie geht das bei uns immer wieder von null auf hundert in weniger als einer Sekunde.« Er antwortete mir nicht, aber nickte langsam und versank ebenfalls in seinen Gedanken.

»Ich freue mich, dass wir endlich einen gemeinsamen Weg gehen, Tylor. Oder es zumindest versuchen. Es ist nur ... «

»Du hast Angst? Dass ich es versaue!« Seine Worte signalisierten mir eines ganz deutlich. Seine eigenen Sorgen.

»Nein! Das ist es nicht. Wenn überhaupt, verbocken wir es gemeinsam, denn das ist es, was ein Paar tut. Sie sind ein Team, weißt du.«

Zumindest grinste er mich nun wieder frech an. Sein Loch, in das er sich stürzen wollte, hatte ich also erstmal wieder zugeschüttet.

»Es ist nur, wir zwei hatten durch das Drama um uns herum gar keine Zeit, uns in Ruhe kennenzulernen. Dinge zu erleben. Unbeschwerte Gespräche zu führen oder uns auch einfach nur zu daten. Eigentlich, wenn ich so richtig darüber nachdenke, hatte ich noch nie ein wirkliches Date. Bei Liam war ich anfangs zu jung, da gab es noch keine Dates. Und bei dir ... na ja, du kennst ja den Ablauf.« Ich fand es wirklich schade, dass dies an mir vorbeigegangen war. Aber es war nun so und es war okay.

»Sicher wirst du noch einige Dates erleben, Liebes.«

»Warum? Willst du mir schon das Datum mitteilen, wann du wieder Schluss machst? Dann kann ich es schon mal in den Kalender eintragen, das wäre sehr praktisch.«

»So schnell wirst du mich nicht wieder los!«
Okay, gut zu wissen ...

32. Tylor

Nach einiger Zeit verdrückten wir uns ins Bett. Die letzten Ereignisse steckten uns allen ganz schön in den Knochen. Dennoch fand ich nicht richtig in den Schlaf. Ich nahm Emilys Gedanken ernst, aber ich war nicht der Typ, der ihr die Sterne vom Himmel holte und sie von einem Dreamdate zum nächsten schleppte. Wenn ich genau drüber nachdachte, hatte ich selbst noch nie ein einziges Date. Geschweige denn, dass ich überhaupt Bock darauf gehabt hätte. Vielleicht gab es einen Mittelweg? Immerhin wusste sie, dass mir dieser Schrott nicht lag. Bei Antonio lief unser Treffen ja sehr interessant ab, auch wenn es ehrlicherweise kein Date im eigentlichen Sinne war. Ich nahm mein Telefon vom Tisch und wählte Larrys Nummer. Wahrscheinlich hatte er auch keine megagroße Erfahrung darin, aber ein Versuch war es wert. Patrick brauchte ich gar nicht erst fragen, von seinen Verabredungen wüsste ich jedes Detail. Wenn es denn welche gegeben hätte. Außerdem hatte der gerade ganz andere Sorgen.

»Hey Bro, was geht?«, meldete Larry sich überschwänglich.

»Deine gute Laune ist ja ekelhaft, Alter!«, zog ich ihn auf.

»Höre ich da etwa Neid in deiner Aussage, Opa?«

»Auf was? Nen kleinen Schwanz und dicke Eier?« Wir fingen beide an zu lachen, und das tat gut. »Nein, mal im Ernst. Emily hat so 'ne Anspielung auf ein richtiges Date gemacht. Problem ist, ich hatte noch nie ein Date. Und genau da kommst du ins Spiel.«

»Ach, ich soll sie daten? Okay, kein Problem. Dann werde ich meine dicken Eier ja endlich wieder los.«

»Danach bist du alles los, was du jemals wieder zum Ficken verwenden könntest, kleiner Bruder!«

»Aber mit Kira und Emily? Die Vorstellung hat schon was! «

»Larry, meine Selbstbeherrschung hält sich selbst bei dir sehr in Grenzen!«

»Chill mal, Alter! Die Perle meines Bruders ist tabu, das weißt du doch. Also, du brauchst Tipps für ein Date mit Emily? Ich gebe dir Kira!«

»Nein, warte ... !« Doch es war zu spät. Im nächsten Moment erklang Kiras Stimme am Telefon und sie laberte mich innerhalb von 30 Sekunden mit so vielen Infos voll, dass ich nichts verstand außer das Wort „wegfliegen".

Okay, ich sollte mit ihr wegfliegen? Warum und wohin?

»Kira, könntest du vielleicht einfach mal die Klappe halten und Luft holen?«

»Freundchen! Nicht in diesem Ton. Da ist mir scheißegal, ob du ein Cliffort oder der König höchstpersönlich bist. Klar?« Ich verdrehte die Augen. Was war eigentlich mit diesen Frauen los?

»Klar!«, bestätigte ich ihre Ansage. »Ist dennoch kacke, wenn du so schnell redest, dass ich kein Wort verstehe. Da geht der Sinn des Gesprächs irgendwie unter, findest du nicht?«

»Okay, also dann langsam für Idioten. Und dass du einer bist, da sind wir uns ja einig.« Ich hörte sie leise am anderen Ende kichern, daher schluckte ich meine Antwort einfach herunter. »Ein Mann muss sich schon etwas Mühe geben, um eine Frau zu bekommen!«

»Aber ich habe sie schon, ich will ihr nur ihr fucking Date ermöglichen.«

»Idiot, ich sag es ja ... ! Du hast rein gar nichts, Tylor. Und jetzt hör mir zu! Also, du sollst dich bemühen. Nichts, was jeder dahergelaufene Trampel machen könnte. Ich empfehle dir einen romantischen Kurzurlaub.«

»Bei romantisch bin ich schon raus! Aber Urlaub? Warum? Jeder Trampel, wie du so schön sagst, kann mit ihr in den Urlaub fliegen.«

»Tja, das mag sein, aber Emily hat das alles hier noch nie verlassen. Sie war mal im Nachbarort oder auch mal zwei weiter. Aber das war's. Allein das wäre also für sie schon ein Highlight. Und dann noch hier und da ein leckeres Essen zu zweit und ein paar heiße gemeinsame Stunden, und sie wird dir verfallen sein!«

»Das ist sie auch jetzt schon, Kira!«

»IDIOT! Tu, was ich sage, oder sabber ihr hinterher, wenn du es mal wieder verbockt hast. So, und jetzt muss ich mich hier um dicke Eier kümmern. Mach's gut!« Sie wartete nicht mal mehr auf eine Antwort, sondern legte auf. Ich brauchte einen Moment, um auf ihre rotzige Art klarzukommen, aber dann konnte ich nicht anders, als zu lachen. Sie hatte also das Gespräch zwischen Larry und mir schon mitbekommen. Und dass sie schlagfertig war, wusste ich ja bereits. Ich mochte sie, soweit man das bei mir so nennen konnte. Ihr Charakter war erfrischend. Aber zugleich war ich heilfroh, dass ihre Persönlichkeit nicht zu sehr auf Emily abfärbte.

33. Emily

Noch immer fand ich es fürchterlich, dass wir uns zum Schlafengehen voneinander verabschiedeten. Klar, wenn wir in getrennten Wohnungen leben würden, ließe sich das nicht verhindern. Aber so? Unter einem Dach? Es nervte! Ich entschied mich schließlich, ein wenig zu lesen, um meine Gedanken auf etwas anderes zu konzentrieren. Ich las schon mein Leben lang gerne und ließ meine Fantasie in Geschichten und Erzählungen eintauchen. Und auch am liebsten dorthin entführen, um den eigenen tristen Alltag zu vergessen. Doch in letzter Zeit kam dies viel zu kurz. Vielleicht lag es auch ein wenig an Tylor, denn seit ich ihn kannte, fand ich die Realität mit ihm um Längen heißer als jedes Buch, das ich lesen könnte. Ich versuchte es zumindest an diesem Abend mal wieder, stellte aber am nächsten Morgen fest, dass ich nicht weiter als ein paar Seiten kam. Beim Aufwachen lag das Buch aufgeschlagen auf meiner Brust. Und der Beweis war deutlich sichtbar, denn es zeigte sich gerade mal die Seite dreizehn. An der Geschichte lag es sicher nicht. Ich las dieses Buch geschätzt schon das zwanzigste Mal. Und ich liebte es immer wieder aufs Neue. In der Küche hörte ich bereits hektisches Treiben und der Geruch von Speck und Eiern ließ mir das Wasser im Mund zusammenlaufen. Ich hüpfte aus dem Bett, zog mir kurz etwas drüber, für den Fall, dass Rosalie in der Küche stand, und lief herüber, um mein Frühstück mit Tylor zu genießen. Hoffentlich allein.

34. Tylor

Die halbe Nacht lag ich wach und dachte über Kiras Worte nach. Danach fühlte ich mich wahrhaftig wie ein Idiot. Doch zumindest kam ich zu der Erkenntnis, dass sie recht hatte. Leider! Ja, ich wäre töricht, wenn ich dachte, dass sie einfach so für immer an meiner Seite bliebe, wenn ich mich nicht um sie bemühte. Ihr war es nicht wichtig, dass ich Kohle hatte. Ganz im Gegenteil. Und dass ich ein Cliffort war, juckte sie ebenfalls nicht. Sie kannte mich bis zu unserem ersten Abend im Joy nicht mal. Damit konnte ich sie also nicht überzeugen. Also schmiedete ich Pläne. Ich überlegte, was sowohl ihr als auch mir Spaß machen könnte. Dann wog ich ab, was wir in der Zeit bis zum Empfang davon umsetzen konnten. Das Joy lief problemlos ohne mich weiter. Ben rockte das hervorragend und telefonisch war ich ja nicht aus der Welt. Rosalie kümmerte sich um Patrick und Larry hatte Kira. Meine sonstige Familie war es gewohnt, dass sie mich selten bis gar nicht sah. Das passte also alles. Emily war noch immer krankgeschrieben, so dass wir selbst da keine Rücksicht nehmen mussten. Kurzerhand buchte ich uns einen Urlaub, so wie es Kira vorgeschlagen hatte. Da ich nicht wusste, was genau Emily gefallen würde, entschied ich mich für Sonne und Meer. Anstatt Berge und arschkalt. So konnte ich zumindest sicherstellen, dass sie nicht zu viel am Körper trug, während wir dort waren. Ich durchforstete die Online-Portale und entschied mich spontan für die Karibik. Wir hatten Dezember, daher beste Reisezeit für einen Trip in diese Gegend. Eine Woche Urlaub der Superlative sollte wohl für ein erstes Date ausreichend sein. Ich telefonierte noch kurz mit Rosalie, damit sie am Morgen einige Dinge besorgte, die ich für angemessen hielt in Emilys Urlaubsgarderobe. Als ich morgens wach wurde, startete ich sofort in den Tag. Tatsächlich machte es mir sogar Spaß, unseren Urlaub zu organisieren. Ich freute mich darauf, obwohl es mir eine Scheißangst einjagte. Ich informierte obendrein Patrick über meinen Plan. Selbstverständlich hatte dieser ausreichend dumme Kommentare für mich parat. Arschloch! Selbst im Krankenhaus konnte er es nicht lassen. Rosalie kam schon früh vorbei, um mir beim Packen zu helfen und die letzten Dinge mitzuplanen. Ich war für ihre Ratschläge sehr dankbar, auch wenn ich ganz sicher nicht alle davon umsetzen würde. Dieses alberne Romantikgedöns ... Orrr, da wurde mir schon allein beim Gedanken übel. Nach einiger Zeit betrat

Emily die Küche. Just in dem Moment, als Rosalie das Frühstück fertig hatte und sich verabschiedete. Emily so zerzaust aus dem Bett kommend zu sehen, weckte in mir ein gemischtes Gefühl. Zum einen würde ich sie liebend gern dahin zurückschleifen und uns beiden die Seele herausvögeln. Zum anderen wäre ich gerne mit ihr wach geworden und hätte sie so im Bett liegen sehen. Ein weiterer Punkt ergänzte sich gedanklich auf meiner Urlaubsliste. Ein Bett teilen!

35. Emily

Die Aufzugtüren glitten die letzten Zentimeter zu, danach waren wir alleine. Ich wusste nicht, ob ich mich jemals daran gewöhnen würde, dass dieser Mann bloß mir gehörte. Er saß einfach nur da und tippte auf seinem Tablet herum, bevor er mich angrinste und es weglegte. Eigentlich nichts Besonderes. Eine alltägliche Situation. Und doch war es erneut so ein Moment, in dem ich mir wünschte, dass ich diesen Anblick für immer festhalten könnte. Er war so unglaublich sexy und zugleich dominant und auch einen Tick arrogant, ohne es zu beabsichtigen. Alles an ihm schrie, so laut es ging: »ACHTUNG!!! BADBOY, LAUFFFFF!« Doch dafür war es längst zu spät. Damals im Joy, als er mich von hinten antanzte und mir seine Erektion in den Rücken presste, mir sagte, was ich in ihm auslöste ... Selbst da war ich nicht in der Lage zu gehen. Wenn ich an diesen Moment zurückdachte, flogen die Schmetterlinge umher wie auf einer blumenübersäten Wiese im Hochsommer. Er stand auf und kam auf mich zu. Allein seine Art zu gehen strotzte vor Testosteron. Er blieb ganz nah vor mir stehen, berührte mich aber dabei nicht.

»Gut geschlafen, Prinzessin?«

»Ich hätte besser geschlafen, wenn Ihre Anwesenheit mich beglückt hätte, Sir!« Oh, wie ich sowas liebte. Sein Blick spiegelte sein Gefallen ebenfalls.

»Genau aus diesem Grund hasse ich es, Pläne zu haben. Weil sie einengen, wenn ich was anders tun will!«

»Was für Pläne? Und was würdest du denn gerne tun?« Er trat einen Schritt vor. Packte mich und hob mich auf seine Hüften. Dann küsste er mich leidenschaftlich und lief mit mir im Arm ein paar Schritte zurück, bis ich mit dem Rücken an die Wand stieß und er mich dort regelrecht festnagelte. Zwischen ihm und der Wand eingekeilt, begann sich alles in mir auf ihn einzustellen. Meine Lust überkam mich. Ich wollte ihn um jeden Preis. Doch er besann sich offensichtlich zurück auf seinen Plan. Er trat zurück und setzte mich wieder ab.

»Das! Aber ich habe keine Zeit für das, was ich tun will. Und du ebenso wenig.«

»Tylor, du sprichst in Rätseln! Kannst du mich mal aufklären?« Sein Blick richtete sich ein paar Meter entfernt auf seine Schlafzimmertüre. Als ich diesem folgte, sah ich eine ganze Litanei an Koffern in jeglicher Größe und Form.

»Äh, verreist du spontan?«

»Nicht ich, wir!« Ich hatte mich doch sicher verhört? Wir verreisen? Wer war in diesem WIR inbegriffen? Er und Larry? Er und ich? Ich brauchte einige Sekunden, um es zu realisieren. Er meinte WIR! Er und ich! Ich sprang ihm in die Arme und küsste ihn erneut, ähnlich wild wie zuvor.

36. Tylor

Ihre Freude über unsere bevorstehende Reise bestätigte mich darin, dass ich das Richtige tat. Auch wenn ich mit mir da noch nicht im Reinen war. Kira traf mit ihrer Vermutung ins Schwarze und Emily war happy. Nur darum ging es! Erster Step war erreicht.

»Wohin fahren wir denn?«, fragte sie atemlos, nachdem sie sich aus einem weiteren Kuss löste.

»Wir fahren nicht. Wir fliegen!« Ihr Blick verriet ihre Unsicherheit, doch was sie dann von sich gab, erwartete selbst ich nicht.

»Ich weiß das sehr zu schätzen, Tylor. Wirklich! Aber ich kann das nicht machen. Es tut mir leid!«

»Okay. Ich bin verwirrt. Hast du dich nicht gerade noch gefreut?«

»Ja, das tue ich auch. Also eigentlich. Aber, ach verdammt. Das ist mir unangenehm!«

»Es ist dir unangenehm, mit mir wegzufliegen? Also so eine schlechte Partie bin ich jetzt auch wieder nicht!«, versuchte ich, ihre Stimmung zu retten.

»Nicht das! Ich meine ... nicht du!«, grinste sie mich verlegen an. »Aber ich habe kein Geld dafür. Ich bin krankgeschrieben. Und ich kann mir das einfach nicht leisten. Jetzt ist es raus! Entschuldige!« Sie vergrub ihr errötetes Gesicht in ihren Händen, während ich in einen Lachflash ausbrach.

»Wie gut, dass ich ein paar Euro gespart habe und dir noch 'nen Kaffee vor Ort kaufen kann. Vielleicht. Ich muss mal kurz nachzählen, aber ich denke, es klappt!«

»Das ist nicht lustig, Tylor! Ich meine das Ernst! Ich kann nicht von deinem Geld leben und jetzt auch noch auf deine Kosten verreisen!«

»Eigentlich hast du recht. Es ist nicht lustig!«, rügte ich ihre Aussage mit Nachdruck.

»Emily, du bist die Freundin von einem sehr wohlhabenden Mann. Ich will da gar nicht ins Detail gehen, aber glaube mir, dass deine Kosten nicht mal ansatzweise ein Problem für mich darstellen. Und wenn das hier ohne immer wiederkehrende Diskussionen ablaufen soll, wirst du dich wohl damit anfreunden müssen, dass unser gemeinsames Leben von mir finanziert wird!« Sie wusste, dass ich recht hatte, daher fand ich ihr resigniertes Schweigen noch unterhaltsamer.

»Also, können wir los?«, fragte ich, ohne ihr eine wirkliche Wahl zu lassen.

»Wie? Jetzt? Ich habe doch noch gar nichts vorbereitet oder gepackt!«

»Alles erledigt. Die Koffer stehen da nicht als neue Raumdeko, weißt du.« Sie kicherte in sich hinein und strahlte mich endlich wieder glücklich an.

»Du bist vollkommen verrückt, weißt du das, Tylor Cliffort? Aber gut, dann mal los!«

37. Emily

Wie sich herausstellte, packte Rosalie meine Sachen, als ich noch schlief. Daher hoffte ich darauf, dass sie als Frau an alles dachte, was Frauen halt so brauchten. Ich suchte schnell meine persönlichen Dinge zusammen und dann saßen wir auch schon bei Finley im Wagen und fuhren zum Flughafen. Nein, natürlich nicht zu DEM Flughafen, den halt alle benutzten. Sondern zu irgendeinem Privatflughafen, wo Tylor eine Maschine für uns charterte. Er hatte recht. Auch wenn es mir schwerfiel, hatte ich doch keine andere Wahl, als mich daran zu gewöhnen, dass er die finanzielle Rolle bei uns übernahm. Ich musste das Gefühl, ausgehalten zu werden, ablegen und eine neue Sichtweise darauf finden. Dennoch befürchtete ich, dass dies nicht unser letztes Gespräch zu dem Thema war. Am Flugplatz angekommen, empfing uns bereits der Pilot mit seiner Crew. *Okkkaaayyy!* Das war mal was Neues. Sonst konnte man froh sein, wenn eine Stewardess dir noch ein Kissen in die Hand drückte. In der Regel war man jedoch eher beschäftigt, ihnen auszuweichen, damit sie einem mit ihrem Bordrestaurant nicht im

Vorbeifahren die Kniescheibe zertrümmerten. Das hier war jedenfalls deutlich angenehmer. Tylor lief souverän nickend an ihnen vorbei, ohne sie groß zu beachten, während ich mich fast vor Freundlichkeit überschlug, um seine widerspenstige Art wieder auszubügeln. Ich liebte und hasste ihn gleichermaßen für diese Maske, die er trug. Mir gegenüber benahm er sich wie der perfekte Gentleman. Er ließ mich zuerst ins Flugzeug einsteigen und geleitete mich mit seiner Hand in meinem Rücken zu unserem Platz. Dort nahm er mir die Sachen ab, verstaute sie und goss mir eine Coke Zero ein, bevor er sich neben mich setzte.

»Also, wohin fliegen wir?«, bohrte ich das gefühlt eintausendste Mal nach. Bisher ohne Erfolg.

»Du gibst nicht auf, oder?«, fragte er mich mit einem Lächeln auf den Lippen.

»Niemals!«, konterte ich, ebenso lieblich wie er zuvor.

»Aruba!« Ähm, okay. Aruba in der Karibik? Oder gab es noch was anderes? Etwas mehr in der Nähe?

»Aruba in der Karibik?«, fragte ich und fühlte mich im gleichen Augenblick dumm wie Brot.

»Nee, das in Jamaika. Habe gelesen, dass es da ganz cool sein soll.«

»Ach so, okay. Wie lange fliegen wir dahin?«

»Emily!«, grinste er mich frech von der Seite an. »Natürlich in der Karibik. Außer es gefällt dir dort nicht, dann lasse ich den Piloten einen anderen Ort ansteuern.« Ich strahlte ihn bis über beide Ohren an.

»Ich liebe dich, Tyor Cliffort!«, war das Einzige, was ich herausbrachte.

»Womit auch immer ich das verdient habe. Aber ich liebe dich auch, Emily Downert!«

38. Tylor

Als die Maschine nach zig Stunden wieder festen Boden berührte, waren wir beide froh, das Flugzeug verlassen zu dürfen. Natürlich hatten wir durch den Privatjet viele Annehmlichkeiten, die es auf einem normalen Flug nicht gegeben hätte. Die räumliche Beengung war trotzdem zu viel. Wir schauten drei Filme. Hatten zusammen gegessen und gequatscht. Aber irgendwann ist einfach mein Punkt erreicht, wo ich Abstand brauche. Auch von ihr. Zum Glück ließ sie mich ohne großes Theater allein, wenn es nötig war. Keine Ahnung, ob sie diesbezüglich ein gutes Bauchgefühl besaß oder ich mich in den Momenten wie das größte Arschloch benahm, aber sie merkte es meistens und gab mir Freiraum. Wahrscheinlich traf beides zu. Ich war das Arschloch und sie besaß einen siebten Sinn. In der Sekunde, als die Flugzeugtür sich öffnete, stieß uns eine Hitzewelle der Extraklasse entgegen. Wir waren aus L. A. einiges an Wärme gewohnt, aber das hier war vor allem nach der kühlen Luft der Klimaanlage wie eine Wand aus Flammen. Emily zog sofort ihren Pulli aus und ein hautenges, knappes Top erblickte das

Tageslicht. Damit hatte mein Entschluss für die Wärme statt der Berge schon einen Pluspunkt auf meiner imaginären Liste gesammelt. Erneut lobte ich mich innerlich für meine Entscheidung, Sonne und Meer auszusuchen. Ich freute mich schon auf die vielen knappen Klamotten, die Emily in ihrer Tasche vorfinden würde. Insofern ich ihr überhaupt die Zeit ließ, welche zu tragen.

39. Emily

Wir verließen das Flugzeug und die Sonne brannte sich umgehend auf meiner Haut fest. Ich liebte alles daran! Die Wärme. Die Sonne an sich und auch das, was ich vor mir sah. Der Queen Beatrix International Airport ist ein wunderschöner kleinerer Flughafen im Vergleich zu dem, was wir kannten. An einem Ende ragte die Landebahn ins Meer hinein. Ein wahrhaft paradiesischer Anblick. Dennoch war ich froh, dies erst gesehen zu haben, als ich bereits auf meinen eigenen Füßen stand. Palmen säumten das Areal und die Luft roch nach einer Mischung aus Salzwasser und Blumen. Tylor schritt so gekonnt voran, dass ich mich fragte, wie oft er schon hier gewesen war. Meine Frage beantwortete sich allerdings ziemlich schnell, als er dem Bodenpersonal beiläufig erzählte, dass es unser erster Aufenthalt in Aruba war und wir unseren Fahrer ausfindig machen mussten. Klar, Finley und Rodriguez standen uns hier nicht zur Verfügung. Darüber hatte ich bislang nicht nachgedacht. Mir wurde klar, dass dies unsere erste Zeit war, in der wir wahrhaftig allein waren. Keine Freunde, keine Familien und auch keine

Fahrer. Die Angestellten unseres speziellen First-Class-Services lotsten uns zielsicher zu unserem Zielort. Der Fahrer war nett und sehr zuvorkommend. Dennoch fühlte es sich seltsam an, nicht in vertraute Gesichter beim Einsteigen zu blicken. Der Wagen entsprach der Spitzenklasse und ließ keine Wünsche offen. Außer der Tatsache, dass wir kein Fenster hatten, was zwischen uns und der Fahrerkabine geschlossen werden konnte. Diese Kleinigkeit erkannte auch Tylor, wie mir schien, denn es bereitete ihm einen riesigen Spaß, seine Reize auf mich in vollen Zügen auszukosten. Sein Mittelfinger glitt von meinem Knie hinauf bis zu meinem Oberschenkel und machte dann eine Abbiegung nach rechts. Ich ergriff seine Hand und sagte leise seinen Namen, was ihm nur ein weiteres Grinsen entlockte, während er die Gänsehaut auf meinem Bein begutachtete.

»Pssst! Du möchtest doch keine Aufmerksamkeit auf dich ziehen, während ich es dir besorge, oder?« Heilige Scheiße! Mir war klar, dass er von diesem Plan nicht abweichen würde, und je mehr ich mich zierte, desto mehr würde der Fahrer davon mitbekommen. Ich versuchte, mich zu beruhigen und meinen Puls wieder in den Griff zu bekommen. Atme, Emily! Ruhig atmen! Das würde ich ihm heimzahlen. So viel stand fest! Diese Rache wird zuckersüß, mein lieber Tylor! Seine Finger streichelten sanft über meine Mitte, nur durch den dünnen Stoff meines Slips getrennt. Ich spürte, wie sehr es ihn anmachte, dass wir uns dem Risiko des Erwischtwerdens aussetzten, und ehrlicherweise machte mich diese Tatsache ebenso an. Hinzu kam, dass seine Erregung mein persönliches Kryptonit war. Seine Augen, die mich beobachteten und jede meiner Bewegungen und Erfindungen in sich aufzogen, machten mich unglaublich an. Ich spreizte die Beine ein Stück weiter, was sofort Verwunderung und noch mehr Lust in ihm auslöste. Er fuhr mit der Hand in meinen Slip und glitt mit seinem Finger unvermittelt in meine bereits feuchte Spalte. Ein leises Stöhnen entfuhr meinen Lippen, was den Fahrer dazu veranlasste, in den Rückspiegel zu sehen. Verdammt, das würde noch schwerer werden, als ich dachte. Tylor lehnte sich zu mir herüber und hauchte mir ein »Wir fangen doch gerade erst an!« entgegen. Ich hasste und liebte ihn zugleich.

»Willst du nur reden, oder endlich mal was tun?«, forderte ich ihn gekonnt mit großer Klappe heraus. Er antwortete mir nicht, sondern veränderte in Windeseile seine Position und stieß seinen Finger erneut tief in mich hinein. Ich war so überrascht, dass ich mein

Stöhnen nicht verhindern konnte. Er fühlte sich einfach so gut und richtig in mir an.

»Geht es ihnen gut, Lady?«, fragte der Fahrer mich in gebrochenem Englisch. Innerhalb einer Sekunde leuchtete mein Kopf rot wie eine Tomate und Tylor lachte laut auf. Ich starrte ihn zugleich hilflos, verlegen und wütend an.

»She's fine, Sir. Everything is okay. Please just keep driving. Thanks!« Der Fahrer schaute mich ein weiteres Mal an und ich bestätigte Tylors Worte mit einem schnellen Nicken, bevor ich wegschaute. Das war sicher der peinlichste Moment meines Lebens! *Meine Güte!* Ich quetschte die Beine zusammen, um Tylor am Weitermachen zu hindern. Doch das sah er vollkommen anders. Er positionierte seine Finger so, dass er weiterhin an meine Klit kam, und stimulierte mich auf diese Weise mehr als zuvor. Meine Hände versuchten sich, in den Sitz zu krallen, damit ich keinen Ton mehr von mir gab. Tylor rückte ein Stück näher und bot mir zum Festklammern seinen Oberschenkel an. Mir war klar, dass ihm meine Nägel garantiert Schmerzen zufügten, doch er war kein Mann der Zufälle. Er wusste, was er tat. Also gab ich ihm, was er begehrte. Ich krallte mich in sein Bein, während er mich in einen himmlischen Wahnsinn beförderte. Ich öffnete meine Schenkel erneut und bevor ich mich versah, spürte ich erneut einen Finger in mir. Oder zwei? Er bewegte sich zwei-, dreimal hin und her, dann nahm er seine Finger heraus, entfernte sie von mir und steckte sie in den Mund, um mich zu schmecken. Ich vergaß diesen beschissenen Fahrer. Ich wollte meinen Mann ebenso schmecken. Meine Hand wanderte an seinen Hosenbund und öffnete die paar Knöpfe, die mich von meinem Lustobjekt entfernten. Seine Jeans öffnete sich problemlos und meine Hand glitt ohne Umwege in seine Boxershorts. Er war steinhart und erste Lusttropfen benetzten seine zarte Haut an der Spitze. Ich rieb genussvoll seinen Schaft entlang und entlockte ihm an dieser Stelle ein leises Stöhnen, welches meine Lust weiter entfachte. Er schloss die Augen und lehnte den Kopf zurück an die Sitzpolsterung. Seinen Arm legte er um mich und knetete lustvoll meinen Hintern. Ich beobachtete den Fahrer. Sicher war ihm klar, was hier ablief, aber er versuchte zumindest so zu tun, als ob er nichts mitbekäme. Da Tylor hinter dem Fahrer saß und er uns dort am wenigsten sehen konnte, stand meine Entscheidung fest. Natürlich würde ihm auffallen, dass ich plötzlich nicht mehr im Spiegel zu finden war. Aber der Winkel ermöglichte es zumindest, dass er keine Details sehen konnte. Das genügte mir. Ich schob Tylors Hosen so gut herunter, wie es möglich war, und dann beugte ich mich herab und nahm diesen prachtvollen Schwanz in meinen Mund. Meine Lippen umschlossen ihn und meine Zunge leckte jeden Lusttropfen ab, der für mich bestimmt war. Tylor griff in meine Haare und ich erlaubte ihm, den Rhythmus vorzugeben. Sein Schaft pulsierte in meinem Mund und ich spürte, dass es ihn eine enorme Kraft kostete, nicht auf der Stelle in meinem Mund abzuspritzen.

»Dreh dich andersrum!«, sagte er so leise wie nur irgend möglich. Was meinte er? Ich würde garantiert nicht hier drin Sex haben. Mein irritierter Gesichtsausdruck ließ meine unausgesprochene Frage augenscheinlich deutlich ablesen.

»Mit dem Rücken zum Fahrer. Kopf zu mir. Und spreiz deine Beine, damit ich es dir besorgen kann, wie du es verdienst!« Ich tat, was er sagte. Ich drehte mich einmal rum, so dass ich jetzt quasi mit meinem Oberkörper auf seinem Schoß lag. Was überaus praktisch war, denn mein Kopf befand sich dadurch in noch besserer Position, um ihm einen zu blasen. Mein eines Bein lag auf dem Sitz und das andere stellte ich auf, so dass er mit der Hand, die zuvor an meinem Hintern lag, perfekt den Eingang zu meiner Grotte fand.

»Ich warne dich, Emily! Wenn du weiter so an mir saugst, werde ich dir in dieser Scheißkarre meine komplette Ladung in deinen geilen Mund wichsen!«

»Challenge accepted!«, hauchte ich ihm entgegen, während ich ihn ansah und meine Lippen erneut um seine Männlichkeit schloss.

40. Tylor

»Challenge accepted!«, hörte ich sie frech grinsend sagen, bevor ich mich erneut in ihrer Leidenschaft verlor. Ihr Mund saugte an mir, als wäre seine einzige Mission, mir den verfickten Verstand zu rauben. Und das machte sie verdammt perfekt! Ich brauchte einen Augenblick, um mich kontrollieren zu können. Als ich mir halbwegs sicher war, nicht auf der Stelle zu kommen, suchte ich mit der Hand einen Weg zwischen ihre Beine. Ich schob den ohnehin schmalen Slip zur Seite und bohrte meine Finger tief in sie hinein. Sie keuchte auf, doch mein Schaft, der bis zum Anschlag in ihrem Mund steckte, verhinderte, dass es zu laut wurde. Ich hatte fast keinerlei Willensstärke mehr. Meine Geilheit explodierte nahezu in mir und ich hatte keine Ahnung, wie lange ich noch standhalten konnte. Das Verlangen, das sie in mir auslöste, war unbeschreiblich. Sie war meine persönliche Droge. Ich fingerte sie. Weiter und weiter. Ihre Grotte, die meine Finger umschloss, und ihr Mund, der mich in den Wahnsinn trieb, ließen mich vor Erregung umkommen. Wir kamen nahezu im identischen Moment. Unsere gegenseitige

Ekstase gab uns beiden den letzten Stoß, um über die Klippe zu gehen. Diese Leidenschaft feuerte sich gegenseitig an und ergänzte sich zugleich. Sie leckte jeden Tropfen genüsslich ab, bevor sie sich zu mir hochstreckte und mich küsste.

»Soll ich dich auch noch kurz sauberlecken? Das bekomm ich hin!«, fragte ich sie mit hochgezogener Augenbraue.

»Untersteh dich!«, konterte sie und legte für einen Augenblick ihren Kopf lachend und leicht errötet an meine Schulter.

41. Emily

Als die Leidenschaft langsam verflog, realisierte ich, was passiert war. Und ich nahm auch wieder den Fahrer wahr, der uns darauf hinwies, dass wir in einigen Minuten ankamen. Ich setzte mich wie gehabt aufrecht hin und versuchte, jeglichen Blickkontakt mit ihm zu meiden. Das war mir auch noch nie passiert. Dass ich einfach so in der Öffentlichkeit rummache wie ein untervögelter Teenie. Tylor weckte in mir regelrecht eine Art Willenlosigkeit. Na ja, ich hatte schon noch Willen, aber der beschränkte sich in diesen Augenblicken nur auf leidenschaftliche Körperlichkeiten. Zugegeben, es gäbe durchaus schlechtere Angewohnheiten. Ich grinste vor mich hin und sah aus dem Fenster, während Tylor nach meiner Hand griff und seine Finger mit meinen verschränkte. Der Ort um uns herum war märchenhaft. Ich hatte auf der Fahrt nicht viel von der Umgebung wahrgenommen, doch ich konnte sagen, dass dies mit Abstand das Schönste war, was ich je gesehen hatte. Kurze Zeit später stoppte der Wagen vor einer kleinen Villa. Ich hatte erwartet, dass Tylor uns ein Haus buchte und kein Hotel. Daher über-

raschte mich dies nicht. Er brauchte schlichtweg seine Ruhe und Freiheit. Was ich nicht
voraussah, war die Tatsache, dass er den
Fahrer sofort nach dem Ausladen des Gepäcks
wegschickte und die Koffer eigenhändig ins
Haus schleppte. Ich sah ihn verwundert an
und lief grinsend hinter ihm her.

»Was lachst du denn so?«

»Ach nichts, du überraschst mich einfach
immer wieder aufs Neue. Das ist alles!«

»So? Was hab ich denn getan, was dich
überrascht?« Ich ließ die Frage unbeantwortet
und lief weiter hinter ihm her.

»Sind wir hier ganz alleine, oder wolltest du
mir nur mal zeigen, dass du deine Hände auch
noch für andere Dinge benutzen kannst?« Ich
konnte mir ein erneutes Grinsen nicht verkneifen, als er lachend den Kopf schüttelte.

»Wir sind tatsächlich alleine hier. Und das
bleibt auch so. Angst?«

»Vielleicht ein wenig!«, antworte ich, was
sogar ein Stück weit der Wahrheit entsprach.
Allerdings im positiven Sinne.

»Das solltest du!«, gab er zurück und pfefferte mir gezielt mit einer Hand auf den Hintern, als ich an ihm vorbei durch die Eingangstüre lief.

42. Tylor

Ich verfrachtete unsere Koffer ins Schlafzimmer und betrachtete dabei unser Bett. Scheiße, waren die Dinger immer so klein? Clevererweise hätte ich ein extra großes Bett aussuchen sollen für das erste Mal, dass ich mit jemandem das Schlafzimmer teilte.

»Oh wow, das ist ja mal ein echt riesiges Bett!«, ertönte direkt hinter mir Emilys Stimme.

»Äh, jaaa! Riiiiesig!«, versuchte ich, so positiv wie möglich zu erwidern.

»Wo ist mein Zimmer?«

»Das ist dein Zimmer!«

»Ach so. Das ist ja toll. Danke, es ist wunderschön!« Sie beugte sich zu mir rüber und drückte mir einen Kuss auf die Wange, bevor sie mich wieder losließ.

»Und wo ist dein Zimmer?«

»Das ist mein Zimmer!« Sie brauchte einige Sekunden, um das Gesagte zu verarbeiten, dann stellte sie sich vor mich und sah mich an.

»Moment. Soll das heißen, wir teilen uns das Zimmer? Und das Bett?«

»Sieht ganz so aus!« Sie brach in Hektik aus, als wenn sie dringend was erledigen müsste, was aber überhaupt nicht greifbar war. Ich hielt sie am Arm fest, damit sie mich wieder anschaute.

»Ruf einfach dort an und sag, dass wir ein zweites Bett benötigen. Das wird sicher kein Problem sein. Wir können es...!« Sie plapperte einfach drauflos, ohne Luft zu holen.

»Emily, ich habe das extra so gebucht. Es war kein Versehen!«

»Aber warum? Ich sehe doch, dass du dich damit nicht wohlfühlst.«

»Nicht wohlfühlen, ist der falsche Begriff. Ich habe einfach verdammt nochmal Schiss! Ich habe noch nie in meinem ganzen Leben mit einer Frau das Bett geteilt. Also in dieser Art. Ich habe keine Ahnung, wie ich mit der Nähe klarkomme, und mein Schlaf ist auch nicht immer sehr ... entspannt!«

»Das beantwortet nicht, warum du das so entschieden hast!«

»Weil, na ja ... ich finde es ja auch kacke, dass wir uns jeden Abend in getrennten Räumen aufhalten. Und ich bin mit dir hier hingefahren, um dir dein erstes richtiges Date zu ermöglichen. Wir wollten es zusammen versuchen, also gehört dieser Schritt wohl dazu! Zumindest schon mal, solange wir hier sind. Wenn du das auch möchtest?« Emily schlang ihre Arme um meinen Bauch und küsste mich vorsichtig auf die Lippen. Sie berührte diese nur ganz zart und kurz, dann legte sie ihren Kopf an meine Brust.

»Du kannst das! Ich weiß es!« Ich war dankbar, dass sie versuchte, mich zu ermutigen. Doch im gleichen Moment bemerkte ich, dass ich weiterhin mit herabhängenden Armen dastand wie so ein Blödmann, anstatt ihre Umarmung zu erwidern. Es würde offensichtlich noch ein sehr weiter Weg werden.

43. Emily

Tylor wollte also in dieser Zeit mit mir das Bett teilen. Ich konnte das noch gar nicht richtig fassen. Tschüss, getrenntes Schlafzimmer! Zusätzlich stand unser Urlaub unter dem Motto »First Date!« Dankbar und glücklich strahlte ich vor mich hin. Ich platzte vor Neugier, was er sich hat einfallen lassen, versuchte mich aber erstmal zu beruhigen, denn schließlich war all das überhaupt nicht sein Fachgebiet. Und Romantik schon gar nicht. Das war mir klar. Wahrscheinlich würden wir uns am Ende bei irgendeinem McDonald's auf dem Parkplatz sitzend wiederfinden, mit 'nem Burger und 'ner Coke in der Hand. Und das wäre ebenfalls absolut perfekt. Selbst das würde meine Schmetterlinge aufleben lassen. Da er meine Umarmung nicht erwiderte, sondern lediglich irgendwann kurz über meinen Rücken streichelte, entließ ich ihn aus meiner Umklammerung. Ich würde mir selbst etwas vormachen, wenn ich sagen würde, dass solche Situationen mir nichts ausmachen. Denn klar, es machte was mit mir. Aber ich versuchte es eben nicht mehr persönlich zu nehmen. Ich lief aufs Bett zu und drückte drauf rum, um zu testen, wie fest es war. Zumindest tat ich so, als ob es mich interessierte.

»Auch wenn es quietscht, wird uns niemand hören. Wir sind allein, schon vergessen?«, fragte er amüsiert.

»Das habe ich nicht getestet.«, erwiderte ich mit einem Grinsen auf den Lippen.

»Außerdem kennen Sie wohl die Regeln nicht, Mr. Cliffort!« Ich setzte mich lasziv auf die Bettkante und schaute ihn an.

»Welche Regeln?«

»Kein Sex beim ersten Date!« Ich hob den Zeigefinger und verstärkte meine Aussage damit. Er lachte auf, doch als meine Miene unverändert blieb, stockte er.

»Du meinst das Ernst?«

»Selbstverständlich!« Er kam zu mir herüber. Packte meine Haare im Nacken zu einem Bündel zusammen und zog meinen Kopf nach hinten, damit ich ihn ansah.

»Ich habe dich schon lange vor unserem ersten Date gefickt und das werde ich auch weiterhin tun! Du gehörst mir!« Er beugte sich herab und steckte mir gierig seine Zunge in den Mund. Er nahm mich komplett ein und signalisierte mir, dass er über mich verfügte, wann immer es ihm beliebte. Als er sich von mir löste, sahen wir uns beide atemlos an.

»Ich gehöre dir!« Sein Grinsen wurde breiter und die Selbstgefälligkeit kehrte in seinen Blick zurück. Ich stand auf.

»Aber du wirst mich bei unserem ersten Date nicht bumsen. Und auch nicht beim Zweiten, wenn es mir nicht beliebt!« Ich ließ ihn stehen und lief in die Küche, um mir was Kaltes zu trinken zu nehmen. Mir war definitiv viel zu heiß, um standhaft zu bleiben.

44. Tylor

War das ihr fucking Ernst? Wir waren beide so abgrundtief heiß aufeinander, dass wir selbst im Auto auf dem Weg zu dieser beschissenen Unterkunft übereinander herfielen. Und jetzt wollte sie mir weismachen, dass ich sie in den nächsten Tagen nicht anfassen durfte? Ich? Das würden wir ja sehen! Ich lief ihr hinterher und tat so, als ob ich diesen Unsinn akzeptierte. Wir gingen zur Tagesordnung über. Ich holte mir etwas zu essen aus dem Kühlschrank und beobachtete Emily, während ich mich mit dem Arsch an die Arbeitsplatte lehnte. Ihr Gesicht war gerötet. Sie war geil, ich sah es ihr an. Was auch dafür sprach, dass sie versuchte, meinen Blick komplett zu ignorieren.

»Also, was steht heute an? Hast du etwas geplant? Oder wollen wir spontan etwas unternehmen?« Sie stocherte in ihrem Joghurt herum und wartete auf meinen Bericht.

»Ich habe etwas geplant. Aber der Plan hat sich zum Teil gerade eben spontan geändert. Wir haben also bis zum frühen Abend Zeit, zu machen, worauf du Lust hast. Schlag was vor!«

»Ich würde gerne zum Strand. Das Meer muss traumhaft sein!«

»Okay, dann let's go!« Wir packten einige Dinge ein, die wir brauchten. Also ich eine Badeshorts und ein Handtuch und Emily eine ganze Tasche, die ich am Ende schleppen durfte. So funktionierte das wohl in einer Beziehung. *Super!* Mit Patrick liefen solche Ausflüge deutlich subtiler ab. Aber hey, zumindest war meine Begleitung in dem Fall hübscher! Ich spürte selbst, dass sich ein Lächeln auf meine Lippen schlich, und musste unweigerlich den Kopf schütteln. Was verflucht nochmal machte diese Frau mit mir? Ich lachte viel zu oft! *Oder genau richtig?* Wir suchten uns einen schönen Platz und genossen die nächsten Stunden beim gemeinsamen Sonnenbad. Das Meer glich einer Badewanne. Abkühlung gleich null, aber Entspannung zu einhundert Prozent. Nach dem langen Flug und den Strapazen der letzten Wochen konnten wir das sehr gut gebrauchen. Wir machten das ziemlich gut mit dem Aufeinanderhocken. Allerdings mied Emily auch gerade jeglichen Körperkontakt zu mir. Ich war nicht sicher, ob sie dies tat, um mir Freiraum zu geben. Oder ob sie ihre eigene Standhaftigkeit in Bezug auf *»Kein Sex beim ersten Date!«,* anzweifelte. So leicht würde ich es ihr ohnehin mit dem Vorhaben nicht machen. Das ahnte sie nur noch nicht!

45. Emily

Tylor so nah bei mir zu haben, brachte meine Libido komplett aus dem Konzept. Demnach blieb ich lieber auf Distanz. Leider bemerkte ich jedoch sehr schnell, dass dies ein absolut schlechter Plan war. Denn meine Lust wurde durch den zwanghaften Verzicht nur noch mehr angekurbelt. Je später der Tag wurde, desto mehr freute ich mich auf das, was der Abend uns bringen würde. Doch ich erwartete nicht zu viel. Wir machten es uns schön, egal wo. Ich war wieder mal überwältigt, dass dieser wunderschöne Mann, der mir soeben den Ball zuwarf und dabei tief ins Wasser eintauchte, mir gehörte. Gewöhnte ich mich jemals an diesen Gedanken? Wahrscheinlich nicht! Wer wusste schon, wie viel Zeit uns blieb, bevor wir es verbockten? Also nahm ich mir vor, jede Sekunde aufzusaugen und in meinen Erinnerungen zu verwahren. Nach einigen Stunden brauchten wir dringend eine Abkühlung. Das Meer war so warm, dass dabei von kühl gar keine Rede sein konnte. Wir besorgten uns auf dem Nachhauseweg noch ein Eis und schlenderten dann gemütlich zurück zum Auto. Tylor fuhr natürlich. Als ob er sich das nehmen ließe. Selbstsicher glitt er durch die Straßen bis zu unserem Haus. Als wir drin ankamen, verabschiedeten wir uns knapp voneinander. Okay, ich verabschiedete mich. Er sah mich eher so an, als wenn ich den Verstand verlor. Ich konnte seine Gedanken förmlich hören. Ich machte die Badezimmertüre hinter mir zu und drehte den Schlüssel zusätzlich um, damit er mir nicht folgen konnte. Ich war mir sicher, dass er im Zweifel einfach die Türe eintreten würde. Doch ebenso sicher war, dass er den Anstand wahrte und mir den Freiraum ließ, den ich haben wollte. Auch wenn dieser ausschließlich darauf beruhte, dass ich versuchte, die »Kein-Sex-Regel« einzuhalten.

46. Tylor

Emily ließ mich ernsthaft stehen! Sie zog die Tür hinter sich zu und schloss ab! Ich starrte auf die Türe, als hätte ich ein Gespenst gesehen. Sie wollte Spielchen mit mir spielen? Das konnte sie haben! Ich rief im Restaurant an und änderte einige Pläne, die es uns ermöglichten, privater zu speisen. Eigentlich wollte ich ihr ein schönes Date verschaffen und sie danach hemmungslos ficken. Aber dieser Plan gestaltete sich jetzt neu. Nun begann der Abend auch mir Spaß zu machen.

47. Emily

Als ich aus dem Bad heraustrat, war Tylor verschwunden und das Haus seelenruhig. Ich lief hinüber ins Schlafzimmer und fand ihn dort auf dem Bett liegend vor. Sein Anblick ließ mich schlucken und ich verfluchte den Plan, ihn nicht anzufassen. Er trug ein weißes, enganliegendes Hemd. Die Ärmel bis zu den Ellenbogen hochgekrempelt. Dazu eine hellblaue Jeans und passende weiße Sneaker. Er sah so unfassbar jung aus und überhaupt nicht wie der kühle Geschäftsmann, den er so oft aufsetzte. Ich befürchtete, dass mir zeitnah Sabber aus dem Mund lief, wenn ich nicht umgehend zum Ankleidezimmer ging und mich anzog. Ich schaute im Vorbeigehen auf mein Telefon und entdeckte eine Nachricht von Kira. Sie gab mir Anweisungen, die nur von ihr stammen konnten. »Leg ihn flach, Süße! Immer und immer wieder!« Den Rest der Nachricht las ich nicht mehr. Es war so typisch Kira, dass ich sowohl Heimweh bekam als auch Wut, dass jeder vögelte außer ich. Ich warf das Handy in die Handtasche, die ich mitnehmen wollte, und kramte mir was zum Anziehen hervor. Da er schick, aber leger

gekleidet war, würde mein Outfit ähnlich aus-
fallen. Ich schaute in den Koffer, den Rosalie
netterweise gepackt hatte, und konnte nicht
glauben, was ich sah. Alles, aber auch wirklich
alles war sexy as hell! Wollten die beiden mich
verarschen? Selbst die Unterwäsche bestand
eigentlich nur aus wenigen sehr kleinen und
dünnen Stofffetzen. Wie sollte ich mit den Klamotten Tylor auf Abstand halten? So viel
Selbstbeherrschung hatten weder er noch ich.
Das würde ein super Spaß werden ... Nicht!

48. Tylor

Als Emily fertig angezogen zurück ins Schlafzimmer trat, musste ich unwillkürlich lachen.
Ich legte mich auf die Seite und vergrub mein
Gesicht dabei in der Bettdecke. Sie schaute
mich an, als wenn sie soeben die Höchststrafe
für den Strafvollzug aufgebrummt bekommen
hätte. Und dabei sah sie so wunderbar sexy
aus. Rosalie hatte ganze Arbeit geleistet. Meine
Anweisungen, was genau sie besorgen sollte,
waren offensichtlich sehr hilfreich. Emily teilte
jedoch augenscheinlich meine Meinung nicht.
Ich stand auf und lief zu ihr herüber. Mein
Blick starr auf sie gerichtet, streifte ich über
ihren nackten Arm und flüsterte ihr ins Ohr.

»Das wird eine sehr lange Nacht!« Ich sah
die Gänsehaut, die meine Worte auf ihrer Haut
auslösten, und lächelte verschwörerisch. Wir
wussten beide, dass dies der absoluten Wahrheit entsprach!

49. Emily

Die Wirkung seiner Worte zog sich durch bis zwischen meine Beine, wo sie ein angespanntes Zucken hinterließ. Am liebsten hätte ich ihn augenblicklich an mich gezogen und alle meine Vorsätze über Bord geworfen. Doch in dem Moment, als ich mich zu ihm umdrehte, lief er weiter, als wenn nichts geschehen wäre. Ich wusste, dass das ein Teil seiner Fassade war. Er spielte mit mir und ich liebte und hasste es zugleich. Die nächsten Minuten verbrachten wir damit, im Auto zu schweigen. Die Stimmung war locker, aber wahnsinnig erotisierend. Seine Hand ruhte auf meinem Knie und sein Daumen zog immer wiederkehrende kleine Kreise. Tylor parkte vor einem kleinen, sehr edel aussehenden Restaurant. Hier verbrachte ich also mein erstes richtiges Date! Es war wunderschön. Ebenso wie meine Begleitung. Welcher just in diesem Moment seine eiserne Maske aus der Tasche zog und reine Dominanz ausstrahlte. Einzig seine legere Kleidung erinnerte an den Mann, den nur ich und Patrick kannten. Ein Angestellter kam zu uns geeilt und stolperte dabei gleich zweimal über seine eigenen Füße. Mir entlockte es ein leises

Kichern, während Tylor mit den Augen rollte. Er begrüßte uns freundlich und übergab uns an seinen Kollegen Miles. Brad, der junge Mann mit den zwei linken Füßen, parkte zwischenzeitlich unser Auto um, wie er uns kurz erklärte.

»Wenn der so parkt, wie der läuft, werden wir wohl zu Fuß nach Hause gehen!«, flüsterte Tylor mir zu.

»Ohoo, Mr. Cliffort! Höre ich da etwa eine kleine Portion Humor in ihrer Aussage?, zog ich ihn auf. Er schlug mir mit der flachen Hand auf den Hintern und packte fest zu.

»Das Lachen wird dir noch vergehen, meine Schöne!« Ganz sicher hatte er recht, dennoch lief ich arschwackelnd vor ihm her, als wir durch die Eingangstüre traten. Es war traumhaft schön. Der Flair hatte etwas Besonderes. Der typische Hauch von Reichtum lag über allem, aber zugleich hatten die Inhaber Wert darauf gelegt, die Atmosphäre der Umgebung und des Meers mit einzubauen. Das war mit Abstand das schönste Restaurant, das ich jemals betrat. Da kam mir Antonio in den Sinn. Unser erstes Nicht-Date. Ich inspizierte den Raum und stellte erleichtert fest, dass Tylor es so weit weg von zuhause nicht schaffte, uns in eine geheime Ecke zu verpflanzen. Das würde den Abend um einiges entspannter machen, in Hinsicht auf unseren Enthalt. Ich folgte Miles durch das Etablissement, während Tylor uns hinterherlief. Es gab einige freie Tische, doch er führte uns gezielt weiter an einen mir unbekannten Ort. Wir liefen erneut durch eine Türe und befanden uns nun wieder draußen in der wolligen Wärme des Abends. Ich blickte verwirrt zu Tylor zurück, der jedoch meinen fragenden Blick nur mit einem Grinsen quittierte. Also folgte ich Miles einfach weiter. Er würde schließlich schon wissen, was er tat. Und dann erblickte ich, wohin er uns führte. Ich blieb wie vom Blitz getroffen stehen. Tränen traten in meine Augen. Es war atemberaubend! Ich spürte Tylor direkt in meinem Rücken stehen, doch er berührte mich nicht. Miles war wie vom Erdboden verschluckt. Ich sah nur noch das, was vor mir lag. Direkt am Strand stand ein Tisch auf einem kleinen Podest, welches überall mit kleinen Kerzen bestückt war. In der Luft hingen zusätzliche Lichterketten. Die Stühle waren mit schneeweißen Hussen überzogen, passend zur Tischdecke. Und mitten auf dem Tisch stand ein riesiger Strauß mit roten Rosen. Dahinter lag das offene Meer, welches durch kleine Strahler angeleuchtet und somit für uns etwas optisch erhellt wurde. Der Geruch von Salzwasser und frischen Blumen durchströmte die Luft. Ähnlich wie am Flughafen, aber viel intensiver! Ich konnte nicht mehr laufen und eigentlich auch kaum noch stehen. Dieser Eisklotz von einem Mann, der mich wochenlang abwies, sich nicht anfassen ließ, keine Gefühle zuließ und noch nie zuvor eine Frau innig liebte, hatte all das auf die Beine gestellt? Mit Tränen in den Augen drehte ich mich zu ihm um.

»Gefällt es dir?«, fragte er mich ganz leise und berührte mich weiterhin nicht einen Millimeter. Ich trat vor und änderte dies.

»Es ist mit Abstand das Schönste, was jemals irgendwer für mich getan hat. Ich liebe es! Und ich liebe dich, Tylor!« Ich beugte mich vor und küsste ihn zärtlich. Unsere Lippen spielten miteinander. Forderten den anderen auf und zogen sich dann wieder zurück. Er öffnete seinen Mund und fand meine Zunge mit Leichtigkeit. Ich wartete nur darauf, diese Intimität zu spüren. Seine Leidenschaft mit meiner zu vermischen und in dieser Situation zu verglühen. Ich hatte keinerlei Zeitgefühl mehr, als Tylor sich schließlich von mir löste.

»So unglaublich das oftmals noch immer für mich ist, aber ich liebe dich auch, Emily!« Er drückte mir erneut gefühlvoll seine Lippen auf den Mund, bevor er weitersprach.

»Und jetzt lauf bitte weiter. Wir stehen hier mitten in einem vornehmen Restaurant, und außerdem möchte ich keinen Sex beim ersten Date, also bitte reiß dich mal etwas am Riemen, junge Dame!« Tylor nahm meine

Hand und zog mich hinter sich her, ohne auf eine Antwort von mir zu warten. Ich folgte ihm durch den Sand, bis wir an der Plattform ankamen. Miles hatte zwischenzeitlich die Rosen vom Tisch heruntergehoben und seitlich hinter uns auf den Boden gestellt, damit wir in Ruhe essen konnten. Die weiße Tischdecke war mit goldenem Besteck und türkisblauem Geschirr gedeckt. Da hatten wir sie wieder, die Kombination aus diesem beeindruckenden Meer, das unmittelbar vor uns lag, und dem Antlitz von Glamour. Blau und Gold! Natürlich ließ es sich Tylor auch an diesem Abend nicht nehmen, mir eigenhändig den Stuhl zurechtzurücken. Ich genoss es so sehr. Er war durch und durch Gentleman, wenn er es denn wollte. Er setzte sich mir gegenüber und bestellte unsere Getränke, wie immer. Doch dann hielt er inne und sah mich an.

»Was darf es für dich sein, Emily?« Ich freute mich wie ein kleines Kind, das er aus unserem Fauxpas bei Antonio gelernt hatte. Ich hätte ihn zwar diesmal gewähren lassen, doch so war es mir deutlich lieber.

»Vielen Dank, Miles. Wir nehmen genau das, was Mr. Cliffort bestellt hat. Ich danke Ihnen!« Nun grinste wiederum Tylor und ich war froh, dass wir uns beide mittlerweile dem anderen gut anpassen konnten. Einige Minuten später kamen die Getränke und direkt danach auch schon das erste Essen an unseren Tisch. Bestellt hatten wir es nicht, daher ging ich davon aus, dass Tylor dies schon im Vorfeld arrangiert hatte. Die Vorspeise ließ mir optisch bereits das Wasser im Mund zusammenlaufen. Allerlei Meeresfrüchte mit Knoblauchcreme und frischen Kräutern. Dazu einige Scheiben Baguette. Es schmeckte köstlich. Und der Geruch war unübertrefflich. Die Mischung aus frisch gebackenem Brot, Knoblauch und Meer hüllte uns ein. Es herrschte eine entspannte Stimmung, wir quatschten viel und lachten über jeglichen Unsinn. Mittlerweile amüsierten wir uns sogar gemeinsam über die unbeholfene Art von Brad. Er war sicher einfach superaufgeregt, daher entschieden wir uns, ihm am Ende nochmal zu sagen, wie toll er das gemacht hatte. Okay, ich entschied es. Aber Tylor sicherte mir zu, zumindest weder dumm zu grunzen, noch etwas Gegenteiliges zu sagen. Immerhin! Fast hätte ich vergessen, wie viel Lust ich hatte, mich an Ort und Stelle von Tylor über den Tisch legen zu lassen, damit er sich tief in mir versenkte. Aber eben nur fast! Denn er setzte alles daran, dass ich diese Gelüste unter keinen Umständen vergaß. Er lutschte bewusst langsam die Schale der Muschel leer. Und um auch wirklich alles darin leerzusaugen, wiederholte er den Vorgang. Gierig suchte er meinen Blick und untersuchte dabei jede Ecke der Muschel mit seiner Zunge. Ein anderes Mal entfernte er die Brotkrümel von seinem Schoß. Drehte sich dabei aber so, dass ich die enorme Beule in seiner Hose genau sehen konnte. Es war zum aus der Haut fahren. Warum musste ich, dumme Kuh, unbedingt erwähnen, dass nichts laufen würde? Es hätte ja in dem Moment gereicht, „Stopp" zu sagen, wenn es angefangen hätte. Aber nein, so gab ich ihm schön die Vorlage, dieses Schauspiel abzuziehen. Ich war über alle Maßen erregt. Und das wusste er! Aber was er konnte, konnte ich schon lange! Ich nahm mir das nächstbeste vom Teller und schob es mir extrem lasziv und unanständig in den Mund, nur um direkt danach mit dem Finger noch die weiße Knoblauchcreme hinterherzuschieben und meinen Finger dabei genüsslich abzulecken. Sein Blick wirkte nun ebenso gierig wie meiner. Selbst schuld!

»Das macht dir Spaß, du Luder! Richtig?« Ich grinste ihn frech an und spreizte meine Beine ein Stück weit, um ihm zu zeigen, dass ich nichts darunter trug. Die Unterwäsche, die Rosalie mir eingepackt hatte, war eh nur ein Hauch von nichts, also entschied ich mich eben genau für das ... Nichts! Sein Blick wanderte zwischen meine Beine, bis er die Augen schloss und sich zurücklehnte. Ich wusste genau, was das in ihm auslöste, und ich genoss es im höchsten Maße.

»Das wird ein sehr langer Abend, Mr. Cliffort!« Er beugte sich ein Stück zu mir herüber und sprach ganz ruhig weiter, doch seine Stimme war belegt durch seine Erregung.

»Ich freue mich auf den Moment, wo das erste Date vorbei ist. Und wir wieder zuhause in L. A. sind. Du auf meinem Bett liegst. Die Beine weit auseinander gestreckt. Und ich dich für das bestrafen kann, was du genau jetzt gerade herausforderst!« Diese Worte, gemischt mit seinem Blick, waren mein K. O. Ich wusste, dass er dies in jedes Einzelteil aufdröseln würde und ich auf seinem Bett aufgeliefert war. Jetzt war es aber eh schon zu spät für einen Rückzieher, also tat ich so, als wäre es vollkommen irrelevant, was er sagte.

»Nun ja. Das werden wir wohl noch feststellen, nicht wahr?«, forderte ich ihn erneut heraus, während ich mir genüsslich eine Krabbe in den Mund schob.

50. Tylor

Und ob wir das noch feststellen würden. Dieses kleine Biest! Sie dachte, dass ich sie nicht einfach auf meinen Schoß ziehen und meinen Schwanz in sie stoßen würde, nur weil wir dort saßen. Da täuschte sie sich maßlos. Ab einem bestimmten Punkt fand ich Mittel und Wege. Dem konnte sie sich sicher sein! Als sie die dämliche Krabbe in ihren Mund schob, biss sie sich vorab auf ihre Unterlippe und leckte danach genüsslich mit der Zunge darüber. Es hätte keine Krabbe gebraucht, um augenblicklich ein Pochen in meiner Hose auszulösen. Ich war eh schon längst steinhart. Sie dürfte ohne Umschweife darauf Platz nehmen. Miles räumte den Tisch ab und ließ direkt danach den Hauptgang servieren. Auch hier entschied ich mich für die Spezialität des Hauses. Bestes vom Fisch mit Beilagen und Grünzeug. Wie zu erwarten, war dies ebenso hervorragend angerichtet und strahlte pure Frische aus.

»Benötigst du heute extra viel Eiweiß?«, fragte mich Emily mit einem unverschämt verführerischen Augenaufschlag.

»Schön, dass du es bemerkst. Zum Dessert habe ich uns frische Ananas bestellt, damit es dir auch wenigstens gut schmeckt, wenn ich mein Eiweiß später mit dir teile!« Emily begann laut zu lachen. Sie achtete nicht darauf, wo wir waren, und wenn, war es ihr zumindest scheißegal. Ich liebte sie genau dafür. Sie machte sich nichts aus all dem. Ich hätte mit ihr in einer Pommesbude sitzen können, es hätte den identischen Effekt.

»Danke, Tylor! Aber du schmeckst mir auch, wenn du einfach nach dir schmeckst!«, flüsterte sie mir zu, als wenn uns jemand zuhörte. »Du schmeckst nach Lust, die ich entfache, und darum ist es immer perfekt!«

»Es freut mich sehr, dass du gerne meinen Schwanz lutschst. Ich genieße es auch sehr, dich zu lecken!« Weiter kam ich nicht, denn sie hielt erschrocken meinen Mund mit ihrer Hand zu und sah sich um. Ich zog den Kopf weg und sprach weiter.

»Was ist? Denkst du, hinter der Palme sitzt Miles und wartet darauf, dass wir über meinen Schwanz sprechen?« Emily kicherte los.

»Nein, er steht wohl eher auf die feuchte Stelle zwischen meinen Beinen!«

»Das ist gut möglich, aber danach steht bei ihm nie wieder was, Babe!«

51. Emily

Nachdem wir unseren kleinen Schlagabtausch beendet hatten, aßen wir mehr oder weniger sittlich weiter. Unsere Blicke sprachen Bände und ich rutschte mehr und mehr auf meinem Stuhl herum und konnte mich kaum noch konzentrieren.

»Könntest du bitte aufhören, mich so anzusehen, Emily!«

»Wie denn?« Ich wusste wirklich nicht, was er meinte.

»Als ob ich der Nachtisch wäre!« Ich fühlte mich irgendwie ertappt, aber zugleich auch überrascht, dass er mich so gut lesen konnte.

»Und wenn ich mir wünsche, dass du der Nachtisch bist? Oder ich deiner?«

»Dann muss ich dich leider enttäuschen. Ich habe absolutes Verbot!« Er schob sich das letzte Stück seines Essens in den Mund und lehnte sich entspannt zurück.

»Verbote sind aber doch da, um sie zu brechen!« Ich wusste, dass er es mochte, wenn ich das böse Mädchen war.

»In dem Fall nicht!« Wie bitte? Er gab mir echt 'nen Korb?

»Du meinst das Ernst?«, entgegnete ich diesmal sprachlos,

»Natürlich! Ich respektiere deine Ehre mehr, als dass ich meiner Lust freien Lauf lasse!« Ich fand die Aussage unfassbar süß, aber in dem Moment stand sie mir im Weg.

»Du kannst meine Ehre nicht beschmutzen. Du bist mein Mann!« Sein Blick änderte sich kaum merklich, aber doch für mich sichtbar, als ich die Worte aussprach. »Ich meine, mein Freund. Nur mein Freund!« Er grinste.

»Du kennst mich zu gut, Emily!« Er schüttelte den Kopf. »Du darfst ruhig dein Mann sagen! Wie weit genau geht denn deine Regel, dass nichts laufen darf beim ersten Date? Geküsst hast du mich ja bereits. Wo ist also die Grenze?« Ich überlegte mir meine Worte sehr genau, bevor ich sie aussprach. Ich wusste, dass er diese in Stein meißeln würde und keinen Zentimeter darüber hinweggehen würde.

»Ähm, ich habe so genau nie darüber nachgedacht, wenn ich ehrlich bin. Ich würde sagen, alles, was Sex ist. Also sowohl Lecken als auch ein Blowjob und auch der Akt an sich. Darüber hinaus zählt doch eher zu Rummachen? Oder?«

»Bist du dir absolut sicher mit deiner Eingrenzung?« Ich überlegte kurz. Wusste ich wirklich, was ich da tat? Wahrscheinlich nicht, denn mir war klar, dass er diese Festlegung bis an jegliche Grenze ausdehnen würde. Ich antwortete nicht, sondern nickte ihm lediglich zu. Im gleichen Moment ergriff er meinen Arm und zog mich zu sich hinüber.

52. Tylor

Ihre Worte waren mir Befehl, aber bis zu dieser Reglementierung gab es eine Menge Handlungsspielraum. Ich zog sie zu mir herüber und platzierte sie auf meinem Schoß. Sie zierte sich etwas, aber eher, weil es ihr unangenehm war. Die Angst, überrascht zu werden, war hier deutlich spürbar und real. Ich lehnte sie mit dem Rücken an meine Brust und ließ sie damit spüren, was sie in meiner Hose anrichtete. Für alle, die uns von hinten sahen, wirkten wir wie ein verliebtes Paar, das nun einfach zusammensaß und sich umarmte, aufs Meer hinaussah und kuschelte. Doch meine Finger kuschelten nicht, sie forderten. Reizten. Spielten. Durch den dünnen Stoff ihrer Bluse stimulierte ich ihre Brüste. Ihre Nippel stellten sich auf und ein leises Stöhnen entfuhr ihren Lippen. Ich knetete sie zwischen meinen Fingerspitzen und presste meine Erregung gegen ihren Arsch. Sie rutschte auf meiner harten Erhebung herum und verschaffte uns damit beiden eine zusätzliche Stimulierung. *Ohh ja! Good girl!* So mochte ich es. Meine Hand wanderte langsam an ihrem Körper herunter. Sie rutschte weiterhin auf mir herum und presste sich gegen meine Hand, um meine Finger deutlicher zu spüren. Zwischen ihren Beinen angekommen, hielt ich kurz inne. Genoss ihre Reaktionen. Das Winseln nach mehr. Ihr Winden auf mir, damit meine Hand sich fortbewegte.

»Bitte, Tylor! Spann mich nicht auf die Folter. Ich brauche dich!« Ich wusste natürlich, wie sehr sie es brauchte, denn mir ging es nicht anders. Aber da ich sie nicht komplett nehmen konnte, bedurfte es etwas mehr Fingerspitzengefühl, um ihre Sinne bis an die oberste Grenze zu treiben. Ich glitt ihren Oberschenkel entlang und mied entschieden ihre Mitte. Sie versuchte, sich anders zu setzen, um meiner Hand entgegenzugehen, doch ich hielt sie weiter auf Abstand. Auf meinem Rückweg verließ ich meinen ursprünglichen Pfad und bewegte mich Stück für Stück auf ihre feuchte, heiße Vulva zu. Allein bei dem Gedanken, wie nass sie bereits für mich war, wurde ich noch härter. Und sie enttäuschte mich nicht. Jetzt war ich es, dem ein Stöhnen herausrutschte, als ich ihre Geilheit heiß und feucht spürte. Ich lehnte meine Stirn bei ihr an und genoss diesen Moment. *Fuck, war das geil!* Gierig nach mehr rieb sie sich an meinem Finger. Ich ließ ohne weitere Umwege meinen Mittelfinger tief in sie hineingleiten. Sie war so begierig, dass ich umgehend einen Weiteren dazunahm. Ich besorgte es ihr so hart und ungezügelt, wie sie es einforderte. Im Regelkatalog war nichts davon enthalten, also befand ich mich im grünen Bereich. Sie erwiderte meine Bewegungen und verstärkte damit die Intensität noch zusätzlich. Das Schmatzen, das dabei entstand, hörte sich unfassbar heiß an. Ich fühlte, wie sie sich um meine Finger zusammenzog, und ließ sie ihren Orgasmus in vollen Zügen genießen. Da sie sich nicht länger beherrschen konnte, drehte sie den Kopf in meine Richtung und küsste mich mit Hingabe. Dabei stöhnte sie in meinen Mund, damit zumindest das Gröbste unserer Geräuschkulisse unentdeckt blieb. Dass sie im Vorfeld keinen Slip angezogen hatte, war durchaus praktisch, aber auch übermäßig ungezogen. Als sie aufstand, um sich von mir zu entfernen, gab ich ihr einen unmissverständlichen Hieb auf ihren nackten Hintern. Sie sah mich erschrocken an. Aber wohl eher, weil diese Geste nicht versteckt stattfand.

»Was tust du?« Sie schaute verunsichert umher, um die Lage zu checken.

»Du warst ein böses Mädchen, Emily! Das geht so nicht!« Ihre Gedanken waren förmlich greifbar. Sie überlegte, was sie angestellt hatte. Und zugleich trat ein teuflisch unschuldiges Funkeln in ihre Augen.

»Du hast mit purer Absicht keinen Slip angezogen. Nur um mich um den Verstand zu bringen!«

»So war das nicht!«

»Ah, ah, ah.«, unterbrach ich sie. »Du wusstest, dass ich dich nicht ficken darf, und verlässt dennoch halb nackt das Haus. Das kann ich so nicht stehen lassen!« Bei den letzten Worten öffnete ich meine Hose und präsentierte ihr nachweislich, was so nicht stehenbleiben konnte.

»Du darfst mir zwar keinen blasen. Aber Wichsen ist wie Fingern, also erledige deinen Job, mein verficktes Mädchen!« Ich sah ihre Überraschung über meine direkte Anweisung, aber ebenso das Aufblitzen in ihren Augen, weil sie es liebte, wenn man das ungezügelte aus ihr herauskitzelte. Sie schaute sich um. Versuchte, die Möglichkeiten einzuschätzen. Ich bemerkte ihre Unsicherheit. Sie brauchte also ganz offensichtlich noch einen gewissen Anreiz, um ihrer Lust freien Lauf zu lassen. Ich packte meinen Schwanz und begann langsam, meinen Schaft rauf und runter zu gleiten.

»Komm schon, Babe! Wichs ihn mir oder ich tue es!« Sie rutschte auf ihrem Stuhl hin und her und biss sich unbeabsichtigt auf die Unterlippe, während sie meine Hand genau beobachtete. Ich wurde schneller und stöhnte bewusst auf, einzig um sie aus der Reserve zu locken. Just in dem Moment verspürte ich ihre Hand an mir und nahm meine weg. Sie machte das deutlich besser als ich und mit genau dem richtigen Druck und einer Intensität, die mich noch wilder machte. Sie beugte sich vor und spuckte auf meine Eichel, um meine Härte schön nass zu machen. *Verdammt sei diese verfickte Regelung!* Sie holte mir derart geil einen runter, dass ich sofort hätte kommen können. Doch selbstverständlich musste sie sich schon etwas anstrengen, damit meine Bestrafung für ihren fehlenden Slip auch Früchte trug.

»Das genügt!« Ich setzte mich wieder aufrecht hin und schloss meine Hose. Auch wenn ich sie kaum zu bekam bei der enormen Erektion, die ich dort reinstopfen musste. Ihr Blick sprach Bände und ich hätte mich am liebsten selbst gelobt für mein Schauspiel. Ich kannte sie und wusste, dass ihre eigene Erregung maßgeblich aus meiner Lust bestand. Genauso wie andersrum. Meine Lust entzog ich ihr in diesem Moment und das fand sie alles andere als lustig. Ich ließ mir nichts anmerken.

»Äh, was machst du?« Ihre Frage spiegelte ihren komplett verständnislosen Gesichtsausdruck wider. Ich stellte mich weiterhin dumm.

»Es ist Zeit für den Nachtisch.« Ich hob die Hand und fünf Sekunden später stand Miles neben uns. Wir orderten beide unser Dessert und warteten wortlos darauf, dass es uns an den Tisch gebracht wurde. Sobald dies erledigt war, ergriff Emily erneut das Wort.

»Das tust du nicht wirklich?!«

»Was meinst du?«, konterte ich und schob mir einen Löffel mit Ananasstückchen in den Mund, bevor ich sie ansah.

»Du lässt das hier nicht unvollendet!«

»Warum unvollendet. Ich hatte das Gefühl, dass ich dich sehr wohl bis zum Ende gebracht habe. Oder nicht?«

»Aber ich dich nicht! Also zieh dich wieder aus!« Ich konnte mir ein Grinsen einfach nicht verkneifen.

»Nein!«

»Nein?«

»Nein! Du warst ein unartiges Mädchen, Emily! Ich erklärte es dir ja bereits. Strafe muss sein! Und da ich keine Lust habe darauf zu warten, bis zu in L. A. wieder in meinem Bett liegst, zwingst du mich zu drastischeren Maßnahmen.« Sie sagte nichts weiter, aber ich sah, wie ihr Kopf arbeitete. Ihr Gesicht war leicht errötet. Ein so typisches Merkmal für sie. Ich fragte mich, was aktuell der Grund dafür war. Ihre Erregung, die zweifelsohne noch immer vorhanden war. Oder die Wut darüber, dass sie nicht bekam, was sie wollte. Vielleicht auch eine Mischung aus beidem.

53. Emily

Ich verfluchte mich dafür, dass meine Lust auf Tylor nicht nachließ. Ich spürte die Hitze im ganzen Körper und auch auf meinen Wangen, was mich nur ein weiteres Mal dazu brachte, mich zu verfluchen. Das konnte er doch nicht so enden lassen. Ich musste mir was einfallen lassen, um ihn aus der Deckung zu locken. Sprach man nicht immer von den Waffen einer Frau? Die musste ich doch auch irgendwo haben! Oder nicht? Doch, ganz sicher! Ich verabschiedete mich kurz und lief den Gang entlang Richtung Toiletten, obwohl sie nicht mein Ziel waren. Ich stellte mich etwas seitlich an eine Palme, wo ich überblicken konnte, wenn jemand kam. Dann kramte ich das Handy aus der Tasche und wählte Kiras Nummer. Wenn mir irgendwer Tipps geben konnte, um einen Mann rumzubekommen, dann sie! Ich hatte keine Ahnung, wie spät es war. Gab es eine Zeitverschiebung zwischen Aruba und Los Angeles? Shit, egal. Sie würde mir verzeihen, sobald ihr klar war, worum es ging. Nach kurzem Klingeln ertönte bereits ihre freudige Stimme in der Leitung, also schien ich sie zumindest nicht geweckt zu haben. Ich erklärte ihr ausführlich, wo mein Problem lag, und auch, dass ich ihn nicht ins Bett bekommen wollte, sondern lediglich dazu bringen, überhaupt etwas zu machen. Wie zu erwarten, ging sie regelrecht in der Herausforderung auf. Ich wünschte, ich hätte die Möglichkeit gehabt, jedes Detail aufzuschreiben, um es an geeigneter Stelle aus dem Ärmel zu ziehen. So versuchte ich mir halt die wichtigsten Dinge zu merken.

»Und jetzt geh und schnapp ihn dir, Girl!« Sie wirkte deutlich optimistischer, als ich mich dabei fühlte.

»Okay, ich versuche es!«

»Du schaffst das! Glaub mal an deine Kurven, Em! Ich will es hören ... Ich geh jetzt los und schnapp ihn mir. Sein Schwanz gehört mir! Sag es!« Ich musste lachen. Wie bescheuert war das denn bitte? Aber okay. *Scheiß drauf!*

»Ich geh jetzt los und schnapp ihn mir. Sein Schwanz gehört mir!«, kicherte ich so selbstbewusst wie möglich ins Handy, dann legten wir auf. Als ich mich umdrehte, um noch kurz zur Toilette zu gehen, traf mich der Schlag. Keinen Meter von mir entfernt stand ein Traum von einem Mann und lachte mich übermütig an. Es war unübersehbar, dass er jedes Wort, das ich sagte, vernommen hatte. Von einer Sekunde auf die andere lief ich knallrot an. *Verdammt nochmal, Kira!* Bisher dachte ich, dass der

Moment im Wagen auf dem Weg zu unserer Unterkunft, der mit Abstand peinlichste meines Lebens war. Immerhin musste mein Freund einem wildfremden Fahrer erklären, dass es mir gut ginge, weil ich hemmungslos stöhnte. Aber diese Situation toppte selbst das! *Bitte, Erdboden, tu dich auf und verschluck mich. Bitttteeee!*

»Na, kein Grund, rot zu werden. Ich habe kaum etwas mitbekommen. Quasi nur die letzten drei Minuten!« Er grinste mich breit an.

»Sorry, ich wusste nicht ... ich dachte ... es tut mir leid!«, stammelte ich vor mich hin. Er stieß sich von der Palme ab, an der er lehnte, schmiss seine Zigarette weg und kam zu mir herüber. Mein Herz machte einen Aussetzer. *Verflucht war der Typ hot!* Nicht, dass Tylor nicht ebenso heiß war. *Nein, heißer ...* maßregelte ich meinen Verstand! Doch Tylor war anders heiß. Er versprühte Sexyness, Dominanz und Macht. Man sah ihm regelrecht an, dass er ein Alphatier war. Aber dieser Typ hier, war irgendwie so natürlich heiß. Jede seiner Bewegungen hatte eine ungekünstelte Coolness, und das schier unabsichtlich. Er wirkte höflich, grinste breit und hätte dabei mit der Sonne konkurrieren können. Er strahlte regelrecht und war dennoch in jeder Bewegung und der kompletten Mimik sexy.

»Kein Grund, sich zu entschuldigen. Der Kerl, über den du sprichst, muss ein Glückspilz sein. Doch wenn er dir seinen Schwanz nicht überglücklich von alleine anbietet, ist er ein Trottel!« Er nahm meine Hand, führte sie an seinen Mund und hinterließ einen sanften Kuss auf meinem Handrücken. Dann lief er weiter und verschwand in der Dunkelheit. Heilige Scheiße! Warum waren meine Beine so weich? Wow! Ich sagte kein Wort. Starrte ihm nur hinterher. Ähm, ich musste zu Tylor und das dringend! Er fragte sich bestimmt schon, wo ich blieb, und außerdem stand ich hier rum wie bestellt und nicht abgeholt und grinste die Luft an.

54. Tylor

Es dauerte ziemlich lange, bis Emily wieder in meinem Sichtfeld auftauchte. Einige Minuten mehr und ich hätte nach dem Rechten gesehen. Sie wirkte etwas durch den Wind und weiterhin leicht errötet, daher freute ich mich auf das, was bevorstand. Zu meiner Überraschung setzte sie sich jedoch einfach auf ihren Platz zurück und trank ihre Coke erstmal mit einem Schluck leer. Dann verfiel sie in Smalltalk.

»Alles okay? Ist etwas passiert?«, fragte ich vorsorglich nach.

»Nein, alles okay. Aber wenn du nicht willst, muss ich deine Grenze ja akzeptieren!« Sie zuckte mit den Schultern und ließ mich verwirrt sitzen. *Okay, das war neu!* Damit hatte ich ehrlicherweise nicht gerechnet. Sicher war das eine Taktik von ihr. Sie versuchte, mich zu locken. Zu reizen. Mich so weit zu bringen, dass ich nachgab. Es war so offensichtlich, was sie bezweckte! Während ich noch in meinen Überlegungen versunken war, trat ein Typ in unserem Alter zu uns an den Tisch. Wie ein Angestellter sah er nicht aus. Der hatte Eier, wenn er mir geradewegs auf diese gehen wollte! Es nervte mich extrem, dass mich hier keiner kannte. In L. A. hätte sich das niemals jemand getraut.

»Hey, guten Abend! Ich will gar nicht lange stören! Aber ...«

»Dann tun Sie es auch nicht!«

»Tylor!«, fuhr mich Emily sofort von der Seite an. »Kannst du bitte mal ein wenig höflicher sein?« Meine Fresse, ey. Ja, dann erzähl halt deine Leier und verpiss dich. Da ich sicherlich mit den Worten keinen Preis bei Emily gewonnen hätte, verdrehte ich die Augen und wartete so geduldig wie möglich, dass der Idiot fertig wurde. Er reichte uns beiden die Hand zur Begrüßung und stellte sich als Luca Pantoletti vor. Clubinhaber aus Miami oder sowas in der Art. Wen juckte es schon? Er gab uns eine Freikarte für sein Lokal und bot an, uns auf die Ehrenliste zu setzen für einen Abend unserer Wahl. Wir müssten ihn nur anrufen und er würde alles in die Wege leiten. Klar, weil ich keinen eigenen Club besaß, wo ich feiern konnte, Alter!

»Schön, war es das dann?« Ich warf die Freikarte mit der Visitenkarte zwischen uns auf den Tisch.

»Vielen Dank, Luca. Das ist wirklich nett. Wir kommen sicher gern darauf zurück.«, versuchte Emily meine Art mal wieder zu überspielen.

»Ja, sicher tun wir das ... Danke für das Angebot. Schönen Abend.« Ich wartete nicht, ob dies das Ende seiner Rede war, sondern ich setzte dem ein Ende. Mir entging nicht, wie er Emily ansah. Und auch nicht, wie sie ihn ansah. Was zum Teufel ging hier vor sich?

»Soll ich euch vielleicht alleine lassen? Ich will euer Geturtel ja nicht unterbrechen oder stören?«, fragte ich schroff und schob den Stuhl zurück, um mich zu erheben.

»So ein Unsinn, setz dich, Tylor!« Luca verzog sich endlich und Emily sah mich verunsichert an.

»Was soll das, Emily! Meinst du, ich bin komplett bescheuert? Ob du es glaubst oder nicht, ich weiß, wie es aussieht, wenn man flirtet! Habe ich in meinem Leben schon das ein oder andere Mal hinter mir.«

»Es ist nicht so, wie du denkst! Und du übertreibst es auch maßlos, Tylor.« Dann erzählte sie mir die komplette Geschichte. Beginnend bei ihrer Unsicherheit mir gegenüber, über das Telefonat mit Kira, bis hin zum Ende mit dieser Flachpfeife Luca.

»Du hast gesagt, du holst dir meinen Schwanz? Laut?« Ich konnte nicht mehr aufhören zu lachen. Die ganze Story war absurd und so typisch Kira, dass ich keinerlei Zweifel an der Wahrheit hegte. Warum dieser Wichser sich daraufhin einbildete, meine

Freundin an meinem Tisch anzugraben, war mir ein Rätsel. Aber dank seiner Visitenkarte würde Finley sicher mal ein Auge draufwerfen können.

»Emily, glaub mir, du brauchst deine beste Freundin nicht, um mir den Verstand zu rauben. Das ist dir schon vor Wochen gelungen. Und wenn du nur ein klein wenig mit mir gespielt hättest, wäre meine letzte Willenskraft in sich zusammengefallen wie ein Kartenhaus.«

»Lass uns gehen. Das werde ich zuhause testen!« Ihr Grinsen und die Art, wie sie mich ansah, gaben mir die Gewissheit, dass ich der Mann in ihrem Leben war, also kam ich diesem Wunsch nur zu gerne nach. Direkt nachdem ich die Visitenkarte in meine Hosentasche steckte.

55. Emily

Zuhause angekommen, machten wir unser erstes Date perfekt. Logischerweise bekam ich ihn noch rum, und nicht nur das. Wir respektierten jede Grenze, die das erste Date zog, und waren dennoch so intim, dass es fast körperlich wehtat, nicht weitergehen zu können. Eng umschlungen lagen wir da und verbrachten unsere erste gemeinsame Nacht in einem Bett. Ich schlief zwar zügig ein, aber mir entging nicht, dass Tylor nochmal aufstand. Und ebenso wenig entging mir, dass er danach einen gewissen Abstand zwischen unseren Körpern ließ. Aber ich war stolz, dass er sich dennoch der Situation stellte und bei mir schlief. Die nächsten Tage verbrachten wir damit, die Insel zu erkunden. Wahnsinnig viel gab es da nicht, was uns interessierte, aber wie wir herausfanden, waren wir beide Wasserratten. Wir sahen uns die Flamingos am Strand an und bestaunten sie einfach eine halbe Ewigkeit, während wir uns die Sonne auf die Haut brennen ließen. Wann hatte man schon mal die Gelegenheit, diese wunderschönen Tiere in freier Wildbahn zu beobachten? Außerdem versuchte Tylor mir vergebens das Surfen beizubringen. Doch ich schaffte es nie länger als ein paar Sekunden, auf dem Brett stehen zu bleiben. Dafür beobachtete ich ihn täglich dabei, wie sexy und gekonnt er das superein-fach hinbekam. Den Verzicht auf Sex schafften wir zumindest beim ersten Date. Am nächsten Morgen waren die guten Vorsätze dann dahin. Und das war gut so. Dieser Urlaub war das Beste, was uns passieren konnte. Er brachte uns noch enger zusammen und gab uns die Gelegenheit, fernab von allen Dingen mal zur Ruhe zu kommen. Bald stand der Ball zu Ehren des Kinderheims an. Ich freute mich darauf, doch ebenso spürte ich die Anspan-nung, die in uns beiden zum Vorschein kam, wenn wir darüber sprachen. Was würde uns erwarten? Ich, die erste Frau an seiner Seite, die er jemals präsentierte. Vielleicht sollte ich mir ein paar Beruhigungsmittel besorgen? Oder ihm!

56. Tylor

Die Koffer waren wieder ausgepackt und L. A. begrüßte uns mit meinem Ehrenball. Keine Ahnung, was in mich gefahren war bei der Einladung, aber inzwischen stand ich da und machte mich für die Party des Jahres fertig. Alle Augen würden auf mich gerichtet sein, da ich der aktuelle Inhaber vom Hope war. Und jetzt brachte ich auch noch das erste Mal überhaupt eine Frau mit. Und nicht nur eine, sondern praktisch gesehen meine. Es handelte sich um einen Maskenball, daher hatte ich vielleicht Glück, dass uns niemand erkannte. Doch wenn ich ehrlich zu mir selbst war, lag die Chance bei unter einem Prozent. Die letzten Tage liefen gut. Der Urlaub entpuppte sich deutlich entspannter, als ich es im Vorfeld befürchtete. Wir entschieden, dass Emily bei mir blieb. Also holten wir noch weitere Sachen aus ihrer Wohnung. Oder besser gesagt ich, denn als sie davor stand, verließ sie der Mut, die Wohnung zu betreten. Also setzte ich sie kurzerhand zurück in meinen Wagen, holte ihre Sachen und nahm sie wieder mit in mein Haus. Wenn man bedachte, dass ein direktes Zusammenziehen so ziemlich das Schlimmste für jede

Beziehung war, machten wir das ganz gut. Emily schlief weiterhin in Melissas Zimmer. Auch wenn es in Aruba einigermaßen funktionierte, so war es zuhause mit all den Herausforderungen, die sich uns jeden Tag boten, nochmal was anderes. Wenn einer von uns sich zurückzog, bekam er den Freiraum, den er brauchte. In der Regel war ich das. Und die getrennten Schlafräume machten dies deutlich leichter, auch wenn es nicht auf Dauer so weitergehen konnte. Es fiel mir schwer, auf engstem Raum mit ihr zu sein. Aber dennoch nicht so schwer, wie ich dachte. Emily ließ mir Luft zum Atmen und forderte trotzdem auch ein, was ihr wichtig war. Beides gut ausbalanciert. An diesem Abend stand der Empfang im Kinderheim an und das Hope strahlte in voller Pracht. Am Morgen besuchten wir als erstes Patrick, dem es ausgesprochen gut ging. Man sah ihm seine Strapazen noch an, aber die Ärzte versicherten mir, dass er wieder ganz der Alte war. Danach fuhren wir im Hope vorbei und sahen nach dem Rechten. Natürlich fand die Party nicht direkt im Hope statt, aber alle Gäste würden vorerst einen Abstecher dorthin machen müssen, da die Kids extra Einladungen gebastelt hatten, die sich jeder vorab dort abholen musste. So schafften wir es, dass auch die Kinder die Aufmerksamkeit aus diesem Event zogen, die sie verdienten. In der letzten Zeit war so viel passiert, dass ich komplett vergaß, dass bald schon Weihnachten vor der Türe stand. Ich machte mir seit Jahren nichts mehr daraus. Schwester Mary und die anderen Angestellten vergaßen dies jedoch nicht, so wurden wir mit einer kunterbunt leuchtenden Weihnachtsüberraschung begrüßt. Das ganze Haus duftete nach Plätzchen und warmem Kakao. Eine gute Einstimmung für alle Gäste des Empfangs. Zum Glück musste ich mich um nichts kümmern. Ich brauchte nur aufzutauchen und gut auszusehen. Beides eine Leichtigkeit. Mal davon abgesehen, dass ich mich mit Emily in unbekanntes Terrain begab. Ich wartete seit geraumer Zeit auf meine Begleiterin, die noch immer das Bad in ihrem Zimmer blockierte. Da die Zeit durch unseren Spontanurlaub knapp bemessen war, besorgte Emily ihr Kleid erst am Vortag. Kira und sie machten ein Geheimnis daraus, also ließ ich mich überraschen. Ich wartete gespannt darauf, was mich erwartete. Sowohl auf ihr Kleid, als auch auf die dazugehörige Maske, die an dem Abend Pflicht war. In welcher Form auch immer. Als dann endlich die Türe aufging, konnte ich meinen Augen nicht trauen. Emily stand da in einem Hauch von Nichts, der gerade so alles verbarg, was nur für mich bestimmt war. Sie trug ein goldenes Kleid und eine dazugehörende goldene Maske, die nur ihre Augen und den Ansatz ihrer Nase bedeckte. Mit allerlei Schnörkel und Glitzer. Passend zum Thema Winterwunderland, unter dem dieses ganze Theater an dem Abend lief. Das Kleid reichte ihr bis oberhalb ihrer Knie und an den Hüften war ein durchsichtig schimmernder Stoff eingenäht, der einen Hauch von Haut durchschimmern ließ und in Wellen von ihren Armen bis zum Po floss. Das komplette Kleid funkelte wie tausend Sterne und ihre Haare trug sie geschlossen mit einigen Strähnen, die heraushingen. Wenn Menschen nicht atmen müssten, um zu überleben, hätte ich in dem Moment sicher aufgehört, Luft zu holen. Sie sah umwerfend aus und verdammt heiß. Zu heiß!

»Du siehst überwältigend aus, Emily. Aber so kannst du nicht gehen!«

»Was? Warum? Gefällt es dir nicht?«, schob ihre Unsicherheit sich wieder mal in den Vordergrund, während sie an sich hinabsah.

»Ich sagte doch, du bist wunderschön. Aber wenn du mich so begleitest, werde ich ununterbrochen mit einem Ständer in der Hose rumlaufen und daran denken, wie ich dir das Kleid schnellstmöglich wieder ausziehen kann!«

»Gut! Das gefällt mir!«, antwortete sie frech und stolzierte, arschwackelnd, an mir vorbei. Ich schnappte sie im letzten Augenblick und drückte sie an mich, um sie zu küssen. Ich packte ihren prachtvollen Arsch und spürte die Lust in mir aufwallen.

»Spinnst du? Du ruinierst mein Kleid!«, befreite sie sich lachend von mir. »Gedulde dich gefälligst. Ich werde dir sagen, wann du für mich kommen darfst!« Mit diesen Worten ließ sie mich stehen, was meine Geilheit weiter anstachelte. Ich liebte derartigen Schlagabtausch zwischen uns und ich würde mich bei Gelegenheit dafür revanchieren, so viel stand fest! Finley fuhr uns im SUV direkt zum Festsaal, da wir ja bereits am Morgen unseren Abstecher beim Hope erledigt hatten. Keiner außer Larry und Kira wusste bisher von uns und auch nicht von unserem gemeinsamen Auftritt an diesem Abend. Daher war unsere Aufregung unübersehbar. Wenn doch aus unterschiedlichen Gründen. Emily wusste nicht, was sie erwartete als Freundin von Tylor Cliffort, und da dies eine Premiere war, konnte ich es ihr auch nicht sagen. Ich hingegen hatte einfach nur Schiss, dass ich es total vergeigte. Als wir ankamen, blieben wir noch einen Moment sitzen und hielten unsere Hände. Daran hatte ich mich mittlerweile gewöhnt und mochte es sogar. Vor der Location stand ein riesiger Weihnachtsbaum, der in Rot und Gold erstrahlte. Noch war es ruhig, doch schon bald würde sich das ändern. Wir starrten beide zum Eingang, wo eine Handvoll Menschen standen und sich unterhielten. Emily hatte natürlich keine Ahnung, um wen es sich dabei handelte, doch ich erkannte sofort alle Anwesenden. Leider freute ich mich nicht über jeden gleichermaßen. Sobald wir das Auto verließen, würde es kein Zurück mehr geben.

»Bist du bereit für deinen großen Auftritt, Babe?«, fragte ich sie sicherheitshalber nochmal und drückte ermutigend ihre Hand. Sie sah mich an und erwiderte:

»Es ist mir eine Ehre, Mr. Cliffort!«

57. Emily

Als wir ausstiegen, fühlte ich mich keineswegs so selbstsicher, wie ich versuchte darzustellen. Ich klammerte mich an Tylors Hand fest und war froh, ihn an meiner Seite zu haben. Auch wenn er der Grund dafür war, warum sich dieser Abend überhaupt emotional schwierig gestaltete. Zum Glück waren meine blauen Flecken und Wunden so gut verheilt, dass man sie kaum noch sah. Den Rest versteckte das Kleid so eben. Für die Arbeit ließ ich mich weiter krankschreiben und das würde ich vorerst dabei belassen. Für mich war es unvorstellbar, mich aktuell ganz allein in Menschenmengen aufzuhalten. Obwohl ich wusste, dass von Liam natürlich keine Gefahr mehr ausging, spürte ich ohne Tylor oder Finley in meiner Nähe schier Panik in mir aufkommen. Allerdings sprudelte genau diese auch in diesem Moment in mir hoch. Panik! Alle Leute, die vor dem Gebäude standen und sich kurz zuvor noch unterhielten, hatten ihre Unterhaltung eingestellt und sahen uns an. Das ging ja schon gut los. Heilige Scheiße! Wenn das den ganzen Abend so lief, würde ich nach einer Stunde am Herzinfarkt sterben. Daran bestand kein Zweifel. Ich erkannte Kira und Larry in der Gruppe und mein Herz machte einen Sprung. Yeah, bekannte Gesichter konnte ich gut gebrauchen. Kaum kamen wir bei der Gruppe an, umarmte eine junge Frau Tylor überschwänglich. Ich musste grinsen, als ich seinen genervten Gesichtsausdruck dabei sah und seine Anstalten, sie liebevoll wieder von sich wegzuschieben. Mir war sofort klar, dass es sich hierbei um seine Schwester handelte. So wie er erzählte, war sie die Einzige, die außer mir ständig seine Regeln missachtete. Das sah ich nun mit eigenen Augen. Sehr sympathisch.

»Melissa, schön dich zu sehen. Aber sehen reicht vollkommen!«

»Stell dich nicht immer so an, Tylor! Wer ist deine ... ähm ... Begleitung?« Ich erwartete, dass er dastand, wie eine alte Eiche und kein Wort herausbekam, aber wie selbstverständlich stellte er mich umgehend vor.

»Das ist Emily. Meine Freundin.« Er drückte dabei meine Hand, was die anderen verständlicherweise nicht sehen konnten. Er hielt mich fest. Wohl eher, um sich selbst zu stützen. Man sah ihm seine Unsicherheit nicht an. Die Maske saß felsenfest.

»Oooohhhhh ... ich wusste, dass es irgendwann passieren würde!« Melissa hüpfte aufgeregt wie ein kleines Mädchen, das gerade den Weihnachtsmann sah, auf und ab und sprang mir dann in die Arme.

»Meine Brüder haben beide eine Freundin. Das ist der beste Tag des Jahres! Ach, was sag ich da, das ist der beste Tag überhaupt! Mum, siehst du das?« Mum? Oh Gott, nein. Ernsthaft? Das hier war seine ganze Familie? Ich stand nahe an der Ohnmacht. Ich warf Tylor heimlich einen bösen Blick zu, welchen er mit einem Grinsen abtat. Arsch! Hätte er mich nicht vorwarnen können?

»Ja, mein Kind, ich sehe es. Und ich könnte nicht glücklicher sein als in diesem Moment, wo ich alle meine Kinder glücklich sehe!« Mein Herz schmolz dahin und Tränen traten in meine Augen! Mir entging nicht, dass außer Melissa niemand Tylor berührte. Nicht mal seine Mutter. Er hatte mir zwar damals gesagt, dass nicht mal seine Familie Nähe von ihm bekam. Abgesehen von Melissa, die es zumindest immer wieder versuchte. Doch dass es so extreme Ausmaße hatte, nahm ich nicht an. Nun wurde ich eines Besseren belehrt und wusste die Nähe, die Tylor zu mir zuließ, noch mehr zu schätzen. Mich überkam ein schlechtes Gewissen, dass ich hier händchenhaltend mit ihm stand, während niemand ihn sonst berühren durfte. Aber zugleich fühlte ich mich stark, unbesiegbar und besonders! Ich begrüßte alle freundlich, doch auch zu mir hielten sie erstmal Abstand. Vielleicht, weil sie ahnten, wie dringend Tylor mich an seiner Seite brauchte. Während wir draußen standen und die Gespräche wieder aufgenommen wurden, begrüßten wir Kira und Larry. Ich war so froh, sie dabei zu haben. Auch wenn meine beste Freundin mal wieder nichts Besseres zu tun hatte, als eine freche Anspielung auf das spätere Ausziehen meines Kleides zu machen. Aber ich liebte sie genau dafür. Kurz darauf entschuldigte Tylor uns beide und zog mich hinter sich her. Er führte mich direkt in die Location hinein. Ich hatte keine Ahnung, was los war, aber ich vermutete, dass er einfach mal durchatmen musste. Kaum schlug die Türe hinter uns zu, griff er mich und drückte mich leidenschaftlich küssend gegen die Wand des Gewölbes. Okay, damit rechnete ich nicht, aber ich genoss es um so mehr. Seine Zunge fand spielend den Weg zu meiner. Eine Hand lehnte er gegen die Wand, unweit meines Kopfes, und mit der anderen fixierte er meinen Körper so nah wie nur möglich an seinem. Ich krallte meine Finger in seine Haare, was ein leises Stöhnen erklingen ließ. Am liebsten hätte ich ihn an Ort und Stelle vernascht, so wild und hungrig war sein Kuss.

»Ähmmm, Ähmmm!«, räusperte sich plötzlich eine Stimme hinter uns. Ich wäre am liebsten im Erdboden versunken, wohingegen

Tylor sich mit einem Grinsen im Gesicht von mir abstieß, und so tat, als wäre nichts passiert. Als wir uns umdrehten, traf uns fast der Schlag. Wir konnten unseren Augen kaum trauen!

»Patrick.«, hörte ich flüsternd meine eigene Stimme. Tylor stand genau so regungslos wie ich, mit offenem Mund da und starrte auf Patrick, der im Rollstuhl vor uns saß. Mit Rodriguez im Schlepptau strahlte er uns erschöpft, aber glücklich an. Ich fing mich als Erstes und stürmte auf ihn zu. Ich kniete mich vor ihn und heulte los.

»Unkraut vergeht nicht!«, meinte er spaßeshalber, doch die Sache war mehr als ernst.

»Darfst du überhaupt hier sein?«, fragte ich vorsichtig.

»Das hier ist der Abend meines Bruders! Und ein Stück unserer gemeinsamen Erinnerung. Das verpasse ich auf keinen Fall. Nur über meine Leiche!«

»Das ist nicht lustig, Pat.«, meldete sich Tylor bei dieser Andeutung zu Wort. Wohlweislich, dass dies fast so weit gekommen wäre.

»Jetzt komm schon her, oder muss der Krüppel etwa zu dir kommen?« Tylor brauchte noch einen Moment, doch dann kam er herüber und kniete sich neben mich. Tränen standen ihm in den Augen und als die beiden

Männer sich innig umarmten, schossen meine eigenen sofort wieder los. Ich war so froh und dankbar, diesen Moment zu erleben. Liam hätte uns alle zerstören können, doch dieser Augenblick zeigte, dass er es nicht geschafft hatte.

58. Tylor

Die Tatsache, dass meine Familie den ganzen Abend ein Auge auf mich werfen würde, inklusive Jo, die beste Freundin meiner Schwester, machte den Abend zu einer nervigen Angelegenheit. Aber in dem Augenblick war der Abend dennoch perfekt. Ich konnte nicht glauben, dass Patrick hier war und den Abend mit uns verbrachte. Wenn auch stark angeschlagen und auf eigene Verantwortung. Die Ärzte fanden seinen Abgang nicht sehr amüsant, daher musste er definitiv frühzeitig wieder in die Klinik. Jetzt hatten die Ärzte eine Ahnung davon, wenn sie sagten, dass er wieder ganz der Alte sei! Auch wenn ich froh war, ihn hier zu sehen, so lenkte diese Tatsache mich dennoch nicht ausreichend von meiner Lust auf Emily ab. Ich sagte ja von vornherein, dass es keine gute Idee war, mit diesem Kleid hierher zu gehen. Nun musste ich entweder einen Moment finden, wo ich sie kurz in Versuchung führen konnte. Oder aber, ich musste bis zu hause warten. Beide Alternativen fand ich ziemlich beschissen. Nach und nach trudelten die Gäste ein. Ich begrüßte unzählige unwichtige Leute und durfte mir immer

wieder anhören, wie charmant meine Begleitung war. DAS wusste ich auch selbst, verdammt nochmal! Emily hingegen stand souverän neben mir und gab sich so, als wenn dies
schon immer ihr Platz gewesen wäre. Die
Blicke auf uns waren wie erwartet abschätzend
und unerbittlich. Immer wieder sah man Getu-
schel und manche besaßen nicht mal den
Anstand dies verborgen zu tun. Eine Gruppe
Mädels versuchte bewusst, uns zu provozieren, und warfen ungefragt ihre Vermutung
in den Raum, dass sie dachten, ich sei schwul,
da ich nie mit einer Frau gesichtet wurde.
Emily konterte einfach nur kurz und knapp, ob
eine von ihnen mich denn schon mal mit
einem Mann gesehen hätte, und ließ sie dann
stehen. Ich liebte diese Art an ihr. Sie ließ sich
nichts gefallen. Nicht mal von mir. Allerdings
war sie auch clever. Was ihr in solchen
Momenten zu Gute kam. Aber dadurch entging ihr auch die Erwähnung von Patrick,
bezüglich unserer gemeinsamen Erinnerung
ans Kinderheim nicht. Ich erklärte ihr in einer
super Kurzfassung unsere Geschichte mit dem
Hope. Da es ungewohnt war, vergaß ich
immer wieder, dass sie mich und mein Leben
nicht kannte, was Manchesmal noch seltsam
für mich war, denn gefühlt jeder hier wusste
darum.

»Jetzt verstehe ich, warum ihr so eine enge Bindung habt und auch warum Rosalie so herzlich mit dir umgeht. Danke, dass du diesen Teil von dir mit mir geteilt hast! Ich hoffe das ist erst der Anfang!« Ich antwortete nicht darauf, sondern gab ihr in der vollen Halle einen Kuss. Zärtlich und bedacht, damit wir nicht zu sehr auffielen. Doch das war ein Satz mit X. Überall um uns herum brach Tumult aus. Als wenn die Leute nur darauf gewartet hätten und einen Beweis suchten, dass wir wirklich ein Paar waren. Hier und da machten Leute Fotos, wie wir im Laufe des Abends zwangsläufig erfuhren, da innerhalb kürzester Zeit die sozialen Netzwerke damit überflutet wurden. Ich wartete sehnlichst darauf, dass der Abend ein Ende nahm und wir endlich zur After-Party-Party ins Joy fahren konnten. Oder noch besser, direkt nach Hause ins Bett. Patrick ging es den Umständen entsprechend gut und er versicherte mir, dass er erst ging, wenn die Party rum war. Mittlerweile war Rosalie eingetroffen und übernahm wie selbstverständlich selbst seine persönliche Betreuung. Manches änderte sich eben nie! Die Location platze aus allen nähten. Mit so vielen Leuten hatte ich nicht gerechnet und ich war mir auch nicht sicher, ob eventuell noch mehr kamen, nachdem sie die News über Emily und mich im Internet erfuhren. Aber mittlerweile war es uns auch egal. Wir tanzten mit unseren Freunden und meiner Familie und machten die Bar unsicher. Die Stimmung war ausgelassen und das Fest ein wahrer Erfolg. Jeder hatte sich an die Vorgabe des Maskenballs gehalten und ich stellte zufrieden fest, dass ich selbst diese Idee perfekt fand. Emily so zu sehen, in ihrem Kleid und verrucht unter der Maske versteckt, machte mich extrem an. Sie in komplett Gold und ich in Pechschwarz. Wir ergaben ein hervorragendes Paar. In jeder Hinsicht. Für den Abend würden sicherlich jede Menge spenden für das Kinderheim zusammen kommen. Das war zwar nicht der Hauptaspekt für diese Veranstaltung, aber viele Leute sprachen mich darauf an, daher sollte ein beträchtliches Sümmchen zusammen kommen. Unterdessen hatte ich nur Augen für Emily. Sie raubte mir noch immer den Atem. Je mehr Alkohol ich intus hatte, desto geiler wurde ich. Mittlerweile wäre ich bereit, sie einfach hier mitten auf der Tanzfläche zu ficken, und es wäre mir vollkommen egal, wer alles dabei zusah. Sollten sie ihre Show bekommen. Fotos davon machten sich sicher super als Beweis. Ich musste schmunzeln bei der Vorstellung, wie wir am nächsten Morgen beim Frühstück unsere Fickbilder online begutachteten.

»Was ist denn mit dir los? Hast du dir selbst nen Witz erzählt?«, hörte ich Emily ganz nah in mein Ohr flüstern. Sofort packte ich nach ihr und zog sie noch ein weinig näher an mich heran. Sie roch verführerisch nach ihrem ganz speziellen Vanille Duft.

»Was hältst du von Fickfotos von uns beiden? Alternativ vielleicht auch Videos, wie ich es dir besorge?« Emily hielt mir den Mund zu und schaute sich entsetzt um, ob irgendwer uns zuhörte.

»Tylor!«, kicherte sie verlegen. »Ich glaube du solltest nichts mehr trinken!«

»Ich bin nicht besoffen. Nur geil! Und du tust rein gar nichts dafür, dass sich das ändert!« Sie lachte auf und lehnte ihren Kopf an meiner Schulter an. Sie überlegte, das wusste ich, daher ließ ich ihr einen Moment und tanzte einfach mit ihr in meinem Arm weiter.

»Wir können hier nicht verschwinden. Gefühlt jeder hat hier ein Auge darauf, was wir tun!«

»Dann tun wir es einfach direkt hier. Wie gesagt, Fotos und Videos inklusive.« Meinen Worten verlieh ich mit einem beherzten Griff an ihren Arsch Nachdruck. Sie lachte erneut auf und schlug mir gegen den Arm, um mich zur Besinnung zu bringen. Dass dies in keiner Weise eine Besserung hervorrufen würde, war ihr natürlich selbst klar. Wenn ich etwas wollte, bekam ich es! Und in dem Moment wollte ich sie!

»Du spinnst, Tylor. Komm mit!« Sie nahm meine Hand und zog mich hinter sich her.

»Ihr Wunsch ist mir Befehl, Madam!«

59. Emily

Ich wusste, dass er auf keinen Fall Ruhe geben würde, bis er hatte, was er begehrte. Zu seinem Glück ging es mir wie ihm, also zog ich ihn hinter mir her Richtung Ausgang. Es gab hier nicht wirklich viele Möglichkeiten, wo wir unserer Lust Abhilfe schaffen konnten. Jeder hier kannte Tylor Cliffort und auch seine Familie. Da kann man nicht einfach zu zweit aufs Klo gehen und ein »Bitte nicht stören Schild« raushängen. Deshalb entschied ich kurzentschlossen, dass die beste Alternative Tylors SUV war. Finley musste uns irgendwo hinschaffen, wo wir für uns waren. Wenn auch nur einen Moment. In der Fahrerkabine bekam er nicht mit, was hinten lief, also war das die perfekte Option. Tylor und ich kicherten wie zwei Teenager, als wir den Gang entlangliefen und genau wussten, was uns gleich erwartete. Er ließ so selten zu, ihn so zu sehen, dass es mein Herz mit purer Liebe durchflutete, wann immer ich hinter diese Fassade blicken durfte. Wir küssten uns flüchtig und schlängelten uns Arm in Arm durch die anderen Gäste hindurch. Doch dann blieb Tylor plötzlich wie angewurzelt stehen. Von einer Sekunde auf die andere wirkte er wie ausgewechselt. Jegliche Euphorie war aus seinem Gesicht gewichen. Er stand da, als wenn er soeben einen Geist gesehen hätte. Ich folgte seinem Blick, konnte aber nichts ausmachen, was diese Reaktion ausgelöst haben könnte.

»Was ist los, Tylor? Geht es dir nicht gut?« Ich war ernsthaft besorgt und verstand nicht, was los war. Ich nahm seine Hand, doch er erwiderte meine Geste nicht. Im Gegenteil. Er zitterte!

»Ach schau an. Tylor Cliffort! War ja klar, dass der kleine Ty sich das Spektakel nicht entgehen lässt. Und wie ich sehe, hat er sogar endlich eine Dumme gefunden, die sich auf ihn einlässt!« Vor uns stand eine hübsche Brünette, die mich abwertend von oben bis unten musterte. Was bildete sie sich eigentlich ein? So sprach keiner mit Tylor und innerlich freute ich mich auf das, was ihr nun bevorstand. In wenigen Sekunden würde er ihr gehörig den Arsch aufreißen. Doch Tylor schwieg! Er stand einfach da und starrte sie an. Seine zitternde Hand in meiner. Auch wenn er den Griff um meine Finger weiterhin nicht erwiderte.

»Sehr interessant, dein Monolog. Und du bist?«, schaltete ich mich dazwischen, um die Situation durch unser Schweigen nicht noch unangenehmer zu machen.

»Lisa. Lisa Ferron. Die Frau, die deinem kleinen Geliebten das Herz brach. Schau, was aus ihm geworden ist. Nichts! Wie ich es schon immer voraussagte!« Tylor stand weiterhin da, als wenn ihn das alles nichts anginge. So wie er aussah, wusste ich nicht mal, ob er noch unter uns weilte. Aber mir platzte jetzt endgültig der Kragen! Was dachte diese Schnepfe, wer sie ist? Sie kannte weder mich noch Tylor.

»Du hast überhaupt keine Ahnung, was aus ihm geworden ist, denn der Tylor, den du kanntest, war ein kleiner Junge. Und du nichts weiter als ein armseliges, unerzogenes Gör. Tylor ist ein Mann geworden. Du hast das Frauwerden jedoch an dir vorbeiziehen lassen so wie es aussieht!«

»Oh, das ist ja mal was ganz Neues!« Lisa lachte theatralisch auf. »Ty hat also eine Hure gefunden, die sich sogar für ihn einsetzt. Da muss der Betrag, den er zahlt, ja ziemlich rentabel sein!« Ich hatte nun zwei Möglichkeiten. Entweder ich stürzte mich auf sie und vergaß mein gutes Elternhaus. Oder aber, ich schlug sie mit ihren eigenen Waffen. Biestigkeit gepaart mit Arroganz und Überheblichkeit. In dem Moment war ich dankbar, dass ich mein Leben lang von der Besten gelernt hatte. Kira! Ich stellte mich vor Tylor und stand somit direkt im Angesicht von Lisa. Nur so weit entfernt, dass ich sie von oben bis unten betrachten konnte. Ich legte einen superarroganten und abwertenden Blick auf und musterte sie so, wie sie es anfangs bei mir tat. Als ich wieder in ihrem Gesicht ankam, verharrte ich einen Moment und ließ sie im Unklaren, was als Nächstes kam. Einige Sekunden verstrichen und dann ließ ich die Bombe platzen!

»Die Zeit, wo er auf Huren stand, ist lange vorbei, wie man an dir sieht! Aber ich kann verstehen, dass du auf diesen Gedanken kommst. Wer will dich schon flachlegen, ohne dass er dafür bezahlt wird? Schade eigentlich, du hast was verpasst. Tylor hätte es dir richtig gut besorgen können. Jetzt besorgt er es mir! Und dir noch immer niemand, Bitch!« Mit diesen Worten ließ ich sie stehen und zog Tylor hinter mir her, der nach wie vor schwieg. Ich hörte das Aufbäumen der Leute und auch Lachen und Beifallsbekundungen um uns herum. Natürlich lauschten alle der Showeinlage von Lisa und mir aufmerksam. Aber es war mir egal. Dieser Kuh musste eine Ansage gemacht werden, und wenn Tylor es nicht tat, erledigte ich das!

60. Tylor

Als ich Lisa entdeckte, stand alles still. Ich verlor das Gefühl für Raum und Zeit und wie immer, wenn es um sie ging, zeitgleich auch meine Eier. Ich schämte mich dafür, dass Emily an meiner Stelle kämpfte, aber ich bekam kein Wort heraus. Ich besaß kaum Luft, überhaupt zu atmen. Lisa brach mir das Herz und leider zerstörte sie in mir noch weitaus mehr. Emily wusste, dass meine Vergangenheit mich gebrochen hatte. Nun bot sich ihr ein Bild, das sie nie wieder vergaß. Ich trottete wie ein Vollidiot hinter Emily her, und selbst diese Schritte schaffte ich nur, weil sie mich mitzog. Bei Finley angekommen stiegen wir ein und ohne große Instruktion fuhren wir augenblicklich los. Wir sagten kein Wort. Eine gefühlte Ewigkeit nicht. Emily tippte wie wild auf ihrem Handy herum und schrieb irgendwelche Nachrichten.

»Bitch?«, fragte ich sie nach einiger Zeit. »Dieses Vokabular sieht dir sonst gar nicht ähnlich.«, versuchte ich sie vorsichtig zu necken, auch wenn es mir peinlich war, sie überhaupt anzusprechen.

»Dann waren wir ja heute beide nicht wir selbst!« Die Worte hingen zwischen uns wie eine Machete. Keiner wagte es, noch ein weiteres zu sagen. Ich sah Emily an, während sie meinen Blick mied und aus dem Fenster starrte. Selbst als sie mir diese Antwort um die Ohren haute, blickte sie mich nicht an. Und sie hatte ja verdammt nochmal recht. Ich schwieg.

»Erklär es mir!«, verjagte sie schließlich die Stille, die zwischen uns lag. »Was war mit Lisa? Ich möchte es verstehen. Und vor allem dich verstehen!«

»Das ist eine lange Geschichte, Emily.«

»Gut. Ich habe Zeit!« Sie rückte von mir weg und lehnte sich mit ihrem Rücken an die Türe, um mich anzusehen. Betont verschränkte sie ihre Arme vor der Brust. Mir war klar, dass wir hier nicht rauskamen, bevor ich ihr erzählte, was sie wissen wollte. Sturkopf!

»Ich versuchs, aber ich muss es drastisch abkürzen. So viele Jahre kann man nicht in eine kurze Zusammenfassung packen.« Da sie keinerlei Reaktion zeigte, nahm ich das als Aufforderung weiterzusprechen.

»Lisa war mit uns im Heim. Wir waren noch Kinder, aber sie war schon damals frech und unbeugsam. Offensichtlich habe ich meine Schwäche für solche Charakterzüge bis heute nicht abgelegt!«, zog ich sie auf und sah sie übermütig an. Zumindest brachte mir dies ein kurzes Grinsen ihrerseits ein.

»Ich mochte sie und wollte mit ihr befreundet sein, doch schon da hätte ich wissen müssen, dass dies niemals geschehen würde. Sie disste mich, wo es nur ging. Spielte mir eine Freundschaft vor, nur um mich kurz danach umso heftiger zur Schau zu stellen. Und in den meisten Fällen aufs Übelste zu demütigen. Sie lachte über mich, wann immer es möglich war. Und vor allem sorgte sie dafür, dass es auch alle anderen taten. Bis auf Larry und Patrick! Wir wurden älter und meine Gefühle trotz ihrer Art immer intensiver. Ich verliebte mich. Und das wusste sie, denn ich sagte es ihr immer wieder. Wie ein Köter lief ich ihr hinterher. Versuchte sie zu überzeugen, dass ich gut genug für sie war. Doch rückblickend war sie niemals gut genug für mich, was ich aber erst jetzt verstehe! Es gab dutzende Situationen, in denen sie mir das Herz brach. Doch bei unserem letzten Mal übertrieb sie es selbst für ihre Verhältnisse.«

Emily unterbrach mich nicht, rückte aber wieder näher an mich heran und nahm meine Hand. Das Gefühl, welches ihre Berührung in mir auslöste, spürte ich nie zuvor. Innig und vertraut. In der Sekunde verstand ich, dass ich Lisa nie wirklich geliebt hatte. Daher wog ich meine nächsten Worte sorgfältig ab.

»Meine Verliebtheit bildete ich mir nur ein, weil ich unbedingt etwas haben wollte, was zu mir gehörte. Ich verlor in jungen Jahren alles, was mich ausmachte. Meine Eltern, mein Zuhause, keine Kindheit. Ich wollte jemanden, der mich liebte, wie ich war, doch sie sah mich nie! Und ich sie auch nicht! Heute weiß ich, was verliebt sein bedeutet, und ich musste erst dich treffen, um das zu realisieren!« Ich sah, dass Emily Tränen in den Augen standen. Ob es mit der Erinnerung an meine Kindheit zusammenhing oder an meiner Erkenntnis, dass ich sie wahrhaftig liebte, wusste ich nicht. Aber sie sollte unter keinen Umständen wegen mir weinen. Ich drückte ihr einen Kuss auf die Stirn, da ich alles andere gegenwärtig als nicht passend erachtete.

»Tu das nicht, wenn du es nicht so meinst, Tylor!«

»Was meinst du?«

»Ein Kuss auf die Stirn ist für mich viel intimer als alles andere, was wir teilen könnten. Er sagt mir, dass du bei mir bleibst, was immer sich uns in den Weg stellt. Dass du mich beschützt und auf mich aufpasst und dass ich die eine für dich bin, deine Liebe, dein Leben!« Ich brauchte keine Sekunde, um über ihre Worte nachzudenken, denn ich fühlte jede einzelne Silbe in mir.

»Dann habe ich mit diesem Kuss alles richtig gemacht!« In der nächsten Sekunde spürte ich sie auf meinem Schoß. Sie krallte sich regelrecht an mir fest, derweil sie mich leidenschaftlich und innig küsste. Ich schmeckte die Tränen, die ungehindert ihre Wangen herunterliefen. Aber zeitgleich spürte ich auch ihre ungezügelte Lust. Ich stellte mich ihr dafür nur zu gern zur Verfügung. Ihr Kleid ruhte auf den Hüften, da es bei ihrem Hechtsprung, bis dahin hochgerutscht war. Ich hielt ihren nackten, geilen Arsch in meinen Händen, während sie sich zügellos über meine Wölbung rieb. Emily öffnete meine Hose und befreite meine Männlichkeit aus ihrem Gefängnis. Ich war hart und bereit. Und sie entschieden und unmissverständlich! Sie benutzte mich und das war wahnsinnig anturnend. Sie schob ihren knappen String zur Seite und setzte sich mit einer schnellen Bewegung auf mich drauf. Alles an ihr fühlte sich unbeschreiblich an. Ihre Mitte war heiß, feucht und eng. Nie zuvor empfand ich dieses Gefühl so extrem. Und dann realisierte ich, warum!

»Stop!«, rief ich fast panisch aus und hielt sie an Ort und Stelle fest. »Emily, nicht!«

»Was denn? Hab ich etwas falsch gemacht? Willst du nicht?« Sie machte Anstalten, wieder von mir runterzuklettern, doch ich ließ keinen Zentimeter Bewegungsspielraum zu.

»Das ist es nicht!« Ich legte meine Stirn bei ihr an. »Bitte beweg dich nicht!«

»Tylor, wenn du mich jetzt wieder aufhältst, weil du keine Erlaubnis hattest, dann schwöre ich dir ...!«

»Nein, das ist es auch nicht!« Emily warf resigniert die Hände in die Luft und ihre Ungeduld wurde deutlich spürbar.

»Was ist denn dann verflucht nochmal los mit dir?«

»Verflucht nochmal? Ich glaube, ich lerne heute ganz neue Seiten von dir kennen.«, grinste ich sie frech an.

»Du lernst gleich mal andere Seiten kennen, Freundchen!«, lachte sie auf. »Jetzt sag schon. Was ist los?«

»Ich weiß, das mag für dich abgundtief bescheuert klingen...«

»Ach, das ist ja mal was ganz Neues, dass ich etwas bescheuert finde, was du sagst!«

»Hey, Fräulein!« Ich pikste ihr mit einem Finger in die Seite, sprach dann aber weiter.

»Ich hatte niemals Sex ohne Kondom. Noch nie. Und du hast ihn gerade einfach reingesteckt.« Emily taxierte mich ausgiebig. Wog meine Worte ab. Ein Grinsen breitete sich auf ihren Lippen aus.

»Und? Ist geil, oder?«, lachte sie plötzlich drauflos. Sie brachte mich einfach immer wieder aus dem Konzept. Ich starrte sie verwirrt an. Aber ja, es war geil. So geil, dass ich sofort den Unterschied spürte, weil dieses verfickte Gummi nicht da war. Klar gab es mittlerweile gute Alternativen, aber ohne war es dennoch anders. Ich fühlte mich ausgeliefert, weil ich es nicht in meiner Hand hatte, ob Schutz da war oder nicht.

»Ich finde es gut, dass du so verantwortungsbewusst bist, Tylor. Wirklich! Aber ich nehme die Pille, daher ist, was eine Schwangerschaft angeht, schon mal das Risiko ziemlich minimiert. Und Geschlechtskrankheiten kann ich für mich absolut ausschließen. Ich bin gesund. Nachweislich! Wenn du also auch zu hundert Prozent sicher bist, dass du gesund bist, dann können wir auf diese Dinger verzichten. Insofern es für dich okay ist. Ich will nicht deine Grenzen einreißen. Du entscheidest.« Ich dachte über ihre Worte nach. Es klang alles logisch und ich vertraute ihr auch, dass es gesundheitlich keine Bedenken gab. Sie hatte vor mir keine wechselnden Typen und Finley hätte sicher etwas in der Akte über sie gefunden, wenn es was Nennenswertes vor mir gegeben hätte. Sie fühlte sich einfach so verdammt gut an. Ich spürte sie auf eine Art, die mir jegliche Willenskraft raubte.

»Beweg dich nochmal. Aber langsam!« Sie erhob sich sachte und senkte sich sinnlich wieder auf mich hinab. Dabei sah sie mich an und fesselte meinen Blick mit ihren verhangenen Augen. Ihre Finger zogen an meinen Haaren und sie fickte mich ganz langsam, Stückchen für Stückchen. Sie fühlte sich so unvergleichlich geil an, dass ich sofort hätte kommen können.

»Entscheide, Tylor! Mit oder ohne?«, stellte sie mich erneut vor die Wahl, ohne in ihrer Bewegung zu stoppen. Da ich nicht antwortete, hielt sie inne. Ihre Bewegung stockte. Und in dem Augenblick, als sie aufhörte, stand meine Entscheidung fest.

»Fick mich, Emily!«

»Sag es! Mit oder ohne?«

»Ohne!« Sie brauchte keine weitere Aufforderung mehr und machte genau da weiter, wo sie ursprünglich angefangen hatte. Sie ritt mich tief und heftig und ich ließ sie gewähren. Ich saß einfach da, mit meinen Händen auf ihrem Arsch, und sie nahm sich von mir, was sie brauchte. Minuten vergingen, in denen unsere Gedanken nur noch bei uns waren. Unsere Lust freien Lauf hatte. Wir fielen regelrecht übereinander her. Küssten und hielten uns, während unsere Körper explodierten. Sie kam heftig. Ihr Stöhnen erfüllte das Auto. Ihre Pussy umschloss mich eng und ihre Erregung sorgte dafür, dass sich mein Orgasmus direkt mit ihrem auf die Reise machte. Direkt danach endete unser Vergnügen. Sie ließ mir nicht mal

einen Atemzug Zeit, um das Vergangene auszukosten, da stieg sie zu meiner Überraschung
schon von mir herunter und setzte sich wieder
auf ihren Platz. Ich versuchte, ihr anzusehen,
ob alles okay war, aber sie wirkte glücklich
und befriedigt. Sie grinste vor sich hin. Als sie
meinen Blick bemerkte, wusste ich, dass alles
zwischen uns noch immer perfekt war, denn
sie war ganz die alte. Lisa hatte unser Band
nicht zerstört.

»Was ist? Denkst du, ich will jetzt noch
kuscheln oder was? Ich hatte, was ich wollte.
Du warst gut, Honey!«, äffte sie meine Aussage
damals im Club mit Lora nach. Sie hatte recht.
Honey war echt 'ne beschissene Wortwahl.

61. Emily

Ich liebte diese Unbekümmertheit, die er ausstrahlte. Unser Quickie brachte uns auf andere Gedanken und mein rotziger Kommentar am Ende nahm ihm die letzten Sorgen. Ich konnte es ihm ansehen. Er war glücklich. Und befriedigt. Lisa war ein Miststück. So viel war klar. Und sein Kommentar, dass er schon damals auf freche Frauen stand, kostete mich eine Unmenge Disziplin, um nicht auszuflippen. Mir war klar, dass er uns nicht vergleichen wollte, sondern nur versuchte, die Stimmung aufzuheitern. Sein Glück, dass ich so eine gute Beherrschung besaß.

»Möchtest du zurück zur Feier?«

»Nein, auf keinen Fall! Ich habe mich schon genug blamiert und dich noch mit.«

»Nichts davon hast du getan. Mach dich nicht immer kleiner, als du bist! Wer bist du?«

»Tylor?«

»Wer?«

»Tylor Cliffort!«

»Absolut richtig! Und was will Tylor Cliffort nun tun? Party?« Ich sah ein ehrliches Lächeln und das war das Schönste, was er mir schenken konnte.

»Ja, aber nicht da. Lass uns ins Joy fahren. Die anderen kommen sowieso auch später dahin.« Gesagt, getan. Wir informierten Finley über unseren Plan und standen kurz danach vorm Club. Finley ließ uns am Eingang raus, was mich kurzfristig überforderte. Wie sollte ich mich verhalten? Lief ich nun hinter Tylor her. Hielt ich Abstand oder sollte ich doch in seiner Nähe bleiben? Mit einer einzigen Bewegung durchbrach er meine Bedenken, denn er nahm meine Hand in seine und lief mit mir zusammen durch die Menge hinein. Meine Schmetterlinge tanzten Salsa und wenn wir in einem Comic gewesen wären, hätte ich in dem Moment Herzchenaugen gehabt. Ich wusste, wie schwer ihm das fiel, und dennoch machte er das richtig gut. Ich war stolz auf ihn. Und gleichzeitig auch dankbar für diese Geste. Drinnen herrschte buntes Treiben. Das Joy war brechend voll und zu unserer Überraschung waren auch schon ein Teil der Empfangsgäste hergekommen. Lisa machte ich zum Glück bisher nicht ausfindig. Diese Schlange hätte ich mit eigenen Händen rausgeworfen. Keiner sprach die Szene auf dem Maskenball an, obwohl ich sicher war, dass es sich rasend-schnell rumsprach. Ob aus Rücksicht oder aus Respekt vor Tylor, konnte ich nicht beurteilen. Zumindest war er wieder ganz in seinem Element. Seine Maske saß eisern und keiner hätte mehr gedacht, dass er Schwächen haben könnte. Ich nahm mir einen Moment der Ruhe und setzte mich an die Bar. Tylor wirkte glücklich. Und das sogar ohne Patrick, der mittlerweile wieder zurück im Krankenhaus war. Ich freute mich so sehr, dass die beiden sich hatten. Aber noch mehr, dass Tylor nun auch zu mir gehörte. Als wenn er meine Gedanken lesen konnte, sah er mich wie aus dem Nichts an und kam zu mir herüber.

»Was machst du denn hier? Geht es dir nicht gut?«

»Doch, alles okay. Ich wollte mich nur einen Moment ausruhen. Tanz ruhig weiter. Ich genieße es, dich anzusehen.«

»Das Gefühl kenne ich. Ich schaue dich gerne auch noch bei anderen Dingen an!«

»Bei was denn so?«, fragte ich herausfordernd und kitzelte seine Fantasie heraus.

»Ich sehe dir gerne zu, wie du es dir selbst besorgst und wie du danach so geil bist, dass du nur noch meinen Schwanz lutschen willst!«

»Tylor!«, rief ich aus und vergrub peinlich berührt meine Stirn an seiner Brust. Wenn das jemand an der Bar hörte, buddelte ich mir ein Erdloch. *Dass dieser Mann einfach keine Scham bei diesem Thema empfand!*

»Was denn? Dann frag doch nicht!«, lachte er los und nahm mich in den Arm. Das Gefühl war noch seltsam. Es würde uns beide sicher immer wieder verwundern, wenn wir das so selbstverständlich machten.

»Ach nein. Was sehe ich denn da? Da hat das junge Ding doch nicht verstanden, wie es mit Mr. Cliffort abläuft! Dumm oder naiv? Na ja, vielleicht beides. Aber wie auch immer, in jedem Fall traurig!«, vernahmen wir plötzlich eine gespielt freundliche Stimme hinter uns, deren Worte Feuer spien. Sie schnitten wie Messer durch unsere zuvor noch glückliche Zweisamkeit. Direkt hinter Tylor stand schon wieder diese Reporterin. Ich wusste von Tylor nur, dass sie ihn belagerte, aber nichts weiter, daher hielt ich mich zurück und äußerte mich nicht zu ihrer Ansprache. Im Gegensatz zu seiner Blockade bei Lisa zeigte er sich in diesem Moment jedoch von seiner gewohnten Seite und bot ihr die Stirn.

62. Tylor

»Oasis! Wie oft müssen wir dieses Theater noch durchspielen? Wird es nicht irgendwann langweilig?

»Ganz und gar nicht. Im Leben der Reichen und Schönen gibt es doch immer wieder etwas zu entdecken. Nicht wahr, Mr. Cliffort?«

»Absolut richtig. Und deswegen kürzen wir die Sache nun ab! Darf ich vorstellen ... Emily Downert. Meine Freundin! Schreiben Sie Ihre Geschichte. Nur zu! Wenn Sie ein Foto von uns benötigen, geben Sie Bescheid. Schönen Abend noch!« Mit dieser Message ließen wir sie stehen. Sollte sie damit machen, was sie wollte. Ich zog Emily mit mir in Richtung Büro. Für diesen Tag hatte ich echt genug Drama hinter mir. Dass ich mir mal einen ruhigen Abend zu zweit wünschen würde, hätte ich mir auch niemals träumen lassen. Kaum, dass wir die Bürotüre erreichten, stand dieses Weibsstück schon wieder hinter uns.

»Du solltest dich von diesem skrupellosen Mann fernhalten, Kindchen. Er mag wie ein Engel aussehen, aber in ihm wohnt der Teufel. Kennst du seine Geschichte? Du solltest dich mal informieren, anstatt blauäugig dein Leben wegzuwerfen!« Was verdammt nochmal lief hier eigentlich ab. War dieser verfickte Tag denn nie zu Ende? Erst Lisa und jetzt das? Wie viel Scheiße sollte noch kommen, damit Emily sich von mir entfernte und an mir zweifelte? Was wollte Oasis von uns? Und welche verfickte Geschichte meinte sie? Emily stand tapfer neben mir und hielt sich an mir fest. Oder versuchte sie, mich festzuhalten?

63. Emily

Wir ließen diese Reporterin an der Bar stehen und Tylor zog mich hinter sich her zu seinem Büro. Ich folgte ihm dämlich grinsend, da ich mich an diese Vorstellungszeremonie von ihm gewöhnen könnte. »Darf ich vorstellen ... Emily Downert. Meine Freundin!« Das gefiel mir! Gerade am Büro angekommen, krächzte ihre Stimme schon wieder hinter uns. Sie hielt mir eine Standpauke, was für ein schlechter Mensch Tylor doch war und dass ich mein Leben wegwarf, wenn ich bei ihm blieb. Mich beschlich das ungute Gefühl, dass es hierbei um mehr als nur eine engagierte Reporterin ging. Tylor wirkte ebenfalls unschlüssig, was das alles sollte. Ich hielt ihn fest. Seine grobe Art würde das Debakel nicht lösen, so viel war mir klar. Daher entschied ich mich für den verständnisvollen Weg.

»Ich weiß, Sie wollen mich schützen!«, begann ich mit Fingerspitzengefühl das Gespräch.

»What the fuck?«, entfuhr es Tylor, doch ich zügelte ihn mit einem energischen Blick. Ich wollte ihn loslassen, damit er sich aus der Situation zurückziehen konnte, doch er hielt mich nur umso fester und bewegte sich keinen Millimeter von mir weg.

»Ich weiß nicht, warum Sie so über Tylor denken. Verraten Sie es mir?«

»Ich verstehe nicht, worauf Sie hinauswollen, Kleines. Ich mache nur meinen Job. Er ist ein Arschloch und das darf die Welt gerne vollumfänglich erfahren!«

»Oasis. Sie und ich, wir müssen uns nichts vormachen. Wir Frauen sind nur dann so verbissen, wenn Emotionen im Spiel sind. Also, welche Emotion weckt er bei Ihnen?« Ohne darüber nachzudenken spuckte sie mir ihre nächste Antwort förmlich entgegen.

»Hass!« *Oh wow!* Damit rechnete ich nicht. Und auch Tylor offensichtlich nicht, denn ich spürte augenblicklich seine Anspannung. Ich war froh, dass wir diese Unterhaltung vor seinem Büro führten. Hier war es leiser und zugleich blieben uns neugierige Zuhörer erspart. Ich wusste nicht, was mich in diesem Gespräch erwartete, daher wappnete ich mich für das Schlimmste.

»Hass ist eine heftige Emotion, Oasis!«

»Er hat nichts anderes verdient! Hass ist das einzige, was ihm widerfahren sollte.«

»Warum denken Sie das? Hat nicht jeder eine Chance auf Liebe verdient?«

»Er nicht!«, schrie sie mich plötzlich an. Ich spürte, wie Tylor Anstalten machte, auf sie zuzugehen und mich zu schützen, doch ich hielt seinen Arm fest, damit er dies unterließ. Mir war klar, dass wir nur dann Antworten erhielten, wenn ich es schaffte, sie aus ihrer Gefühlsregung herauszukitzeln.

»Er hat keine Liebe verdient. Er hat nicht mal ein Leben verdient. Sie hat auch keins mehr. Er hat sie umgebracht!« Moment mal! Bitte was?

»Bullshit!«, hörte ich Tylor zurückschreien, während ich wie paralysiert dastand und versuchte, die Worte zu begreifen. Tylor tobte wutentbrannt neben mir. Oasis befand sich hingegen weinend vor mir und ich verstand rein gar nichts mehr. Sie sprach ungeachtet unserer Reaktionen einfach weiter, daher signalisierte ich Tylor Ruhe zu bewahren. Sie nahm uns gar nicht wirklich wahr und schien komplett in ihrer eigenen Welt abgetaucht zu sein. Wir mussten herausfinden, was passiert war. Ich musste es wissen!

»Er hat sie auf dem Gewissen. Sie war noch zu jung zum Sterben. Aber er zerstörte sie! Mit seinem Egoismus und seiner Rücksichtslosigkeit!« Sie deutete mit ihrem Finger auf Tylor und blickte ihn strafend an. »Er ist schuld!«

»Wer war zu jung? Wen meinen Sie damit denn?«, brachte ich mühevoll heraus. Sowohl interessiert an der Auflösung als auch voller Angst vor dem, was kam.

»Olivia Brown. Meine Schwester!« In der Sekunde brach die Hölle los. Tylor kannte diese Frau also ganz offensichtlich, denn er und Oasis warfen sich schlagartig wüste Unterstellungen an den Kopf. Die Zusammenhänge wirkten für mich vollkommen undurchsichtig und bis auf einzelne Wortfetzen konnte ich überhaupt nichts mehr verstehen. Ich stellte mich zwischen die beiden und versuchte, sie zu beruhigen. Doch ohne Erfolg. Sie brüllten sich einfach weiter über mich hinweg an ohne Punkt und Komma.

»Schluss jetzt!«, schrie ich so laut ich konnte und stieß dabei beide voneinander weg. Endlich beachteten sie mich wieder. Auch wenn die Stimmung weiterhin eher der einer Atombombe glich.

»Wer ist Olivia Brown?«, wandte ich mich gezielt an Tylor. Denn die Antwort von Oasis kannte ich bereits. Ihre Schwester. Ich sah, wie schwer es ihm fiel, seine Haltung zu wahren und mir so gesittet wie möglich zu antworten.

»Sie ist die alte Heimleitung aus dem Kinderheim, wo wir aufgewachsen sind. Die Furie, der man niemals Kinder anvertrauen durfte. Die unser aller Leben ruiniert hat!« Seine Ausführung wurde mit jedem Wort lauter und energischer. Ich wusste so gut wie nichts über seine Zeit im Heim. Aber dass er sie umgebracht haben sollte, schien mir doch ziemlich absurd.

»Was ist mit ihr passiert?«, fragte ich daher direkt Oasis. Sie sollte mir ihre Sicht der Dinge schildern, damit wir endlich Klarheit in die Sache bringen konnten.

»Sie hat sich umgebracht! Als Ihr ach so toller Tylor das Heim kaufte und kurzerhand alle Angestellten rauswarf. Inklusive meiner Schwester. Das Blackhood war ihr Leben. Und er nennt es jetzt auch noch Hope. Dabei nahm er ihr jede Hoffnung! Sie liebte diese Arbeit und er nahm es ihr weg. Einfach so!«

»Sie liebte ihre Arbeit?«, entfuhr es Tylor. »Sie hat uns alle gehasst. Wir haben jeden Tag Strafen kassiert für die bescheuertsten Dinge. Liebe war absolute Fehlanzeige. Sie hat uns dort das Leben zur Hölle gemacht. Frag andere Kinder aus der Zeit. Es sind genug heute Abend hier. Diese Frau war ein Albtraum!« Ich konnte mir keine Meinung darüber bilden, aber was er schilderte, schien selbst Oasis sprachlos zu machen. Sie schniefte zwar noch, aber es kamen keine neuen Tränen hinterher. Sie schaute ihn lange an. Vielleicht versuchte sie herauszufinden, was an seinen Worten dran war. Immerhin handelte es sich um ihre Schwester. Ihr Kopf arbeite auf Hochtouren, das sah man ihr an. Dann sprach Tylor weiter.

»Dennoch. Ich wusste nicht, dass sie sich umgebracht hat. Dein Verlust tut mir leid, Oasis. Aber glaube mir, für uns Heimkinder ist sie nicht das, was du in ihr gesehen hast. Behalte sie in deiner Erinnerung, wie du sie kanntest. Ich will sie dir nicht schlechtmachen. Doch verurteile keinen von uns Kids wegen dem, was die Heimzeit aus uns gemacht hat.« Oasis brauchte einen Moment, doch dann nickte sie vorsichtig. Mehr in ihren Gedanken gefangen als wirklich bei uns. Sie stimmte zu, ließ die Worte ruhen und ging.

64. Tylor

So beschissen der Abend auch lief, war ich dennoch froh, dass Emily und ich das zusammen meisterten. Keine Ahnung, womit ich ihr Vertrauen und ihren Zuspruch verdiente, aber sie stand immer zu mir. Selbst wenn die absurdesten Vorwürfe im Raum standen. Für einen Tag hatte ich definitiv genug. Genug Menschen, die mich nicht juckten. Genug Drama, das mich ankotzte. Und erst recht genug Gelaber. So viel redete ich gefühlt sonst in einem ganzen Jahr nicht. Wir standen noch immer vor meinem Büro und starrten den Fleck an, wo kurz zuvor Oasis ihre Geschichte vortrug. Sie war weg und unser Elan ebenfalls. Ich wollte einfach nur noch abschalten und allein sein. Pennen oder ficken. Alternativ erst das eine und dann das andere. Mir egal!

»Wollen wir nach Hause?«

»Wir haben aber doch unterschiedliche Zuhause.«, grinste sie mich an, um die Stimmung wieder zu lockern. Ihr Lächeln erreichte nicht ihre Augen, aber ich war ihr dankbar, dass sie es versuchte.

»Ach ja, komisch. Ich dachte, dass Finley heute bei dir war und den Großteil deiner Sachen aus deiner Wohnung geholt hat!«

»Hat er nicht?« Ihr Blick wechselte zwischen Verzückung, Überraschung und vielleicht war sie auch etwas überrumpelt.

»Doch, hat er. Du musst genesen und ich passe auf dich auf. Das ist meine Pflicht.«, neckte ich sie nun ebenfalls. »Also, nach Hause?« Sie stutzte einen Moment, bevor sie mir antwortete.

»Wenn ich ehrlich bin, möchte ich nicht zu dir!« Sie betonte die letzten beiden Worte extra. Ihre Stimme wirkte nicht abweisend, sondern eher flirty, und ich vermutete, dass sie mir bald mitteilte, was stattdessen ihre Absicht war.

»Ich habe Lust, mit dir ins Separee zu gehen. Wenn du verstehst was ich meine?« Mit einer gehörigen Portion Verführungskunst verließen die Worte ihre Lippen.

»Ne sorry! Die stehen nicht für Sex zur Verfügung. Hier kann ja nicht jeder machen, was er will!« Sie schlug mir auf die Schulter und zog einen theatralischen Schmollmund, der aber einen viel zu großen Hauch von einem Grinsen offenbarte.

»Na schön. Dann muss ich wohl Larry fragen. Er hat hier was zu sagen, weißt du. Da er mir schon mal eins gebucht hat, macht er das sicher auch wieder. Zum Glück habe ich gesunde Hände. Selbstbefriedigung zählt nicht zu Sex, habe ich mal gehört!« Schon als sie mich nach dem Separee fragte, hatte sie mich auf ihrer Seite und das wusste sie genau. Dass sie mich allerdings mal wieder herausforderte, und mich versuchte zu dominieren, machte mich so heiß, dass ich es nicht mal mehr bis nach Hause geschafft hätte. Kurzerhand warf ich sie über meine Schulter und trug sie quer durch den Club. Die Blicke der Anwesenden und Emilys' Trommeln auf meinem Rücken waren mir egal. Sie gehörte mir und ich würde ihr zeigen, wie geil mich der Gedanke machte. Da ihr Kleid nicht sehr lang war, hielt ich es mit meiner anderen Hand an besagter Stelle zu, damit es anderen keine Einblicke gab, die exklusiv nur mir gehörten. Ich stieg mit ihr die Treppe zu den exklusiven Räumlichkeiten hinauf. Öffnete mit meinem Generalschlüssel die Türe und trug meine Freundin das erste Mal über die Schwelle.

65. Emily

In dem Moment, als er mich über seine Schulter bugsierte, dachte ich, dass er sich nur einen kurzen Spaß erlaubte. Doch, falsch gedacht. Er trug mich durch den kompletten Club, bis zu der Treppe, die uns hinaufführte und hinein ins Separee. Ich trommelte den ganzen Weg wie verrückt auf seinem Rücken herum, damit er mich herunterließ. Ich versuchte, ihm sogar in den Hintern zu kneifen, doch nichts half. Also ergab ich mich lachend meinem Schicksal und freute mich stattdessen auf das, was mich oben erwartete. Vor der Türe angekommen kramte er in seiner Tasche rum und schloss auf. Er trug mich hinein und gab mich endlich frei. Ich hörte, wie er hinter uns abschloss, und lief in der Zeit auf das Fenster zu. Von dort aus sah ich hinunter auf die Gäste, die unten ausgelassen feierten. Überall sah man nur lachende Gesichter. Sie strahlten aus, wie ich mich fühlte. Glücklich! Mal abgesehen von diesen katastrophalen Zwischenfällen im Laufe des Abends. Tylor trat an mich heran und nahm mich von hinten in den Arm. Diese Art der Zuneigung wäre vor einiger Zeit absolut undenkbar gewesen. Ich wusste nicht, was diesen Wandel hervorgerufen hatte. Aber es war mir auch egal. Wir waren auf einem guten Weg. Uns beiden war klar, warum wir hier oben landeten, daher wunderte es mich nicht, als ich seine Lippen an meinem Ohrläppchen knabbern spürte. Eine Gänsehaut überzog meinen Körper. Ich legte den Kopf zur Seite und bot mich ihm an. Er wanderte meinen Hals hinab und küsste sich voran meine Schulter entlang. Seine Hände begannen langsam, mein Kleid zu öffnen, was dazu führte, dass ich mich prompt ein Stück von ihm entfernte.

»Tylor!«, brachte ich mühevoll hervor und deutete auf die Verglasung in den Club.

»Da sieht dich keiner!« Er hatte ja gut reden, dennoch sah ich alles. Und mich darauf zu verlassen, dass die Scheibe funktionierte, fiel mir schwer. Was wenn nicht? Dann erlebten hier alle einen Liveporno vom Feinsten. *Nein, danke!*

»Darauf möchte ich mich lieber nicht verlassen! Und selbst wenn, ich sehe dennoch alle.«

»Die Funktion ist millionenfach getestet. Glaube mir, sie hält, was sie verspricht!«

»Too much information, Tylor!«, sagte ich, bevor ich mich wieder abwandte und ihm den Rücken erneut zudrehte.

»Sie ist nicht millionenfach von mir getestet, Emily. Ich bin gut, aber so gut nun auch wieder nicht.« Hörte ich ihn wirklich über diese Aussage lachen? Dieser Mann raubte mir den letzten Nerv. Am liebsten hätte ich ihn eigenhändig versohlt für seine Überheblichkeit, doch stattdessen nutze ich diese Vorlage für mich. Ich drehte mich zu ihm um und sah ihm direkt in die Augen.

»Gut zu wissen. Und wie gut bist du so?« Ich spürte sofort, dass er verstand, und genoss seinen Gesichtsausdruck, der pures Verlangen ausstrahlte.

»Das wirst du die nächsten Jahre ausgiebig testen können.« Er trat an mich heran und küsste mich mit unkontrolliertem Verlangen. Das hier war keine vorsichtige Annäherung mehr, sondern Leidenschaft gepaart mit ungezügelter Lust. Die Schmetterlinge in meinem Bauch gaben alles. In den nächsten Jahren? Ich wünschte, dies wäre ein Versprechen! Zumindest im Moment gehörte er mir. Er war mein Freund. Auch wenn sich das selbst in meinem Kopf noch seltsam anhörte. Ich erwiderte seinen Kuss und verzehrte jede Sekunde seiner Hemmungslosigkeit. Er hob mich hoch und presste mich mit dem Rücken gegen die Fensterscheibe. Mein Kleid schob sich automatisch bis über meinen Hintern hinauf, so dass ich abermals hoffte, dass die Aussicht von unten nichts davon zur Schau stellte. Ich klammerte mich mit den Beinen um seine Hüften und meine Finger krallten sich in seinen Haaren fest. Ich spürte seine Härte an mir und das erregte mich wiederum ins Unermessliche. Unser Kuss wurde immer ekstatischer. Beherrschung besaßen wir längst keine mehr. Tylor stellte mich zurück auf meine eigenen Füße und ich spürte, wie zittrig meine Beine waren. Er öffnete mein Kleid und ließ es zu Boden fallen. Ich stieg hinaus und schob es mit einem kleinen Hieb zur Seite weg. Nun stand ich da. Nur mit meiner Unterwäsche und den High Heels bekleidet. Er musterte mich ausgiebig. Ich konnte in seinem Blick sehen, wie sehr im gefiel, was er sah. Vielleicht erkannte ich sogar etwas stolz. Und ich verstand ihn, denn ich war ebenso stolz, dass er der Mann an meiner Seite war. Doch im Augenblick trug dieser begehrenswerte Mann einfach viel zu viel Stoff an sich. Ich begann, jedes einzelne Teil an ihm in Seelenruhe auszuziehen, und betrachtete voller Hochgenuss seinen perfekten Körper. Er zuckte kein einziges Mal zurück, wenn ich ihn berührte, und mir war klar, dass es ihn eine Menge Selbstbeherrschung kostete. Als Dank küsste ich ihn sachte auf den Mund, als ich mit dem Entkleiden fertig war. Er stand da, wie Gott ihn schuf, und ich musste sagen, bei seiner Erschaffung hatte dieser definitiv einen sehr guten Tag.

»Möchtest du mich weiter ausziehen oder soll ich?«, ließ ich ihm die Wahl. Er antwortete mir nicht, sondern griff, um mich herum, um meinen BH zu öffnen. Nachdem dieser das Zeitliche gesegnet hatte, beugte er sich hinab, um meine harten Brustwarzen in seinen Mund zu saugen. Ich sank zurück gegen die kalte Scheibe und erst da fiel mir wieder ein, dass wir vor den Augen aller entblößt dastanden. Ich drehte meinen Kopf herum, um zu schauen, ob sich irgendwer dafür interessierte, doch dem schien nicht so zu sein. Tylor bemerkte jedoch meine Unsicherheit und sah mich überaus irritiert an.

»Ich weiß nicht, ob ich jetzt enttäuscht sein soll oder ob ich mich einfach mit der Realität abfinden muss.«

»Warum? Und welche Realität?«

»Entweder bin ich richtig scheiße in dem, was ich tue, da du dich einfach nicht fallen lässt. Oder aber, du hast enorm wenig Vertrauen zu mir. So, dass du Angst hast, dass ich dich anlüge und vor aller Augen soeiner Situation aussetzte. Was bestätigen würde, warum du noch immer dieses fucking Fenster prüfst anstatt mir zu glauben!« Ich hörte den Zorn in seiner Stimme und sah auch die Spannung in seinem Körper, die in dem Moment keineswegs positiv war. Doch natürlich traf nichts dergleichen zu.

»Ich vertraue dir!«

»Ja, das sehe ich!«, spie er mir regelrecht entgegen, während er nach seinem Shirt griff, um sich wieder anzuziehen. Ich hielt es fest, damit er dies nicht tun konnte, und verringerte den Abstand zwischen uns wieder. Ich legte meine Hand auf seine Brust, doch diesmal entzog er sich meiner Berührung. Er trat abermals zurück und löste meine Hand von seinem Körper.

»Tylor, lass das! Bestrafe mich nicht für das, was in deinem Kopf passiert.« Ich sah, wie er zögerte und mit sich kämpfte. Er ließ das Shirt los, bewegte sich aber nicht wieder auf mich zu.

»Ich vertraue dir! Aber meine Scham ist zu immens. Ich fühle mich generell nicht wohl in meiner Haut und schon gar nicht sexy. Aber vor allem möchte ich nicht, dass mich irgendwer so sieht. Dieser Anblick ist nur für dich und selbst das kostet mich immer wieder jede Menge Überwindung.«

»Denkst du, dass ich wollen würde, dass dich irgendwer so sieht?« Er deutete mit der Hand auf mich und ließ sie auf und ab durch die Luft schweben, um meinen Körper aufzuzeigen. Er hatte ja recht. Logischerweise wollte er das nicht. Er würde mich niemals so vorführen. Das wusste ich, aber mein Verstand brauchte dummerweise immer etwas, um solche Dinge zu verarbeiten. Oder eben lange genug, dass mein Gehirn sich der Lust beugte und abschaltete.

»Nein, das denke ich nicht!«, gab ich kleinlaut zu. »Und du bist auch nicht schlecht in dem, was du tust.«

»Nicht schlecht? Das ist ja das Netteste, was ich diesbezüglich je gehört habe!« Ich merkte zwar, dass er es mit einem amüsierten Unterton sagte, dennoch wollte ich es so nicht stehen lassen. Ich unternahm erneut den Versuch, meine Hand auf seine Brust zu legen, und diesmal entzog er sich mir nicht. Ich küsste ihn an jeder Stelle seines Körpers, während ich meine Erklärung ausführte.

»Du, Tylor Cliffort, bist der Inbegriff meiner Begierde. Nie zuvor hat mich ein Mann so sehr spüren lassen. Hoffen lassen. Beben lassen. Deine Berührungen sind wie eine Explosion. Du findest den perfekten Grad zwischen Dominanz und Zärtlichkeit. Zwischen Fordern und Lassen. Dein Mund schmeckt nach Versuchung. Deine Hände sind eine Offenbarung. Dein Körper, ein Kunstwerk. Und dein Schwanz, mein ganz persönliches Lustobjekt. Ich träume von dir. Wie du es mir besorgst. Mich leckst. Mich fickst. Und das Beste an all dem ist, dass du mir gehörst!« Ich konnte keine weitere Ausführung mehr vornehmen, denn in dem Moment griff er in meinen Nacken, fixierte mich und schob seine Zunge vielsagend in meinen Mund.

»Sei still!«, hörte ich ihn sagen, während ich mich an ihm festklammerte. Jedes Wort meinte ich, wie ich es sagte. Ich begehrte ihn so sehr, dass es wehtat, wenn er nicht in meiner Nähe war. Und erst recht, wenn er mich zurückwies. Aber in solchen innigen Momenten verschmolzen wir zu einem Element. Ich griff nach seinem Schwanz und begann, ihn energisch zu reiben. Er war längst bereit und das Gefühl seiner samtigen Härte in meinen Fingern ließ mich augenblicklich feucht werden. Tylor kniete sich hin und entfernte zu guter Letzt meinen Slip. Die Schuhe ließ er an. Er beugte sich vor und leckte mit seiner Zunge meine Spalte entlang. Vergrub sie dazwischen und kreiste rundherum. Meine Lust wuchs ins Unermessliche und ich schaltete meinen Kopf aus, so wie er es vorher bemängelte. Ich hob ein Bein an, um ihm seine Spielwiese zu vergrößern, und verstärkte damit sogleich sein Verlangen nach mir. Er packte meinen Arsch und drückte meine Spalte mit Entschlossenheit an seinen Mund heran, während er dominant, begann an mir zu saugen. Dabei fickte er mich mit seinen Fingern und ich dachte kurz daran, dass er mich diesmal nicht um Erlaubnis fragte und auch nicht damit haderte. Ich war stolz darauf, dass er seine Generalvollmacht endlich mal nutzte. Mein Höhepunkt machte sich auf den Weg und ich gab mich diesem nur zu gerne hin. Doch dann zog er sich zurück und ließ mich unverrichteter Dinge stehen. Er grinste und ich hätte ihm am liebsten das Grinsen aus dem Gesicht gehauen. Was war denn bitte daran so witzig?

»Schön, dass du Spaß hast!«, entgegnete ich gereizt und überfordert.

»Oh, den habe ich. Willst du etwa kommen, du Biest? Zu dumm! Erinnerst du dich an deine eigenen Worte? Gedulde dich gefälligst. Ich werde dir sagen, wann du für mich kommen darfst! Tja, wie du mir, so ich dir, meine Liebe!« Das war doch wohl nicht sein Ernst? Ich machte nur einen Spaß und den hielt ich nicht mal lange durch. Bei ihm sah das Ganze anders aus, da war ich mir sicher. Während ich noch meinen Gedanken nachhing und überlegte, was ich dazu kontern konnte, strich er mit seinen Fingerspitzen über meine Brustwarzen. Er hatte keineswegs vor, unser Tun zu beenden, sondern lediglich, mich lange leiden zu lassen und meinen Orgasmus eine halbe Ewigkeit hinauszuzögern. Obwohl mir das klar war und ich wusste, dass es eine süße Qual werden würde, ließ ich mich auf das Spielchen ein. Wie sollte ich mich dem auch entziehen? Ich verzerrte mich nach seinen Berührungen. Er drehte mich um, so dass ich mit dem Rücken zu ihm stand. Ich spürte ihn eng an mir und hart vor Verlangen. Wir sahen beide hinunter auf die Menschenmenge, was einen enormen Reiz auslöste, wenn ich die Angst ausblendete. Er packte meine Brüste und knetete sie in seinen Handflächen. Ganz kurz meldete sich aufgrund dieser freizügigen Situation mein Unbehagen zurück. Wir standen da. Nackt. Ungehemmt. Und besorgten es uns, während so viele Menschen in unmittelbarer Nähe waren. Ich musste gestehen, wenn ich es einfach zuließ, machte mich das anständig geil. Tylor bemerkte offensichtlich, dass ich mich wieder entspannte, und traute sich einen Schritt weiter. Er schob einen Finger in meine Spalte und umkreiste meine Klit. Ich war noch immer so krass erregt, dass ich direkt wieder dem Orgasmus nah war. Er schob seinen Finger in mich hinein und fingerte mich kurz, aber heftig. Das Gefühl war so heiß, dass meine Beine schwach wurden und sich ein Zucken in mir breitmachte. Wie verdammt nochmal machte er das, immer genau zu wissen, wann ich kam? Und vor allem ... wo nahm er so viel Willenskraft her, sich selbst zu bremsen, wenn es so weit war? Ich hätte gleichzeitig heulen und schreien können. Ich wollte ihn. Ich brauchte ihn. Spürte er das denn nicht? Er schob mich ein letztes Stück vor, so dass ich nun quasi direkt an der

Scheibe klebte. Splitterfasernackt. An dieses Fenster gelehnt. Im nächsten Moment spürte ich, wie Tylor in mich eindrang. Das kam so unerwartet, dass ich laut aufstöhnte. Sein Prachtexemplar fühlte sich unfassbar in mir an. Ich musste mich noch daran gewöhnen, dass wir kein Kondom mehr benutzten und ich ihn umso intensiver wahrnahm. Ich war froh, dass wir diese Chance hatten, denn die Gesundheit stand trotz Lust immer an erster Stelle. Er stieß in mich hinein. Ganz langsam, aber tief. Die kühle Front vor mir, die mich fixierte, und er hinter mir und mich vögelte. Mir blieb nur ein minimaler Bewegungsfreiraum, aber das war okay, solange er nur weitermachte. Ich versuchte, den Druck nach hinten zu erhöhen, um ihn anzutreiben, doch sobald ich mich bewegte, hörte er auf. Es war zum Verrücktwerden. Wenn ich stillhielt, setzte er sich erneut in Bewegung. Seine Hände stimulierten meine Brüste und sein Schaft kümmerte sich um den Rest. Seine Lippen küssten meinen Hals und ich fühlte mich wie benommen. Jede seiner Berührungen wirkte perfekt aufeinander abgestimmt. Ich spürte ihn zeitgleich an und in mir, und doch war es nicht genug.

»Ich brauche dich, Tylor. Bitte!«, hauchte ich ihm quengelnd entgegen. Diese zärtlichen und langsameren Bewegungen waren zugleich eine Wohltat und doch auch Qual.

»Was brauchst du, Emily? Sag mir, was du von mir brauchst!«

»Nimm mich! Hier und jetzt!«

»Aber das tue ich doch bereits.« Er machte genau so weiter. Langsam und tief spießte er mich auf. Immer und immer wieder.

»Nein! Du weißt, was ich meine!«

»Ich befürchte, dass mir das gerade nicht ganz klar ist.«

»Fick mich, Tylor!«

»Auch das erledige ich bereits. Du musst dich schon etwas klarer ausdrücken!«

»Lass mich kommen und bitte komm du auch für mich! Ich gehöre dir!« Ich setzte alles in diesen Satz, von dem ich hoffte, dass es zu dem gewünschten Ziel führte. Es fiel mir schwer, aber genau das wollte ich. Und Tylor enttäuschte mich nicht. Er trat einen Schritt zurück, hielt mich jedoch fest und zog mich mit sich. Dann beugte er meinen Oberkörper etwas vor, so dass mein Hintern zu ihm gerichtet war, ich aber noch immer in den Club blickte. Er zog an meinen Haaren und fixierte meinen Kopf so, dass ich keine Wahl hatte, als hinunterzusehen. Hunderte von Gesichtern erschienen vor mir, während er mich heftig nahm und mir immer weiter meinen Verstand raubte. Wieder und wieder stieß er in mich hinein. Fast augenblicklich kam ich laut und intensiv, doch er hörte nicht auf. Er gab mir keine Zeit, zur Ruhe zu kommen, sondern stützte mich lediglich an der Hüfte, um mich auf den Beinen zu halten. Er ließ meine Haare los und vergrub seine Finger stattdessen in meiner Spalte. Sie umspielten meinen Kitzler und sein Schwanz fickte mich unerbittlich weiter. Er richtete mich ein Stück auf, so dass ich nun an ihm lehnte, und nutzte die zweite Hand dazu, meine Brüste zu umschließen. Etwas zu feste, aber so, dass es nicht zu weh tat. Ich spürte ihn zeitgleich in mir als auch an meinen Brüsten und meinem Kitzler, was dafür sorgte, dass sich mein nächster Höhepunkt ankündigte. Gleichzeitig vernahm ich das Pulsieren seines Schafts, der wiederum seinen eigenen Orgasmus signalisierte. Ich griff nach seinen Armen und grub meine Fingernägel in sie hinein, während ich kam. Ich stöhnte seinen Namen und explodierte nahezu, als er meinen Namen erwiderte.

66. Tylor

Mittlerweile fand ich mich mit dem Gedanken ab, dass ich mit Emily viele Dinge zum ersten Mal erlebte. Nie zuvor hatte ich Sex vor dieser oder irgendeiner anderen Fensterfront und es machte mich einfach nur unfassbar an. Der Reiz des Gesehenwerdens. Auch wenn der Verstand wusste, dass keiner was sehen konnte, so wurde dem Körper dennoch dieses Gefühl gesendet. Aber besonders gierig machte es mich, mitanzusehen, wie erregt Emily dadurch wurde. Mein kleines Biest genoss es, dreckig und verrucht zu sein. Sie ahnte ja nicht, was sie damit in mir auslöste. Nicht, dass ich überhaupt denken konnte, wenn Emily mir mit ihrem Körper zusetzte. Sie schaffte es sogar, dass ich mein Spielchen mit ihr aufgab, und das nur, weil sie mich bat, für sie zu kommen, und zeitgleich offenbarte, was eh unausweichlich schien. Sie gehörte mir! Sie kam so schnell, dass ich noch nicht aufhören wollte, also fickte ich sie weiter und gab ihr alles, was sie sich zuvor ersehnt hatte. Sie stöhnte meinen Namen und ich tat es ihr gleich. Eine enorme Verbundenheit, wenn man bedachte, welche Anlaufschwierigkeiten wir hatten. Und nun standen wir da, Arm in Arm, und schauten auf meinen Club hinunter. Wenn es doch nur so einfach wäre. Auf dem Maskenball haben wir auf unliebsame Weise festgestellt, was ich bin. Ein emotionaler Krüppel. Das Einzige, was ich seitdem zustande brachte, war es, meine Freundin zu vögeln. Zweimal. Wahnsinnig erwachsen! Ich ließ sie los und war dankbar, dass sie mich gehen ließ, ohne Theater zu machen. Ich brauchte Abstand. Das alles war mir zu viel. Der ganze Abend war zu viel. Jo neben meiner Familie, vor der Lokation stehen zu sehen, war zu viel. Warum zum Teufel brachte Melissa sie mit? Lisa wiederzusehen war zu viel. Sie war noch immer so hübsch. Aber auch noch immer herzlos und kalt. Ich hatte genau solche Frauen wie die beiden verdient. Emily hingegen war definitiv zu gut für mich! Ich zog mich an und reichte auch Emily ihre Sachen. Sie sagte nichts, aber ich spürte ihre Blicke auf mir ruhen. So leid es mir tat, aber im Augenblick brauchte ich Zeit für mich. Ich musste das Erlebte verarbeiten. Zur Ruhe kommen und meine Gedanken unter Kontrolle bringen. Ich deutete ihr, dass wir gehen, und hasste mich sogleich selbst, für meine unterkühlte Art. Ohne ein weiteres Wort liefen wir runter zum Ausgang. Oder besser gesagt, ich lief und sie trottete mir hinterher. Bei Finley angekommen hielt sie mich am Arm fest, um mich am Einsteigen zu hindern.

»Soll ich nach Hause fahren? Also, ähm, zu mir nach Hause?«

»Mein Zuhause, ist dein Zuhause. Steig ein!« Ich hörte, dass meine Worte barsch und unfreundlich klangen, aber darüber konnte ich mir gegenwärtig keine Gedanken machen. Ich wollte hier weg und das sofort. Am Haus angekommen stiegen wir in den Aufzug und fuhren hinauf in die Wohnung. Keiner versuchte, nochmal das Wort an den anderen zu richten, und darüber war ich froh. Ich wollte sie nicht unnötig verletzen, aber ich konnte mich auch nicht mehr zügeln. Ich lief direkt in mein Schlafzimmer und schloss die Türe hinter mir, während ich sie im Wohnzimmer stehen ließ.

67. Emily

Was zum Teufel war denn nun schon wieder los? Gerade war noch alles toll und wir liebevoll ineinander versunken und im nächsten Moment ist er zu Eis erstarrt und würdigt mich keines Blickes mehr. Schönen Dank! Ich ging zwar davon aus, dass sein Benehmen nichts mit mir direkt zu tun hatte, doch unangemessen war es dennoch. Ich lief in die Küche und holte mir eine Coke Zero, bevor ich in mein oder besser gesagt Melissas Zimmer ging. Auch das war kein Zustand, den wir so weiterführen konnten, aber für diesen Abend gab es keine andere Option. Ich versuchte, meine Gedanken an Tylor abzuschütteln, und dachte stattdessen an die Geschehnisse des Abends zurück. Zuerst lief alles noch in geregelten Bahnen. Ich lernte seine Familie kennen und wir alle freuten uns so unendlich, als wir Patrick sahen. Das allein machte den Abend schon zu etwas so Besonderem. Patrick würde bald wieder bei uns sein. Oder besser gesagt bei Tylor. Und das machte mich unfassbar dankbar. Tylors Eltern und seine Schwester sind wahnsinnig tolle Menschen. Und auch Melissas Freundin Joline, die alle nur Jo nannten, mochte ich auf Anhieb. Leider kam ich nicht oft dazu, mit ihr zu reden. Tylor zog mich immer wieder weg, sobald ich mal mit ihr ins Gespräch kam. Der Abend bot halt viel Trubel. Wir holten das sicher ein anderes Mal mit mehr Ruhe nach. Ich erinnerte mich daran, dass Tylor mir einräumte, dass seine Eltern für ihn der Inbegriff von Liebe seien. Nach diesem Abend verstand ich, was er meinte. Sie zogen sich magisch an. Der eine beendete den Satz des anderen und sie vollendeten sogar unausgesprochen ihre Handlungen. Wenn Sophia etwas trinken wollte und nach ihrem Glas griff, hatte William quasi schon die Flasche in der Hand, um ihr nachzuschenken. Sie waren in ständiger Berührung zueinander und die drei Kinder - Tylor, Larry und Melissa - liebten sie auf identische Weise. Es wagte sich zwar keiner, Tylor groß anzufassen, aber die Blicke und die Verbundenheit, die man bei seinen Adoptiveltern spürte, waren nahezu greifbar. Melissa war hingegen speziell. Aber im positiven Sinne. Sie liebte bedingungslos. Und sie ließ sich diese Liebe auch nicht einschränken. Mehrfach hatte sie Tylor und Larry umarmt oder sie aus irgendeinem anderen Grund berührt. Larry geht damit ganz gut um, auch wenn man ihm anmerkt, wenn es dann irgendwann zu viel wird. Bei Tylor rennt sie regelrecht alles ein, was er vorgibt. Selbst wenn er sie wegschiebt oder sogar etwas dazu sagt, dann macht sie es mit einem lockeren Spruch wieder weg. Ich glaube, sie kann man nur mögen. Noch in Gedanken versunken, hörte ich Tylor in der Küche rumklirren. Schränke flogen zu und Geschirr wurde zweifellos zu stark auf den Tisch geknallt. Sollte er machen, wie er wollte. Ich blieb hier. Für einen Abend hatte ich mehr als genug. Auch genug von ihm. Nach kurzer Zeit kehrte wieder Ruhe ein. Offensichtlich ging er abermals in sein Zimmer oder wohin auch immer. Ich dachte zurück an die Situation mit Lisa. Dieses überhebliche Miststück! Bei der Heftigkeit meiner Emotionen ihr gegenüber erschrak ich kurz vor mir selbst. Ich hasste sie. Es war keine Eifersucht wie zum Beispiel bei Lora. Nein. Lisa war eine andere Nummer. Obwohl ich Kiras Hilfe, Liam aus dem Weg zu schaffen, nie annahm, so würde ich bei Lisa vielleicht ein Auge zudrücken bei dem Thema. Diese arrogante, herzlose Kuh brauchte nun wirklich keiner! Tylor hingegen weckte mit seinem Verhalten Zweifel in mir. Ich konnte sie einfach nicht unterdrücken. Warum reagierte er so? Schüchterte ihre Anwesenheit ihn so massiv ein, dass er nur wie ein Schatten seiner selbst dastehen konnte? Oder hegte er womöglich noch insgeheim Gefühle für sie? Ich setzte mich im Bett auf. Moment mal!

Konnte das ein? War er sprachlos, weil er auf sie stand? Hatte er danach Sex mit mir, weil er an sie dachte? Und nach dem Separee wurde ihm das klar und verabscheute dann das Geschehene und behandelte mich deswegen fortan wie ein Stück Dreck? *Nein, Emily! Komm runter! Das konnte nicht der Grund sein.* Er sagte doch im Auto, dass er mit mir an der Beziehung festhalten will und dass er in mich verliebt sei. Darauf musste ich mich verlassen und ihm vertrauen! Ich erschrak halb zu Tode, als mein Handy aus heiterem Himmel eine Nachricht ankündigte. Es war Tylor. Er sendete mir ein Herz. Ohne weiteren Text. Ich überlegte kurz, wie ich mich verhalten sollte. Dann erwiderte ich seine Nachricht und sendete ebenfalls ein Herz zurück. Die Ansicht sprang sofort auf gelesen. Doch eine weitere Antwort erhielt ich nicht mehr.

68. Tylor

Das Herz, das sie zurücksandte, gab mir zumindest Hoffnung, dass ich es nicht komplett versaut hatte. Wahrscheinlich war sie sauer, und dazu hatte sie auch jedes Recht. An diesem Abend würde ich es jedenfalls nicht mehr klären. Was in aller Welt war das für ein Tag? Ich stellte Emily offiziell als die Frau an meiner Seite vor. Sie lernte meine Familie kennen. Patrick kam aus dem Krankenhaus dazu, wenn auch nur kurz. Jo stand plötzlich mit Melissa auf der Matte, dabei hätte sie sich denken können, dass ich sie da nicht sehen wollte. Zu allem Überfluss tauchte auch noch Lisa auf und warf mich in vielerlei Hinsicht aus der Bahn. Oasis bezichtigte mich des Mordes an ihrer Schwester. Und dann vögelte ich Emily ohne Gummi. Sogar zweimal. Wir trieben es vor der Verglasung im Separee. Alter, was für ein unaufhörliches Chaos der Emotionen. Kein Wunder, dass ich komplett durch war. Aber zwischen uns schien trotzdem alles okay zu sein. Obwohl ich mich wie der letzte Höhlenmensch benahm, weil ich mich nicht mehr selbst kontrollieren konnte. Wenn ich das so Revue passieren ließ, hörte sich das alles wie eine beschissene Telenovela an. Und ich war der Trottel, der in jeder einzelnen verfickten Szene die Hauptrolle spielte. Emily meisterte den Abend bravourös. Sie war die Frau, die Stolz in mir weckte. Doch was war mit Lisa? Sie verunsicherte mich noch immer. Ich konnte es nicht schönreden. Ihr Auftauchen warf mich aus der Bahn und das war für jeden ganz offensichtlich sichtbar. Die Frage war eben nur ... Warum? Ich hätte gerne bestätigt, dass es ausschließlich daran lag, dass sie mich vor vielen Jahren brach. Mich zerstörte. Doch in mir spürte ich, dass dies nicht der einzige Grund war. Nachdem wir sie auf dem Maskenball zurückgelassen hatten, dachte ich zwar nicht mehr an sie, aber jetzt erinnerte ich mich umso mehr an das Gefühl, das in mir aufkam, als ich sie sah. Und das war nicht ausschließlich ein schlechtes Gefühl. Wie konnte ich so ein verdammter Ochse sein? Ich lag in meinem Bett. Im Nachbarzimmer meine Freundin. Der Frau, die ich liebte. Und ich philosophierte über eine Frau, um die ich einen großen Bogen machen sollte. Verfickte Scheiße! Sie war die letzten Jahre kein Teil meines Lebens und sie würde es auch zukünftig nicht mehr werden. Punkt! Ich war verliebt in Emily. Dessen war ich mir vollkommen sicher. Ihr gehörte mein Herz. Bei Lisa war es eher ein Bedürfnis des Besitzens. Ich wollte sie so viele Jahre. Und sie war die Einzige, die ich trotzdem nie bekam. Schluss jetzt! Ich stand auf und lief rüber in Emilys Zimmer. Oder in das, was aktuell von ihr bewohnt wurde. Wenn das unsere Wohnsituation bleiben würde, müsste sich daran was ändern. Sie brauchte ihr eigenes Reich und nicht das geborgte meiner Schwester. Leise öffnete ich die Türe und fand sie schlafend in ihrem Bett vor. Sie war wie immer wunderschön anzusehen. Friedlich lag sie da und träumte hoffentlich von mir. Ich legte mich vorsichtig neben sie und beobachtete sie eine ganze Weile. Sie schlummerte seelenruhig. Direkt neben mir. Ich hätte sie berühren können, doch ich tat es nicht. Sie brauchte ihren Schlaf. Also verließ ich ebenso leise wieder den Raum und schlenderte zurück. In meinem Schlafzimmer fühlte es sich kühl an. Unbehaglich. Lag es daran, dass Emily nicht hier bei mir war? Oder daran, dass ich wegen Lisa innerlich zerriss? Oder vielleicht doch daran, dass ich mich wie der Schlappschwanz von früher fühlte, seit Lisa wieder in mein Leben geplatzt war?

69. Emily

Als ich am Morgen erwachte, stieg mir sofort Tylors Geruch in die Nase. Ich sah mich um, ob er neben mir lag, doch leider war dem nicht so. Wahrscheinlich haftete einfach noch sein Geruch vom vergangenen Tag an mir. Ich wünschte mir so sehr, dass er hier bei mir liegen würde. Wir kuschelten. Er sein Gesicht in meinen Haaren vergrub und mir einen Kuss auf die Stirn drückte, während er mir sagte, dass ich sein Leben war. *Träum weiter, Em! Aruba ist vorbei!* Stattdessen lag ich hier. Allein! Er nebenan. Und dank diesem grandiosen Abschluss des Abends hatte ich keine Ahnung, wie ich mich ihm gegenüber verhalten sollte. Es nervte mich, dass ich seine Launen ausbaden musste, und doch wollte ich Verständnis für ihn aufbringen. Meine Mutter sagte mir mal, dass man oft die Menschen verletzt, die einem am nächsten stehen. Nun wusste ich, was sie damit meinte. Scheinbar war es schlichtweg an der Zeit, etwas Abstand zwischen Tylor und mich zu bringen. Er wollte alles auf einmal und stellte dann fest, dass es ihm zu viel wurde. So konnte das nicht klappen. Wir mussten darüber sprechen und eine

Lösung finden, doch im Moment empfand ich es am sinnvollsten, ihn vorerst in Ruhe zu lassen. Am unproblematischsten wäre es, wenn ich bis dahin zurück in meine Wohnung ging. Liam war keine Gefahr mehr, daher musste ich mich langsam daran gewöhnen, dass mein Leben endlich weiterlief. Ich hüpfte aus dem Bett und packte grob einige Sachen zusammen, die ich gerne mitnehmen wollte. Dann schrieb ich Finley eine Nachricht.

> Emily:
> Guten Morgen, Finley. Kannst du mich nach Hause fahren?

Finley:
Guten Morgen, Emily. Ich dachte, du bist zu Hause? Wo soll ich dich abholen?

> Emily:
> Ich bin bei Tylor und möchte gerne zu mir nach Hause. Bitte!

Finley:
Natürlich! Ich bin gleich da.

Mir fiel ein Stein vom Herzen. Das lief schon mal ohne große Diskussionen. Nun hoffte ich nur noch, dass Tylor vor sich hin schlummerte, während ich heimlich in die Tiefgarage fuhr. Es war früh am Morgen und ich würde gerne entspannt in den Tag starten. Ich machte das Bett und hinterließ das Zimmer so aufgeräumt, wie es in der knappen Zeit möglich war. Dann nahm ich meine Sachen und schlich leise aus dem Zimmer rüber zum Aufzug, der in die Garage fuhr. Ich drückte auf den Knopf und betete, dass er einen Zahn zulegte. Das Ping des ankommenden Lifts erklang und die Türen glitten zur Seite auf.

»Wohin willst du?« Mir fiel die Tasche aus der Hand und mein Herz setzte für einen Augenblick aus. Sicher hörte er meinen rasenden Herzschlag. Oder sah ihn mir zumindest an. *Verdammt!*

»Ähm. Ich fahre nach Hause.«, versuchte ich es so ruhig und selbstsicher wie möglich.

»Du bist zu Hause!« *Na, das klappte ja hervorragend! Dann also doch jetzt. Super!*

»Nein, Tylor. Das bin ich nicht. Ich bin bei dir zuhause. In dem Zimmer deiner Schwester. Und wir beide wissen, dass dies hier alles zu schnell geht! Wir haben es doch gestern gesehen. Lass mich einfach gehen?«

»Ich soll dich gehen lassen? Willst du Schluss machen?« *Oh man. Natürlich wollte ich das nicht!* Ich lief zu ihm herüber und küsste ihn vorsichtig auf den Mund. Ich spürte, dass er diesen nur halbherzig erwiderte.

»Nein, das möchte ich nicht. Natürlich nicht! Aber der Abend hat uns bewiesen, dass wir es langsamer angehen lassen müssen. Deine Zurückweisungen verletzen mich und hier kann ich mich nicht mal zurückziehen, wenn das passiert. Ich muss auch meine eigenen vier Wände haben.« Ich sah ihm an, dass er über meine Worte nachdachte. Abwog, ob es Sinn machte oder ob es eine Alternative gab. Doch die gab es nicht. Das wussten wir beide. Und somit nickte er zaghaft, blieb aber wie eine Statue stehen. Zumindest sprach er noch mit mir, was schon ein Fortschritt war.

»Wann sehen wir uns wieder?«, fragte er aufgesetzt selbstbewusst, denn ich sah die Angst in seinen Augen.

»Wann immer wir Lust dazu haben. Ich bin deine Freundin. Schon vergessen?« Nun lächelte er endlich, wenn auch verhalten. Ich drückte ihm einen weiteren Kuss auf die Lippen und stieg in den Aufzug, damit Finley mich nach Hause brachte.

70. Tylor

Es kostete mich eine enorme Kraft, Emily gehen zu lassen. Ich musste meinen Verstand so weit beruhigen, um zu realisieren, dass ich sie nicht verlor, sondern wir nur getrennt lebten. Ich wusste, dass es so richtig war und auch, dass dies den normalen Gang einer Beziehung darstellte. Eigentlich zog man nicht sofort zusammen. Doch was war bei uns schon normal, seit wir uns kannten? Als die Aufzugtüren zugingen, verspürte ich den Impuls, sie sofort wieder dort herauszuzerren, doch ich musste ihr vertrauen, dass dies nicht unser Ende bedeutete. Vielleicht war es sogar ganz gut, damit ich meine Überlegungen bezüglich Lisa zum Abschluss bringen konnte. Ich sprang unter die Dusche und meine Gedanken schweiften automatisch zu dem vergangenen Abend zurück. Ich liebte es, dass Emily ebenso unersättlich war wie ich. Unsere Anziehung und unsere Lust aufeinander waren besonders. Nie zuvor wollte ich jemanden so sehr. Sie zu verführen und mit ihr zu spielen. Sie zu besitzen! Bei dem letzten Gedanken kam mir Lisas Gesicht in den Sinn. Ihre braunen Haare. Die braunen Rehaugen. Ihre üppigen Titten.

Die Art, wie sie ihre Augen aufschlug. Ihr Blick. Ich erinnerte mich noch genau an unsere letzte Begegnung. Also, unsere letzte Begegnung im Blackhood. Ich lebte schon lange bei den Clifforts, kam aber weiterhin regelmäßig im Kinderheim vorbei, um meine Freunde zu sehen. Also eigentlich nur Patrick und eben Lisa. Am besagten Tag erlaubte sich Lisa mal wieder einen ach so witzigen Spaß mit mir. Sie flirtete mit mir, in dem Wissen, dass ich Idiot darauf ansprang. Sie stellte sich ganz nah vor mich. So nah, dass ihre Brüste mich berührten. Sie stellte sich auf die Zehenspitzen, um mit ihren Lippen die meinen zu streifen und dann weiter zu meinem Ohr zu wandern. Sie hauchte mir ein »Ich will dich!«, entgegen und fügte dann hinzu: »Triff mich um sechs Uhr im Eulennest. Dann bekommst du, was du dir ersehnst!« Ich werde diese Worte niemals vergessen, denn ich wartete so verflucht lange darauf, dass sie sich auch nach mir verzehrte. Und endlich war es so weit. Ich rannte zu Patrick und erzählte ihm die ganze Story. Das Eulennest war bekannt dafür, dass dort unter den Älteren rumgevögelt wurde. Die Art ihrer Einladung und der Ort, den sie aussuchte, machten deutlich, worum es ging. Sie wollte mich flachlegen. Und ich sie schon längst! Ich zog mir also Klamotten an, die sowohl gut aussahen als auch bequem waren. Und vor allem schnell zu entkleiden. Zu der Zeit war ich noch jung, unschuldig und unerfahren. Ich spürte mein Verlangen nach ihr, aber konnte dieses überhaupt nicht steuern. Und schon gar nicht erklären. Pünktlich traf ich am vereinbarten Treffpunkt ein. Lisa war nirgendwo zu sehen, aber von außen war deutlich Musik aus dem Eulennest zu hören, demnach ging ich direkt rein. Als ich die Türe öffnete, wurde die Musik lauter und ich vernahm zeitgleich andere Geräusche. Stöhnen. Zweier Leute. Ich ging hinein und fand dort wild fickend Lisa mit Lewis vor. Sie saß auf ihm und ritt seinen Schwanz, während er an ihren Titten grapschte. Ich stand da und starrte sie an. Das Mädchen, in das ich verknallt war, vögelte einen anderen und was noch schlimmer war, sie tat das gezielt in diesem Moment. Sie bestellte mich dahin, damit ich es sah. Ich stand einfach nur da, starrte auf diese Situation hinab und mir liefen ungehindert Tränen über die Wangen. Wut kochte in mir hoch und ich wusste nicht, wohin damit. Am liebsten hätte ich sie von ihm heruntergerissen. Ihm die Fresse poliert. Und stattdessen meinen Schwanz in sie gesteckt, um ihr zu zeigen, was sie verpasste. Doch wenn ich zu mir selbst ehrlich war, wusste ich zu der Zeit nicht, ob sie überhaupt etwas verpasste. Die beiden lachten über mich. Alle lachten über mich. Immer wieder! Und das ebenso in dieser Situation. Denn später erfuhr ich, dass die beiden das auch noch filmten und überall verteilten. Die beiden waren natürlich nicht auf dem Video zu sehen. Nur ich, wie ich heulte. Und darüber die Info: »Wie ich gucke, wenn ich realisiere, dass Lisa mich niemals haben will!« Das war der letzte Tag, an dem ich Lisa sah. Der letzte Tag, an dem ich das Blackhood-Kinderheim betrat, und das letzte Mal, dass ich weinte. Ich legte jegliche Emotionen ab und schwor mir, nie wieder eine Frau mehr zu wollen als über das Körperliche hinaus. Um dies zu verhindern, verbot ich mir jeglichen unnötigen, emotionalen Körperkontakt. Berührungen ließ ich nur noch zu, wenn ich es ausdrücklich erlaubte. Niemand sollte mich je wieder verletzen! Und auch mein Wahn, keine Frau zu nehmen und in sie einzudringen, ohne ihr eindeutiges Einverständnis, resultiert wohl aus dieser Nacht. Um dies zu tun, musste ich wissen, dass die Frau, die vor mir lag, tatsächlich nur mich wollte. Und das klappte halbwegs, bis Emily in mein Leben trat. Zu allem Überfluss musste nun auch wieder Lisa auftauchen. Eine Erinnerung, die ich längst vergessen glaubte. Eins war ganz sicher. Ich musste sie vergessen und vor allem ausblenden. Sie hatte keine Macht mehr über mich und mit Emily besaß ich alles, was ich wollte. Das würde sie mir nicht wieder nehmen! Und auch Jo würde ich von uns fernhalten. Es reichte, dass Emily den Freak nahm, den sie bisher kannte. Sie brauchte kein einziges Detail mehr über mich zu wissen. Und schon gar nicht über Jo!

71. Emily

Zuhause angekommen bereute ich meine Entscheidung bereits wieder. Aber dennoch war es richtig so. Ich kam das erste Mal nach meiner Entführung zurück in diese Wohnung. Und dann auch noch vollkommen allein. Natürlich erfasste mich ein mulmiges Gefühl. Ich wusste zwar, dass mir keine Gefahr mehr drohte, aber die aufkommende Panik war trotzdem schwer zu verdrängen. Ich schloss die Türe auf und betrat den Flur. Nichts erinnerte mehr an den Übergriff. Alles sah so aus, als wenn ich nie weg gewesen wäre. Abgesehen von dem Staub, der sich angesammelt hatte. Kira leistete ganze Arbeit. Sie stellte mir sogar einen Strauß Kunstblumen auf den Tisch. In dem Moment spürte ich tief in mir einen Stich im Herzen. Ich hatte so wahnsinnig tolle Menschen um mich herum, die mich liebten. In letzter Zeit zweifelte ich oft und haderte mit meinem Karma, doch in dem Augenblick wurde mir klar, dass dies vollkommen umsonst war. Liam war nicht mein Karma, sondern krank. Immer wieder dachte ich daran, dass ich ihn besser niemals kennengelernt hätte. Doch auch das war nicht wahr, denn ich verbrachte genauso tolle Zeiten mit ihm. Und trotz aller Probleme der letzten Jahre und der kürzlich zurückliegenden Ereignisse besaß ich schöne Erinnerungen an ihn. Ich würde niemals vergessen, wie wir bei einer Fahrradtour in einen Regenschauer kamen und es plötzlich aus Eimern schüttete. Zuerst versuchten wir, schneller zu fahren, doch irgendwann hielt er klatschnass an, stieg ab und kam zu mir herüber. Die Regentropfen perlten von seiner Nase und er lachte nur und sagte: »Darf ich bitten!« Ich stieg ab und wir tanzten im Regen auf einem matschigen Feldweg, ganz alleine und ohne Musik. Bei dieser Erinnerung liefen mir zum ersten Mal nach Liams Tod die Tränen. Ich erlaubte mir einen Moment, um den Jungen zu betrauern, den ich verlor. Ich dachte an seine Eltern und an seine kleine Schwester. Auch sie verloren einen Teil von sich. Ohne wirklich darüber nachzudenken, nahm ich mein Handy und rief seine Eltern an. Ich wusste nicht, was mich erwartete, denn immerhin waren meine Freunde daran schuld, dass Liam starb. Doch das war natürlich nur die halbe Wahrheit, denn Liam entführte mich. Er hielt mich in einem Kellerloch fest. Gegen meinen Willen und er tat mir weh. Mehr als einmal. Dennoch wollte ich ihnen mein Beileid ausdrücken, also wählte ich ihre Nummer, bevor mich der Mut verließ. Ich drückte diese

Zahlenkombination im Laufe meines Lebens so oft, dass ich sie noch immer auswendig konnte. Als am anderen Ende die Stimme seines Vaters den Anruf entgegennahm, stockte mir der Atem.

»Escher!« Was sollte ich tun? Vielleicht hassten sie mich. Vielleicht legte ich besser wieder auf. Ich bekam keine Luft mehr. Panik stieg erneut in mir auf.

»Hallo, wer ist denn da?« Atmen, Emily! Atmen! Und dann sag was! Irgendwas!

»Emily.«, hörte ich mich fast tonlos selbst krächzen. Ich hörte mich an, als wenn ich seit dreiundzwanzig Jahren morgens nach dem Aufstehen als Erstes 'nen Jacky-Cola vertilgte.

»Emily? Bist du es?«, versicherte er sich, ob er mich auch richtig verstanden hatte.

»Ja. Hallo. Ich ... ich hoffe, es ist okay, dass ich mich melde. Ich wollte euch mein Beileid ausdrücken!«, fiel ich mit der Tür ins Haus, bevor ich erneut kein Wort mehr herausbrachte. Es herrschte schlagartig Stille. Keine wirklich unangenehme Stille, sondern eher so eine Unsicherheit, weil keiner von uns wusste, was er als Nächstes sagen sollte. Doch dann erklang erneut die Stimme von Liams Vater. In all den Jahren sah ich ihn niemals weinen, doch seine Tränen hörte ich in diesem Augenblick deutlich heraus. Es brach mir das Herz. Sie waren immer gut zu mir. Und ich machte es ihnen nun zusätzlich schwer. Das war alles nicht fair!

»Danke, Emily! Ich muss gestehen, damit haben wir nicht gerechnet. Und wir wären dir auch nicht böse gewesen, wenn du uns gemieden hättest. Was Liam getan hat, ist nicht zu entschuldigen. Ich hoffe, du weißt, dass er dich wirklich liebte. Auf seine eigene morbide Art. Aber er liebte dich.«

»Das weiß ich. Und es gab eine Zeit, da liebte ich ihn auch. Euch alle! Daher möchte ich diesen Abschluss finden und Liam vergeben . Er soll in Frieden ruhen dürfen!« Jetzt weinten wir beide und es war gut so. Wenn jemand von einem ging, durfte man traurig sein, egal welche Geschichte dahintersteckte.

»Ich weiß nicht, ob ich es schaffe. Aber wann ist die Beerdigung?«

»Liam wurde heute Morgen beerdigt, Emily. Dafür bist du zu spät. Aber wann immer dir danach ist, geh gern vorbei. Einen Abschluss findet man in sich, nicht in der Beerdigung.«

»Es tut mir leid!«, schniefte ich erneut in den Hörer.

»Aber was denn, Kind? Du hast doch nichts Falsches getan.«

»Ich weiß auch nicht. Dass ich ausgerechnet heute anrufe. Dass ich nicht bei der Beerdigung war. Dass wir keinen anderen Weg gefunden haben, Liam zu helfen. Irgendwie tut mir gerade alles leid.«

»Das muss es nicht. Wir sind dankbar, dass du dich gemeldet hast. Jetzt wissen wir, dass du uns allen vergibst für das, was passiert ist. Du nimmst uns eine riesige Last. Nun nimm sie nur noch dir selbst und sag Liam, was noch zu sagen ist. Dann schließt du ab und lebst dein Leben. Das hast du verdient.«

»Danke, Dan. Bitte grüß auch Charlotte und Lilly von mir. Ich wünsche euch allen wirklich nur das Beste.«

»Das mache ich. Pass auf dich auf, Emily!«

»Danke! Ihr auch.« Ich beendete das Telefonat und setzte mich wie in Trance auf die Couch. Ich brauchte einige Momente, um das Gesagte und Gehörte zu verarbeiten. Dann wählte ich Kiras Nummer.

»Hey Em. Alles klar, meine Schöne?«

»Ja, alles gut. Ich bin jetzt gerade bei mir zu Hause.«

»Da lässt Tylor dich mal einen Moment aus den Augen und du denkst an mich ... richtig so! Girlspower!« Ihre freche Schnute zauberte mir sofort ein Lächeln aufs Gesicht. Sie schaffte es doch immer wieder. Ich liebte sie unendlich!

»Ich habe ein Attentat auf dich vor. Und es wird dir nicht gefallen, aber ich brauche dich dazu. Bist du dabei?«

»Süße, ich bin immer dabei! Muss ich mir dunkle Sachen anziehen oder wird es nicht sooo schlimm?«, lachte sie in den Hörer.

»Dunkle Sachen, ja. Kriminell? Nein!«, versuchte ich zurückzuscherzen.

»Okay, jetzt bin ich gespannt. Was steht an. Hau raus!«

»Ich wollte dich fragen, ob du mit mir zu Liam gehst. Er wurde heute beerdigt und ich möchte mich verabschieden. Abschließen! Und ich brauche dich dafür an meiner Seite. Sonst schaffe ich das nicht!« Ich hörte, wie sie zu Beginn meiner Ausführung scharf die Luft einzog, doch ihre Antwort kam wie aus der Pistole geschossen.

»Natürlich stehe ich an deiner Seite, Emily. Ich liebe dich und nichts auf der Welt würde mich davon abhalten, bei dir zu sein, wenn du mich brauchst. Auch wenn ich den Typen umbringen würde, wäre er noch nicht erledigt!« Wir lachten beide auf.

»Das weiß ich alles und deswegen liebe ich dich ebenfalls. Kannst du mich abholen? Ich will Tylor nicht fragen.«

»Ich bin in einer Stunde bei dir. Reicht dir das oder willst du direkt los?«

»Klar, das reicht. Und Kira ... danke!«

»Für dich immer, Em. Bis gleich!« Eine Stunde später stand Kira vor meiner Türe und hatte Rodriguez im Schlepptau, um uns zu fahren. Sie klärte mich auf, dass Larry bei Tylor war, um ihn daran zu hindern, hier aufzutauchen. Ich fragte gar nicht erst nach, woher Tylor überhaupt davon wusste, denn er erfuhr eh immer alles. Woher war dabei nebensächlich. Und das war okay. Ich wollte es ihm ja nicht verheimlichen, sondern nur die Gelegenheit haben, alleine Abschied zu nehmen. Er kannte Liam nicht so wie Kira und ich. Die guten Seiten an ihm. Ich wollte jemanden bei mir haben, der meine Trauer verstand, auch wenn sie durch unseren Abschluss getrübt war. Kira mochte Liam nicht sonderlich, aber sie verstand mich und das war mir wichtig. Kurze Zeit später betraten wir den Friedhof. Liams Familie wurde dort schon seit Jahrzehnten beerdigt, daher wusste ich genau, wo ich hinmusste. Alle lagen zusammen. Sie sagten immer, dass sie im Tod wiedervereint würden, und damit sie sich leichter fanden, wurden alle Gräber in der gleichen Region auf dem Friedhof angereiht. Schon von weitem sah ich ein neu ausgehobenes Grab. Das musste Liam sein, denn seine Beerdigung lag nur wenige Stunden zurück. Ich blieb stehen. Rang um Luft. Kira sagte nichts. Gab mir Zeit, wieder Fassung zu gewinnen. Sie hielt einfach meine Hand und stand neben mir, bis ich bereit war weiterzugehen. Schritt für Schritt lief ich vorwärts. Ein Gefühl zwischen Wut und Beklemmung machte sich in mir breit. Als wir ankamen, sah ich frische Blumen und einen Kranz auf der noch feuchten Erde liegen. Liams Familie lebte seit Generationen in den USA, stammte aber ursprünglich aus Deutschland, so dass sich in ihrem Leben immer schon alle Bräuche miteinander vermischten. Der Kranz war wunderschön. Weiße und rote Blumen in den verschiedensten Ausführungen und auf der Schleife stand ein Abschiedsgruß. »Der Herr ist dein Richter. Gehe mit Demut und er wird dir vergeben. In ewiger Erinnerung Charlott, Dan, Lilly und Emily.« WTF! Emily? Ich las mir den Text noch weitere dreimal durch, bis ich realisierte, was ich da vor mir sah. Ich konnte meine Gefühle nicht sortieren und auch nicht benennen. War ich wütend, weil sie einfach meinen Namen mit draufsetzten? Und das nach allem, was geschehen war. Oder war ich gerührt, dass sie sich ebenfalls in meinem Namen verabschiedeten und ihm einen friedlichen Übergang erlaubten? Wahrscheinlich von beidem ein bisschen. Ich betrachtete die Zeilen immer und immer wieder. Diese Worte wurden bewusst gewählt. Das leuchtete mir langsam ein. Wenn Liam wirklich aus Liebe handelte, zumindest aus seiner Sicht, dann würde der Herr ihm vergeben, wenn er nur demütig genug war. Und sie verabschiedeten sich auch nicht in Liebe von ihm, sondern in Erinnerung. Und damit war ich fein. In Erinnerung würde er mir bleiben. In guter und in schlechter. Ich kniete mich zu ihm herunter und suchte nach Worten. Es dauerte seine Zeit, doch irgendwann begann ich, dem Grab alles entgegenzuwerfen, was mir in den Sinn kam. Zuerst machte ich mir Luft von allem Schlechten, was er mir antat. Um zum Schluss hin erwähnte ich auch das Gute an ihm. Das, was ich trotz allem wertschätzte. Ich vergab ihm und das war in erster Linie für mich wichtig. Für meinen Abschluss mit Liam und einen Neuanfang mit Tylor.

72. Tylor

»Du willst mich wohl verarschen! Ich soll mich beruhigen? Fick dich und geh mir aus dem Weg!«

»Und dann? Gehst du zu Emily und schleifst sie vom Friedhof runter? Grandiose Idee, Ty! Nur zu. Mach dich zum Affen. Let's go!«

»Fick dich, Larry!«

»Das sagtest du schon!« Ich kochte vor Wut. Was dachte sie sich nur dabei. Sie stand vor mir und erzählte mir was von, sie braucht etwas Abstand, um zur Ruhe zu kommen. Und dann lief sie schnurstracks zu diesem Wichser, um ihn auf dem Friedhof zu verabschieden. Nachdem er sie misshandelt und entführt hat. Und Patrick um ein Haar das Leben nahm. Das konnte doch nur ein beschissener Scherz sein! *Verdammt nochmal!* Ich packte den Stuhl, der mir am nächsten stand, und pfefferte ihn quer durch den Raum. Er zerschellte an der Wand und verteilte sich durch das halbe Zimmer. Ich spürte Tränen in meinen Augen brennen und das Adrenalin pumpte durch meinen Körper. Die absolut schlechteste Kombi, die es geben konnte.

»Larry, geh!«

»Auf keinen Fall!« Er lief rüber zu dem Stuhl und begann, die Einzelteile aufzusammeln.

»Geh verdammt nochmal!«, schrie ich ihn wutentbrannt an.

»Tylor, du kannst tun, was du willst, aber ich werde nicht gehen. Wenn du meinst, dass du dein Haus in Trümmer legen willst, dann nur zu. Wenn du meinst, du musst dir den Arsch zusaufen, dann have fun. Oder geh ins Gym und hau dir die Hände kaputt. Aber unter keinen Umständen werde ich nicht dabei sein. Es liegt bei dir!« Ich hasste ihn dafür, dass er genau wie Patrick immer versuchte, das Beste für mich zu tun. Das Beste wäre in dem Moment meine Ruhe. Es kostete mich enorme Kraft, mich zu beherrschen, und wenn niemand in meiner Nähe war, konnte ich auch keinen verletzen. Ich setzte mich aufs Sofa und ließ das Gesicht in die Hände sinken.

»Warum tut sie das? Sie lässt mich stehen, um bei ihm zu sein!« Ich hörte, wie Larry zu mir rüberkam und sich neben mich setzte. Er packte mich am Nacken und rüttelte mich kurz hin und her, bevor er die Hand wieder wegnahm und zu sprechen begann.

»Sie hat sich nicht für ihn und gegen dich entschieden, Bro. Er ist tot. Von daher ist Eifersucht überhaupt nicht nötig. Ich weiß nicht, was in ihrem Kopf vorgeht und warum sie so entschieden hat, aber was hältst du davon, sie einfach nachher zu fragen, wenn du sie siehst? Ist vielleicht die bessere Lösung, anstatt dich wie der letzte Höhlenmensch zu benehmen.« Natürlich hatte er recht. Liam war keine Konkurrenz. Und das war er auch schon vor seinem Ableben nicht mehr. Aber ich verstand einfach nicht, was in ihrem Kopf vor sich ging. Wir mussten das klären, aber ich hatte keine Lust auf dieses Gespräch. Ich wollte gar kein beschissenes Gespräch mehr führen. Es kotzte mich an. Am besten ließ ich es einfach beruhen und tat so, als wenn es mich nicht juckte. Sollte sie doch machen, was sie wollte.

»Du hast recht. Der Penner ist keine Konkurrenz und daher juckt mich nicht, warum sie das gemacht hat. Soll sie doch jeden Tag auf dieses verfickte Grab heulen, wenn es ihr Traum ist. Wenn sie der Meinung ist, dass sie mir was erklären will, weiß sie, wo sie mich findet. Ansonsten, fuck off.«

»Das ist nicht ganz das, was ich vorgeschlagen habe, aber okay. Du wirst schon wissen, was du tust.«, lachte Larry und klopfte mir auf die Schulter, bevor er aufstand und die Überreste des Stuhls in den Aufzug verfrachtete.

73. Emily

Ich fühlte mich erschöpft und ausgelaugt, aber gleichzeitig befreit und erleichtert. Das Kapitel Liam konnte ich für immer abschließen und voller Zuversicht in die Zukunft schauen. Auf dem Weg zu Tylor beschlich mich das Gefühl, dass er das wohl anders sah. Ich war mir sicher, dass er ziemlich sauer war. Es würde ihm ähnlich sehen, erst zu explodieren und dann zu fragen. Wobei ich diese Charaktereigenschaft teilte und selbst nicht besonders gut darin war, sie unter Kontrolle zu halten. Ich hoffte, dass es diesmal anders lief. Bei Tylor angekommen fiel mir als Erstes der kaputte Stuhl im Aufzug auf. Was war denn mit dem passiert? Als die Aufzugtüren aufglitten, spürte ich sofort eine angespannte Stimmung, wodurch sich meine Vermutung prompt bestätigte. Die Antarktis wäre ein gemütlicherer Ort gewesen. Tylor würdigte mich keines Blickes und Larry machte irgendwelche komischen Handbewegungen. Ich interpretierte daraus entweder, dass Tylor verrückt geworden sei und er mich aus dem Fenster warf. Oder aber, dass ihm viel im Kopf herumging und ich ihn erstmal in Ruhe lassen sollte. Wahrscheinlich von beidem etwas. Ich lief zu ihm rüber und setzte mich an seine Seite.

»Hey!«, versuchte ich es vorsichtig, um zu testen, wie schlimm seine Laune tatsächlich war. Larry klatschte sich derweil mit der Hand an die Stirn und lief zu Kira herüber.

»Na.« Okay, immerhin antwortete er mir. Besser als nichts.

»Können wir reden?«

»Das ist nicht erforderlich!«

»Ich denke schon! Ich habe heute Morgen, als ich nach Hause kam, mit Liams Eltern telefoniert.«

»Lass es gut sein! Du machst es nur schlimmer, Emily. Nicht besser. Lass es doch verdammt nochmal einfach gut sein!« Seine Augen waren eine emotionslose Festung, doch ich sah seine Wut und auch eine Unsicherheit, die aus ihm sprach.

»Nein Tylor, das werde ich nicht tun. Ich erkläre es dir und dann wirst du sehen, dass es keinen Grund gibt, sauer zu sein!« Er schwieg, also redete ich einfach weiter. »Ich wollte ihnen mein Beileid ausdrücken. Immerhin gehörten sie viele Jahre zu meinem Leben. Genau wie Liam.« Tylor stand auf und entfernte sich von mir. Er blieb zwar in meiner Nähe, aber lief wütend hin und her. »Sie haben mir erzählt, dass Liam heute beerdigt wurde, und ich wollte einfach nur hin und mich verabschieden. Abschließen und ihm vergeben!«

»Ihm vergeben? Was denn, Emily? Dass er dich geschlagen hat? Dass er dich gefickt hat, während du besoffen warst, um dir eine Lektion zu erteilen? Dass er dich entführt hat? Dass er dein Leben zur Hölle gemacht hat? Ach, und warte ... Ja, auch Patricks Leben hatte er um ein Haar auf dem Gewissen!« Er schrie nicht, aber seine Wut sprach eindeutig und unmissverständlich aus ihm. Laut und unbeherrscht. Er formulierte es ironisch, was in mir ein Gefühl weckte, als wäre ich ein Kleinkind, was man gerade versucht zu verarschen.

»Ich weiß das alles, Tylor! Ich habe es nämlich erlebt.«, entgegnete ich ebenso unbeherrscht. »Aber ich kenne auch gute Seiten von ihm und ich wollte, dass er in Frieden ruhen kann, ohne mich als Anker in dieser Welt zu behalten. Es ist nicht so, wie du denkst. Ich wollte nur mit einem alten Kapitel abschließen, um offen für dich zu sein!« Tylor lachte auf.

»Natürlich, du hast dabei an mich gedacht!« Sein theatralisches Lachen, das nicht mal einen Schauspielpreis gewonnen hätte, trieb mich in den Wahnsinn. Von einer Sekunde auf die nächste beendete er es und sprach weiter.

»Wenn ich dir wichtig gewesen wäre, dann hättest du dich nicht unter einem verfickten Vorwand hier rausgeschlichen, um im nächsten Moment bei diesem Hundesohn die Blumen zu gießen!«

»Das ist nicht fair, Tylor!«

»Gewöhn dich dran, Prinzessin! Das Leben ist niemals fair!« Mit diesen Worten verließ er das Wohnzimmer und ging. Keine Ahnung wohin. Es interessierte mich auch nicht. Ich war froh, dass er weg war. Ich wollte seine Wut und die Enttäuschung in seinen Augen nicht länger sehen.

74. Tylor

Das war doch wohl ein schlechter Scherz. Sie wollte mir ernsthaft weismachen, dass sie das für mich tat? Für uns! Damit wir in eine gemeinsame Zukunft starten konnten. *Bullshit!* Sie tat das einzig und allein für sich und diesen Schlappschwanz von einem Mann. Damit der Wichser sich oben noch einen runterholen konnte, weil er ihr selbst als Toter noch unter die Haut ging. Liam sollte im Dreck verrotten, so wie es sich für einen Haufen Scheiße gehörte. Ich musste hier raus. Einfach weg! Ich lief ins Schlafzimmer und zog mich um. Dann zurück durchs Wohnzimmer. Wortlos an allen Beteiligten vorbei, und fuhr mit dem Aufzug hinunter zu Finley. Keiner wagte es, mich auf-zuhalten oder auch nur anzusprechen, und das war gut so. Der Moment wäre mehr als ungünstig gewesen, denn meine Selbstkont-rolle lag im Minusbereich. Es war schlichtweg nichts mehr davon übrig. Unten angekommen entschied ich mich spontan um. Ich wollte allein sein, also nahm ich den Schlüssel zu meinem mattschwarzen Ferrari Purosangue und fuhr kurz entschlossen alleine los. Ich raste viel zu schnell durch die Stadt, das war mir klar. Aber leider eben auch gleichermaßen scheißegal. Zumindest musste ich mich dadurch zwangsläufig auf den Verkehr konzentrieren und dachte nicht ausschließlich an die beschissenen Worte, die ich zuvor hören musste. Ich war unsicher, wo ich überhaupt hin wollte. Sollte ich zu Jo fahren? Ich nahm mir zwar vor, sie nicht mehr zu treffen, aber in diesem Augenblick hätte es mir vielleicht gutgetan. Das klitzekleine bisschen Verstand was noch über war, steuerte mich zu meinem Zielort, welchen ich auch in Rekordzeit erreichte. Das Krankenhaus, in dem Patrick lag. Ich stieg aus und machte mich auf den Weg in sein Zimmer. Als ich die Türe öffnete, beschlich mich ein seltsames Gefühl. Das Zimmer war leer und unbenutzt. Wurde er verlegt? Ging es ihm schlechter? Verdammt! Eiligen Fußes suchte ich eine Krankenschwester. Am Schwesternzimmer wurde ich fündig und bombardierte sie sofort mit vier Fragen gleichzeitig.

»Immer mit der Ruhe, junger Mann. Ihrem Freund geht es gut. Er ist gerade bei seiner Abschlussuntersuchung und danach darf er nach Hause, daher ist das Zimmer schon wieder aufgeräumt.«

»Warum hat er mich denn dann nicht informiert?«, fragte ich sie verwirrt. Er konnte doch schlecht allein nach Hause fahren.

»Das fragen sie wohl besser ihn als mich!«
Sie ließ mich freundlich lächelnd stehen und
kümmerte sich weiter um ihre Patienten. Sie
hatte ja recht, woher sollte sie die Antwort auf
meine Frage wissen? Denken war halt gerade
nicht meine Königsdisziplin. Ich blieb dement-
sprechend dort stehen und wartete. Eine
gefühlte Ewigkeit verging, in der ich diverse
Mails versendete und mit Ben sprach, ob
wenigstens im Joy alles okay war. Dann endlich rollte Patrick an. Er grinste bis über beide
Ohren, also ging ich davon aus, dass die guten
Nachrichten sich bewahrheiteten und er ent-
lassen wurde.

»Wolltest du mit dem Ding nach Hause
rollen oder warum rufst du mich nicht an?«

»Klar, hier kann ich zwei heiße Kranken-
schwestern auf dem Schoß mitnehmen. Hat
alles seine Vorteile! Du versaust mir meine
Tour, Alter!« Wir lachten beide auf. Patrick
war zurück. Endlich. Eh ich mich versah, stand
er auf und fuhr den Rollstuhl zur Seite. Er
lachte über meinen geschockten Blick.

»Den brauche ich ab jetzt nicht mehr.« Ich
nahm ihm seine Sachen ab und nachdem er
seinen Papierkram erledigt hatte, liefen wir
zusammen zum Wagen. Wenn ich geahnt
hätte, dass ich einen Passagier haben würde,
der sich kaum bewegen konnte, hätte ich ein

anderes Auto gewählt, aber da musste er jetzt wohl durch.

»Eine bequemere Alternative hättest du nicht wählen können, oder?«, grinste er mich mit hochgezogener Augenbraue von der Seite an, als wir am Wagen ankamen.

»Hör auf zu heulen. Oder willst du noch ein rosa Tütü?« Was hatte ich das vermisst. Einfach nur Ich sein. Atmen können. Scheiße labern, ohne nachzudenken. Die Probleme mit Emily kamen mir plötzlich viel kleiner vor. Natürlich waren sie nicht vergessen, aber Patrick erinnerte mich daran, wie schnell es wichtigere Dinge gab, um die man sich sorgen musste.

»Warum bist du überhaupt hier?«, begann er schließlich unauffällig, die Unterhaltung auf mich zu richten, nachdem ich ihn in den Wagen bugsiert hatte.

»Ich wollte sehen, wie es dir geht. Und sicher sein, dass hier alles läuft. Und ich musste irgendwohin, wo ich einfach atmen kann. Und das ist bei dir.«

»Verstehe! Stress mit Emily?«

»Kann man so sagen. Aber irgendwie auch nicht. Ach, ich weiß es selbst nicht so genau. Können wir einfach über was anderes reden?« Seine Antwort blieb aus, aber sein Gesichtsausdruck sagte mir deutlich, dass wir nicht über was anders reden würden. *Großartig!* Ich erzählte ihm also die komplette Geschichte und alles, was er wissen musste, um meine Wut auf diese Scheiße besser nachvollziehen zu können. Auch als ich das alles nochmal zusammenfasste, sah ich mich weiterhin im Recht und verstand nicht, was in ihrem fucking Kopf vorging.

»Ty, das ist echt übel. Aber du musst trotz deiner Wut auch zumindest versuchen, ihre Sicht zu verstehen. Sie hatte ein Leben vor dir und Liam gehörte dabei an ihre Seite. Ja, er war ein Arschloch, aber auch wenn es für uns unvorstellbar ist, gab es ja etwas, was sie an ihm geliebt hat.«

»Du denkst also, dass sie recht hat?« Ich hörte wohl nicht richtig!

»Nein, das denke ich nicht. Ich stehe komplett auf deiner Seite. Aber es gibt nicht nur Schwarz und Weiß. Stell dir vor, Lisa würde sterben.« Ich sah Patrick erschrocken und voller Unverständnis an.

»Siehst du, dein Blick sagt schon alles aus. Lisa war eine Fotze. Schon immer. Und trotzdem hast du sie mal geliebt. Würdest du sie nicht verabschieden wollen, wenn sie stirbt? Obwohl so viel Scheiße zwischen euch passiert ist?« Ich verstand, worauf er hinaus wollte. Und ich hasste es, denn er hatte logischerweise mal wieder recht. Vielleicht war das sogar die Lösung für mein Problem mit Lisa. Ich musste mich von ihr verabschieden und einen Abschluss finden, um mir danach eine neue Zukunft aufzubauen. Klang plausibel. Zumindest wenn ich es mit Patricks Beispiel betrachtete.

»Ich hasse es, wenn du recht hast!«

»Das weiß ich, deswegen ist es noch schöner!«

75. Emily

Tylor fegte wie ein Sturm an uns vorbei und ich wusste instinktiv, dass ich ihn gehen lassen musste. Es machte in dem Moment keinen Sinn, ihn aufzuhalten. Ein Gespräch würde keinerlei Klärung bringen, sondern nur noch mehr Stress und Missverständnisse. Larry erzählte mir, was in meiner Abwesenheit los war. Danach ergab auch der Stuhl im Aufzug einen Sinn. Das Wochenende stellte uns vor schier unüberwindbare Hindernisse. Erst einen Abend zuvor standen wir zusammen auf dem Empfang des Kinderheims. Fegten Lisa aus seinem Leben. Feierten im Joy. Lieferten uns einen Schlagabtausch mit dieser Reporterin. Hatten grandiosen Sex und direkt danach entglitt uns alles. Ich wusste nicht, wohin er wollte oder wann er zurückkam. Oder ob er überhaupt wieder kam. Vielleicht fuhr er direkt ins Joy. Wir hatten Samstag und da schaute er standardmäßig im Club vorbei. Larry, Kira und ich entschieden daher spontan am Abend hinzufahren. Wenn er vorher zuhause auftauchte, würde ich ihn ja dort noch treffen. Ich schrieb Tylor eine Nachricht, welche er zwar las, aber ignorierte. Schönen

Dank! Das alles nervte mich. Sollte Liebe nicht einfach sein? Unkompliziert? Oder zumindest weniger komplizierter? Da Tylor nicht wieder auftauchte und meine Nachricht weiterhin ignorierte, entschied ich mich, zu mir zu fahren. Rodriguez brachte mich nach Hause. Später am Abend würde er mich dort wieder einsammeln, sobald Larry und Kira so weit waren. Was auch immer das bei den beiden hieß. Ich wollte es gar nicht so genau wissen. Als ungefähre Zeit sprachen wir zehn Uhr ab, damit konnte ich zumindest grob planen. Zuhause angekommen, entschied ich mich noch etwas spazieren zu gehen. Ich musste einen klaren Kopf bekommen und überlegen, wie wir weiter machen wollten. Ich schlenderte umher, als ich bemerkte, dass ich vor meiner Arbeit stand. Ein weiteres Kapitel, was mir im Nacken saß. Aktuell war ich noch krank-geschrieben, aber früher oder später musste ich wieder hin. Unter keinen Umständen ließ ich mich von einem Mann aushalten. Selbst wenn er so reich wie die Clifforts war. Ich wollte unabhängig sein und mein eigenes Geld ver-dienen. Als ich näher trat, schoben die Schiebe-türen zur Seite auf und der gewohnte Geruch nach altem Teppich und neuen Klamotten umhüllte mich. Irgendwie fühlte es sich, wie nach Hause kommen an. An einem Ort, der nur mir gehörte. Hier gab es keinen Liam und auch keinen Tylor. Beide waren noch nie dort. Hier gab es einfach nur Emily Downert, die Frau von der Kasse. Zwei, drei Kunden begrüßten mich freundlich und freuten sich, mich zu sehen. Zu meiner Überraschung freute ich mich ebenfalls. Ich lief durch zu meinem Chef und erzählte ihm offen und ehrlich, was in den letzten Wochen geschehen war. Das war ich ihm irgendwie schuldig. Er hatte keine Ahnung, warum ich überhaupt krank war. Er versicherte mir, dass ich jederzeit wieder willkommen war, sobald ich mich in der Lage fühlte. Und das ich mir alle Zeit nehmen sollte, die ich brauchte. Ich spürte Dankbarkeit. Und Erleichterung. *»Eine Baustelle nach der anderen, Emily!«*, hörte ich die Stimme meiner Mutter in meinem Kopf. Diesen Rat hörte ich schon unzählige Male in meinem Leben. Und sie hatte Recht. Liam war erledigt. Meinen Job hatte ich geklärt. Nun fehlte nur noch Tylor und meine dazugehörige Zukunft. Ich wollte ihn! Und er wollte mich! Punkt!

76. Tylor

Als ich zuhause ankam, war das Haus ruhig und verlassen. Patrick hatte ich daheim abgeliefert und Rosalie noch schnell eingesammelt und zu ihm gebracht, damit er vorerst nicht alleine war. Er hatte darauf natürlich keinen Bock, aber Rosalie besaß das letzte Wort. Daran änderte auch die Tatsache nichts, dass wir mittlerweile erwachsen waren. Emily schrieb mir vor Stunden eine Nachricht. Ich überflog sie nur und legte das Handy wieder weg. Ich brauchte meine Zeit zum Durchatmen, obwohl ich wusste, dass dies ein absoluter Arschloch-Move war. Ehrlich gesagt juckte es mich aber zu dem Zeitpunkt nicht. Mir ging das alles auf den Sack. Ständige Diskussionen über irgendwelche Gefühle und Zukunftstheorien. Die Scheiße mit Liam. Der Stress wegen Patrick. Lisa, die plötzlich wieder auftauchte. Oasis, die ihre verkorkste Schwester rächen wollte. Jo, die ein Teil meines Lebens war, den Emily niemals erfahren durfte. Und dazu noch Emily selbst, die dem ganzen Scheiß immer schön die Krone aufsetzte. Ich wollte einfach nur mal wieder einen Abend mein altes Leben zurück. Unbeschwert und ohne

Rücksicht auf irgendwen oder irgendwas. Alles sollte mich am Arsch lecken und für ein paar Stunden keine erneuten Katastrophen zu Tage fördern. Ich schrieb Emily eine kurze Antwort und stellte das Handy dann auf lautlos. Mir war egal, was sie davon hielt, und mir war auch egal, was sonst wer davon hielt. Ich nahm mir mein Leben zurück und jeder, der sich mir in den Weg stellen wollte, war nicht willkommen. Ganz klar, würde ich mit keiner Frau rummachen. Ich vergaß nicht, dass ich dennoch eine Freundin besaß. Auch wenn der Gedanke schräg war. Ich würde feiern und meine Freiheit genießen. Tun und lassen, was ich wollte, wenn auch mit dieser kleinen Einschränkung. Einfach sorgenfreisein! Und ich würde einen Abschluss finden mit der Vergangenheit. Kurzerhand sah ich die Unterlagen der Benefizgala durch und suchte nach den Daten von Lisa. Es dauerte einen Moment, doch dann fand ich, was ich suchte. Ihre Nummer. Ich speicherte sie in meinem Handy und schrieb ihr eine Nachricht.

> Tylor:
> Ich werde dir um neun
> einen Wagen schicken.
> Komm zum Joy.
> Ein Nein werde ich nicht
> akzeptieren.
> Tylor

Lisa:
Ich glaube kaum, dass du mir
zu sagen hast, was ich zu tun
habe,
kleiner Ty. Spar dir den Sprit!

Tylor:
Das war keine Bitte! Sei da,
sonst hole ich dich
höchstpersönlich!

Lisa:
Uhhh ... vielleicht mag ich
den erwachsenen Ty. Legst
du mich übers Knie, wenn ich
unartig bin?

Tylor:
Das hättest du wohl gerne!

Lisa:
In dem Fall würde ich es auf
einen Versuch ankommen
lassen! Was
Sagst du? Deine kleine
Freundin muss ja nichts
erfahren ...

Tylor:
Fick dich!

Lisa:
Fick du mich! Ich bin um elf
Uhr im Joy. Den Fahrer
kannst du dir Sparen. Ich
finde alleine den Weg.

Ich pfefferte das Handy auf den Tisch und verfluchte diese Frau. Sowohl für ihre überhebliche Art als auch dafür, dass ihre Worte meinen verfickten Jagdtrieb reizten und ich mit einem stahlharten Ständer auf der Couch saß. *Fick du mich!* Vor einigen Wochen wäre ich der Aufforderung noch zu gerne nachgekommen. Und wie mein kleiner Freund zeigte, reizte mich der Gedanke daran noch immer, auch wenn ich ihn nicht zuließ.

77. Emily

Pünktlich um halb zehn war ich fertig gestylt und wartete darauf, dass Larry und Kira zu Ende gevögelt hatten und mich abholten. Ich legte mich fix und fertig auf die Couch und zappte durchs Fernsehprogramm. Als es dann endlich an der Türe klingelte, war ich mittlerweile fast eingeschlafen, was bewirkte, dass ich so sehr erschrak, dass ich die Fernbedienung durchs halbe Wohnzimmer schleuderte. Ich lief hinüber zur Türe und benutzte artig die Gegensprechanlage. Prompt kreischte Kira hinein, dass ich meinen Hintern runterschwingen sollte, was ich umgehend tat, bevor meine Nachbarn von ihr zum zweiten Mal pikante Details präsentiert bekamen. Unten angekommen, kletterte ich direkt in den Wagen. Es war eiskalt in den knappen Klamotten und die Wärme des Wageninneren kam daher wie eine willkommene Einladung. Kaum dass ich den Kopf hineinsteckte, verflog dieses Gefühl jedoch schlagartig. Unerwarteterweise saßen nicht nur Kira und Larry darin, sondern auch mein Freund. Ich begrüßte alle freundlich und setzte mich neben Tylor. Doch er würdigte mich nicht mal eines Blickes.

»Überaus zuvorkommend, dass du dir die Mühe gemacht hast, deiner Freundin die Türe zu öffnen!«

»Du hast es ja gerade noch allein geschafft, oder nicht? Du bist ja drin.«

»Fick dich, Tylor!«

»Den Satz hatte ich heute schon, such dir 'nen anderen aus.«

»Ach ja? Von wem denn? Ich habe das nicht zu dir gesagt.« Mit wem hatte er sich im Laufe des Tages getroffen und wer warf ihm sowas an den Kopf? *Also, außer ich ...?*

»Ich habe den Satz selbst benutzt. Diskussion zu Ende! Im Club wirst du deine Ruhe haben. Ich habe was zu erledigen.« Danach schwieg er den Rest der Fahrt. *Der spinnt wohl?* Als wir ankamen, drückte er mir einen flüchtigen Kuss auf die Wange, wünschte mir viel Spaß und verschwand schnurstracks aus dem Wagen. Larry und Kira sahen mich an, als wenn ich von einem anderen Stern kam, doch ich hatte auch keine Ahnung, was in ihn gefahren war. So blieb mir nur, mit den Schultern zu zucken und ebenfalls auszusteigen. Wir betraten den Club und versorgten uns mit Getränken. Die Stimmung im Joy war super, ganz im Gegensatz zu meiner eigenen. So respektlos und unterkühlt sprach Tylor noch nie mit mir. Seltsamerweise verletzte es mich diesmal, obwohl ich wusste, dass es nur ein

Abwehrmechanismus von ihm war. Es ging dabei nicht um mich, sondern um ihn. Er kämpfte ausschließlich gegen sich selbst. Ich war sozusagen der Kollateralschaden, der übrig blieb. Dennoch würde ich das mit ihm klären müssen. Seine abweisende Haltung konnte ich in gewissen Momenten akzeptieren, aber Respekt hatte er gefälligst immer zu wahren. Er konnte froh sein, dass Kira ihm nicht schon direkt die passenden Takte dazu gegeigt hatte. Sollte er doch erledigen, was er erledigen musste. Mit etwas Glück war er danach wieder besser drauf. Kira und Larry sowie alle anderen, die wir im Club trafen, waren bester Laune und stürmten die Tanzfläche. Ich hockte mich an die Theke und wartete. Eine gefühlte Ewigkeit verging, ohne dass ich Tylor nochmal zu Gesicht bekam. Ich wusste nicht, wo er war oder was er machte. Aber im Getümmel ließ er sich nicht blicken. Auch bei Ben tauchte er nicht mehr auf. Tylor war wie vom Erdboden verschluckt. Vielleicht hatte er das Joy schon wieder verlassen. Dann sah ich Ben, wie er Getränke in Richtung Tylors Büro verfrachtete. Ich konnte zwar nicht sehen, dass er dort hinging, aber aus eigener Erfahrung wusste ich, dass der Gang, den er nutzte, ausschließlich in die Privaträume führte. Für wen waren diese Getränke? Und dann auch noch zwei! Was machte er? Und viel wichtiger ... mit wem? War eine Frau bei ihm? Oder hatte er einen Geschäftstermin? Immerhin wusste er, dass ich auch hier war. Wäre er dann so unverfroren, sich Damenbesuch einzuladen?

78. Tylor

Natürlich war Lisa nicht pünktlich. Das hatte ich auch nicht erwartet. Ich wartete fünfzehn Minuten und es kostete mich einiges, nicht sofort aus dem Büro zu stürmen und sie selbst herzuschaffen. Dieses Kapitel musste beendet werden. Lisa durfte keine Rolle in meinem Leben spielen. Ich musste ihr unmissverständlich mitteilen, dass ich nicht mehr ihre Marionette war. Dass ich nicht mehr der kleine Ty war, sondern ein gestandener Mann mit Rückgrat und Moral. Und dass sie mit mir keine Spielchen mehr spielen konnte. Als sie hereinkam, musste ich dennoch schlucken. Lisa hatte mir so viel Herzschmerz in meinem Leben bereitet, dass ich sie ehrlich gesagt hassen müsste. Doch ich tat es nicht. Sie sah toll aus und aus einem unerklärlichen Grund fühlte ich mich zu ihr hingezogen. Noch immer. Sie strahlte Arroganz und Überheblichkeit aus. Man konnte nicht hinter ihre Fassade blicken. Sie machte mich neugierig, weil ich sie einfach nicht packen konnte. Und dann fiel es mir auf. Sie erinnerte mich an mich selbst. Die Maske, die ich jahrelang aufsetzte, um niemanden an mich heranzulassen. All diese Eigenschaften spiegelten mich wider. Warum erkannte ich das jetzt erst? Machte Lisa mir und auch sich selbst schon immer etwas vor? Eigentlich sollte diese Erkenntnis noch mehr Neugier auf ihren Kern erwecken. Neugier darauf, was hinter dem allen steckte. Doch das tat es nicht. Der Reiz verflog, als ich erkannte, dass diese Unnahbarkeit nur aufgesetzt war. Sie war nicht das, was sie vorgab. Und zum ersten Mal merkte ich, dass es mich überhaupt nicht interessierte, wer sie in Wirklichkeit war. Ihre Macht über mich fiel herab wie Ketten, die mich mein halbes Leben lang festhielten. Und nun setzte sich auch endlich das Puzzle zusammen, warum Emily mich wahrhaftig gefangen nahm – und das ohne Ketten, die mich hielten. Sie war echt und was mindestens genau so wichtig war, sie erlaubte mir, echt zu sein. Dieses Gefühl kannte ich nur von Patrick. Bei ihm war ich frei. Und genau das fühlte ich auch bei Emily. Bei meinem Gegrübel vergaß ich vollkommen, dass Lisa noch immer in meinem Büro stand und mich wild gestikulierend aufforderte, endlich mal was zu sagen. Natürlich versuchte sie es wie immer mit Beleidigungen und Anspielungen darauf, dass ich mal wieder nicht den Mund aufbekam. Sie nervte mich!

»Lisa, halt doch einfach mal die Klappe! Kannst du dich eigentlich selbst den ganzen Tag ertragen?« Ich setzte mich auf den Rand meines Schreibtisches und spürte die alte Sicherheit, die ich mir im Laufe der Jahre mühsam aufbaute. Lisa würde mich nicht mehr brechen. Nie wieder!

»Oh, hat der kleine Ty sich Mut angetrunken? Steht dir!« Sie kam auf mich zu und streichelte mit ihren knallroten Fingernägeln über meinen Oberarm. Blitzschnell packte ich ihre Hand und hinderte sie an dieser Berührung.

»Nicht anfassen!« Sie lächelte mich herausfordernd an.

»Ach so, du möchtest lieber direkt aufs Ganze gehen? Sag das doch gleich!« Sie beugte sich hinab und küsste mich mit ihren ebenfalls viel zu knalligen roten Lippen seitlich auf den Hals. Ich stand auf und entfernte sie von mir. Wohl etwas zu rabiat, denn sie nörgelte irgendwas vor sich hin, was ihr Unbehagen ausdrückte. Es war mir scheißegal. Was dachte sie, was sie da tat? Niemand entschied über meinen Kopf hinweg und sie war sicher die letzte Person, der dies zustand.

»Ich habe dich nicht herbestellt, damit du dir nehmen kannst, was du jahrelang nicht wolltest! Sondern um dir zu zeigen, was du verpasst hast. Das, was du nie wieder haben kannst. Du hast keine Macht mehr über mich, Lisa.«

»Und dafür dieser Aufwand? Dafür soll ich herkommen? Das hättest du auch am Telefon erledigen können!«

»Nein, du solltest mir in die Augen sehen, um zu verstehen, dass ich es ernst meine. Auf dem Empfang war ich von deinem Erscheinen überrumpelt. Du hast mich kurzfristig aus dem Konzept gebracht, das muss ich gestehen. Aber der Moment ist vorbei und alles, was uns jemals verbunden haben sollte, ebenfalls!«

»Schön, dann ist es so. Ich hätte dich jetzt schon gern vernascht, wo endlich was aus dir geworden ist. Aber gut, ich komme auch ohne zurecht. Dann viel Spaß mit deinem kleinen, langweiligen Flittchen!«

»Hüte deine Zunge und geh! Ich würde dir ja alles Gute wünschen, aber das tue ich nicht, denn du bist noch immer das gleiche gehässige Miststück, wie du es auch damals schon warst. Stattdessen wünsche ich dir jemanden, bei dem du deine Maske mal fallen lassen kannst. Vielleicht findest du dann heraus, dass in deinen Tiefen doch ein Herz schlägt. Auch wenn die Hoffnung darauf gering ist. Mach's gut!« Lisa starrte mich noch einen Moment an und versuchte, meine Worte zu begreifen. Ich weiß, sie waren hart, aber nichts im Vergleich zu dem, was sie mir seit unserer Kindheit antat. Nichts zu dem Schmerz, den ich wegen ihr nur zu oft spürte. Und schon gar nichts in Relation dazu, was ich seitdem immer wieder über mich ergehen ließ. Ich lief an ihr vorbei und öffnete die Türe. Ich wollte sie nicht mehr in meiner Nähe haben und diese Stille im Raum machte mich wahnsinnig. Ich schritt voran in den Flur, deutete ihr mit meiner Hand den Weg und bat sie damit mehr oder minder freundlich, es mir gleichzutun.

79. Emily

Je länge sich seine Abwesenheit hinzog, desto unruhiger wurde ich. Es sah ihm nicht ähnlich, sich so dermaßen unfreundlich mir gegenüber zu verhalten. Er war schon oft wütend, doch seinen Anstand vergaß er dabei niemals. Es musste etwas sein, was ihn aus der Bahn warf. Oder ihn irgendwie beunruhigte. Nur was? Ich beobachtete Ben genau. Wenn irgendwas Gefährliches im Hinterzimmer ablief, müsste er doch auch nervös sein, oder nicht? Tylor erzählte mir irgendwann mal nebenbei von Angelo, dem Freund von Lora. Und wie sauer er auf Tylor war wegen der ganzen Geschichte. Wenn er hier wäre und hinten irgendwas vorgehen würde, wäre Ben dann nicht angespannt? Aufgewühlt? Ihm war nichts anzumerken. Eine andere Frau konnte es auch unmöglich sein. Ich vertraute Tylor zu Hundertprozent. Das würde er mir nicht antun, nachdem wir doch nun endlich ein Paar waren. Er wusste, dass er jederzeit mit mir reden konnte, wenn ihm etwas zu viel wurde. Bisher fanden wir doch immer zusammen eine Lösung. Und auch im Bett lief es mehr als gut. Welchen Grund sollte er also haben, eine andere Frau zu wollen? Und dann noch wo er wusste, dass ich ebenfalls im Club war. Nein, das konnte es nicht sein! Es machte mich verrückt, nicht zu wissen was mit ihm war. Hatte ich nicht ein Anrecht darauf, sowas zu erfahren? Ich war doch schließlich seine Freundin, also stand es mir doch zu mir Gedanken zu machen, oder nicht? Vielleicht handelte es sich auch um etwas Schönes, kam es mir spontan in den Sinn. Das musste es sein! Er war nervös, weil er eine Überraschung für mich plante. Deswegen war Ben auch entspannt und tat, als wenn nichts wäre. Natürlich hatte er ein wenig Erfahrung diesbezüglich in Aruba gesammelt, aber trotzdem kannte sich Tylor mit solchen Dingen nicht gut aus und deswegen war er einfach angespannt. Das war's! Tylor wollte mich überraschen. Ich spürte es! Es würde eine große Überraschung für mich sein. Ich stand auf und lief schnurstracks an der Bar vorbei und in Richtung Tylors Büro. Der Flur war wie immer verlassen und für den Lärmpegel der im Club herrschte verhältnismäßig ruhig. Ich überlegte kurz, ob ich einfach hineingehen sollte. Oder anklopfen? Oder sollte ich nochmal weggehen und warten, bis er mich holte? Vielleicht war er noch nicht fertig? Just in dem Moment öffnete sich die Tür, und mein innerer Monolog war vorbei. Ich konnte mich jetzt unmöglich einfach umdrehen und verschwinden. Tylor musste ja dann denken, dass ich total übergeschnappt war. Er trat hinaus auf den Flur und sprach mit jemandem. Mit wem? Ein ungutes Gefühl machte sich in meinem Magen breit. Es war also doch jemand bei ihm. Bitte lieber Gott. Lass es nicht Lora sein!

80. Tylor

Als ich mich umdrehte und den Gang entlang sah, traf mich der Schlag. Ein paar Meter von mir entfernt stand Emily. Im ersten Moment freute ich mich, sie zu sehen. Ich wollte ihr erzählen, dass ich mich befreit hatte und das wir nun entspannt in eine gemeinsame Zukunft starten konnten, ohne Liam und ohne Lisa. Patrick ging es gut. Das Hope lief und alles war in geregelten Bahnen. Doch dann erinnerte ich mich daran, dass direkt hinter mir Lisa stand. Ich konnte sie schlecht ins Büro zurückstoßen und so tun, als wenn sie nicht da wäre. Wobei ich tatsächlich kurz mit dem Gedanken spielte. Es wären ja nur ein paar Minuten, bis ich Emily irgendwas aufgetischt hätte, warum sie gerade nicht ins Büro könnte und was ich da drin so trieb. Lisa machte diesen Geistesblitz jedoch zu Nichte, denn sie trat hinaus auf den Flur, an mir vorbei und katapultierte sich dadurch ungeschützt ins Sichtfeld von Emily. Ich sah ihren Blick und mir brach das Herz. Sie dachte was ganz Falsches und ich konnte es ihr nicht mal verdenken.

»Es ist nicht so wie es aussieht!« Meine eigenen Worte hörten sich abgrundtief falsch an. Selbst in meinen Ohren. Und zu allem Überfluss hörte ich wie Lisa lachte.

81. Emily

Nein, es war nicht Lora. Sondern noch viel schlimmer. Lisa trat an ihm vorbei auf den Flur heraus. Ich brauchte keine Sekunde, um zu realisieren, was ich sah. Ich hörte Tylors Worte, doch ich glaubte ihm keine Sekunde. Lisa zog gerade mit einem kleinen Handspiegel ihren roten Lippenstift nach und bemerkte mich daher nicht sofort. Und oh, welch Wunder, befand sich eben dieser ebenfalls am Hemdkragen von Tylor.

»Es ist nicht wie es aussieht?«, hörte ich mich Tylors Worte wiederholen, nachdem diese Schlange ihr Lachen wieder eingestellt hatte. »Lisa ist also gestolpert und ganz aus Versehen mit ihrem nuttigen Lippenstift an deinem Hals abgerutscht?« Tylor hob die Hand und wischte instinktiv an der Stelle, wo sich der Lippenstift befand. Natürlich wusst er, wo er war. Es war eben, doch wie es aussah!

»Ich habe ... !«, vernahm ich für eine Sekunde Lisas Stimme, doch ich unterbrach sie sofort. Ich konnte kein Wort von ihr ertragen. Dieser Moment, wo jemand den Mund öffnet und man schon innerlich explodiert, obwohl noch kein Ton zu hören war. Man am liebsten schreien würde »Halt deine verdammte Fresse!« So ein Augenblick war das.

»Ich rate dir im Guten ... Halt deinen Mund. Sonst vergesse ich mich!« Meine Stimme war unmissverständlich und selbst Lisa verstand, dass mit mir gerade nicht zu spaßen war. Sie blickte von mir zu Tylor und dann wieder zurück zu mir. Dann stolzierte sie in einem gehörigen Sicherheitsabstand an mir vorbei und ließ uns alleine. Tylor wollte ebenfalls zu einem Gespräch ansetzen, doch auch ihn unterbrach ich, indem ich meine Hand erhob. Ich wollte nichts mehr hören. Kein Wort würde ich ihm glauben. Ich wand mich zum Gehen ab, hielt dann aber doch inne und sah ihn nochmal an. Ich musste es verstehen.

»Warum Tylor? Sag mir einfach nur warum?« Tränen standen in meinen Augen, doch ich zwang sie hinunter. Ich würde nicht weinen. Unter keinen Umständen.

»Ich wollte dich nicht verletzen, Emily. Und bitte glaube mir, ich habe auch nichts gemacht. Aber ich weiß, dass es anders aussieht. Es tut mir leid!«

»Es tut dir leid? Na toll. Ich habe mich zum Deppen gemacht. Auf dem Empfang habe ich mich vor dich gestellt und Lisa gegenüber unsere Einheit präsentiert. Und was machst du? Du fickst sie einen Abend später in deinem

Büro? Während ich ein paar Meter entfernt bin? Du solltest dich schämen!«

»Ich habe sie nicht gefickt verdammt nochmal! Da war nichts!«

»Nenn es wie du willst. Es ist mir egal. Lauf ihr schnell hinterher, nicht das die Arme sich in ihrem Nuttenaoutfit noch erkältet. Vielleicht kannst du sie noch zu Antonio ausführen. Ne Nummer auf dem Tisch im Restaurant gab es ja mit mir nicht, sie ist sicherlich billig genug dafür. Viel Erfolg!« Ich sah in seinen Augen, dass ich zu weit ging und er ebenfalls sauer wurde, aber es war mir egal. Sollte er doch! Unser Kapitel war ein für alle Mal erledigt.

»Schön wie selbstgefällig du mich verurteilst für Dinge die ich nicht getan habe. Vertrauen ist ja so eine tolle Basis, findest du nicht.« Er lief auf mich zu und ich spürte seinen Zorn, ebenso wie er den meinen. »Erinnerst du dich an deine eigenen Worte Emily ... *Es ist nicht so wie du denkst. Ich wollte nur mit einem alten Kapitel abschließen um offen für dich zu sein!* ... Ich wollte ebendies tun. Nicht mehr und nicht weniger. Ich kann nichts dafür, dass du Liam nicht mehr vögeln konntest, nur weil er da ist wo er hingehört und dort unter der Erde verrottet?« Im nächsten Moment spürte ich, wie ich ausholte und Tylor eine gehörige Ohrfeige verpasste. Ich wusste nicht, wie das passieren konnte. Noch nie in meinem ganzen

Leben wurde ich irgendwem gegenüber handgreiflich. Meine Wut überrannte mich und seine Worte verletzten mich tief. Ich konnte nicht sagen, ob es daran lag, dass er derart über Liam sprach oder das er mir unverblümt mitteilte, dass ich nur sauer war, weil ich nicht, wie er die Chance hatte, die Ex-Liebe zu vögeln. Er gab also zu, dass er es getan hatte. Er nutzte die Chance, die sich ihm bot, und prahlte dann noch damit. Ich sah ihm an, wie wütend er war. Sein Kiefer zermalmte quasi seine Zähne. Mein Handabdruck verfärbte sich langsam auf seiner Wange. Es tat mir so leid. Ich trat einen Schritt vor, um mich zu entschuldigen, doch er duldete keinerlei Berührungen. Nicht mal mehr ein Wort.

»Verschwinde!« Mit diesen Worten drehte er sich um und lief zurück in sein Büro. Er schloss die Türe, ohne erneut nach mir zu sehen. Ich wusste, dass ich eine Grenze überschritten hatte, doch das tat er auch. Ich stand da und weinte eine Tür an, die mir erbarmungslose Kälte entgegenbrachte. Plötzlich spürte ich eine warme Hand in meinem Rücken und drehte mich erschrocken um.

»Gott, wie siehst du aus. Beruhige dich« Ehe ich mich versah, lag ich in Patricks Armen. Ich war dankbar für diesen halt. Ich presste mich an ihn und weinte einfach weiter. Er war einfach immer zur richtigen Zeit am richtigen Ort. Wieder einmal.

»Geht es dir gut?«, fragte ich ihn, als ich endlich realisierte, dass er eigentlich noch im Krankenhaus liegen müsste.

»Das fragst du mich?«, er lächelte mich mit seinem verschmitzten Grinsen an, was sowohl er als auch die beiden Cliffort-Brüder besaßen. »Komm, lass uns gehen. Heute wird Tylor sich hundertpro nicht mehr beruhigen.« Er legte einen Arm um mich und führte mich Richtung Ausgang.

»Hast du das alles mitbekommen?« Ich hatte gar nicht gemerkt, dass er da war.

»Alles sicher nicht, aber mehr als mir lieb ist. Und deinen Schwinger habe ich natürlich nicht verpasst!«, lachte er laut auf. Unwillkürlich musst ich ebenfalls grinsen, auch wenn mir überhaupt nicht danach zu Mute war. Ich stieg mit Patrick zu Finley in den Wagen und wartete darauf, dass die beiden mich nach Hause brachten. Ich schloss die Augen und ließ unseren Streit noch einmal Revue passieren. Er sagte, dass er nur abschließen wollte. Konnte das so sein? Stieg er mit ihr ins Bett, um damit einen Schlussstrich zu ziehen? Um für mich frei zu sein? Oder lief tatsächlich nichts und ich tat ihm unrecht? Ich wusste es nicht und in nächster Zeit würde ich auch keine weiteren Antworten erhalten. Ich fühlte mich allein.

Unendlich allein. Es fehlten nur die kalten Kellerwände um mich herum. Das Gefühl bei Liam im dreckigen, kalten und feuchten Keller, war das Gleiche, was mich auch jetzt heimsuchte. Ich fühlte mich erneut gefangen. Gefangen im Nichts!

Triggerwarnung!

Dieses Buch enthält folgende Elemente, die triggern könnten:

Toxische Beziehungen, Verlustängste, über-
griffiges Verhalten, Gewalt, Tod, Entführung,
Todesangst, Adoption, Mobbing, Misshand-
lungen, Eifersucht, Angst, Gefangenschaft,
Selbstmord, Beerdigungen, Abschied nehmen,
Selbstzweifel, Alkoholkonsum, derbe Ausdrucks-
weisen und Schimpfworte sowie explizite
sexuelle Inhalte.

Danksagung

Nun sitze ich hier und schreibe meine zweite Danksagung für mein zweites Buch. Und doch kann ich es noch immer nicht glauben. Und ihr da draußen seid noch immer da und verfolgt weiterhin die Geschichte rund um Emily & Tylor die doch eigentlich anfangs nur in meinem Kopf stattfand. Unglaublich! Ihr alle seid ein großer Teil dessen, was hier passiert. Einer der Gründe, warum diese Kapitel nun in euren Händen liegen.

Danke! ❤

An dieser Stelle geht auch mal ein großes Danke an mich selbst. Ich bin dankbar dafür, dass ich nicht aufgebe. Oft ist es nicht leicht, die Herausforderungen des Lebens unter einen Hut zu bringen. Schicksalsschläge und Komplikationen lassen einen zweifeln und stolpern. Der Tag hat zu wenige Stunden, um alles zu erledigen, was erforderlich wäre. Und doch gebe ich nicht auf. Ich kämpfe und bin stolz auf mich. Aufgeben ist keine Option!

Danke! ❤

Ein weiterer Dank geht wie immer an meine Familie. Ohne euch, ohne mich! ❤

Des Weiteren danke ich meinem bezaubernden Bloggerteam.

Claudia, Nadine, Nicole, Emily, Vanessa und Luisa! ❤

Ich freue mich, diese Reise mit euch an meiner zu bestreiten.

In dem Zusammenhang auch hier wieder ein Dank an meine liebe Tamara! Danke, dass du mich ergänzt und unterstützt. ❤

Wie findet ihr mein zweites Cover? Ja, ich liebe es auch sooo sehr! Danke an die weltbeste Coverdesignerin, die ich mir wünschen kann.

Ich liebe es! Und dich, Schwesterherz! ❤

Coming soon!
Winter 2025

enJoy me

Gefesselt von dir

Band 3

Ich stoße mit euch an!
Eure K.C.

enJoy me - Vom ersten Moment
Band 1

Nach ihrer katastrophalen Beziehung mit Liam Escher, fokussiert sich Emily Downert darauf, sich ein neues Leben aufzubauen. Schritt für Schritt findet sie ins Leben zurück, bis sie eines Abends im Joy – dem besten Club der Stadt - auf ihn trifft. Tylor Cliffort! Attraktiv, unglaublich sexy und makellos. Aber das ist nur eine Seite der Medaille, denn zugleich ist er unnahbar, kühl und arrogant. Gefühle schließt er kategorisch aus! Erste Annäherungen versprechen große Lust und extreme Leidenschaft. Doch schaffen es die beiden, ihre unterschiedlichen Bedürfnisse und Ansichten zu vereinen? Wird Emily einen Weg finden, den emotional völlig unterkühlten Tylor einzufangen? Oder wird vielleicht sogar Liam den beiden noch einen Strich durch die Rechnung machen?

Im vergangenen Dezember habe ich bei einem Autorenadventskalender mitgemacht. 24 Autoren – 24 Aktionen! Dabei entstand eine schöne Kurzgeschichte, die ich nun auch mit euch allen teilen möchte. Genießt einen Ausflug in das weihnachtliche Sparks River!

Gefühle haben keinen Aus-Knopf!
Doch was, wenn diese ausgerechnet den Ex der besten Freundin treffen?
Ein Gewissenskonflikt, der den Verstand durcheinanderwirft und das Herz höherschlagen lässt!
Weihnachten ist zum Glück die Zeit der kleinen und großen Wunder.
Lasst euch entführen und fesseln von einer kleinen Kurzgeschichte!

Weihnachtsglück mit Hindernissen

In den vergangenen Tagen legte sich ein eisiger Hauch über unsere verschneite Kleinstadt. Weihnachten rückte näher und machte sich mit immer wiederkehrendem Schneefall deutlich bemerkbar. Dies wurde langsam aber sicher deutlich spürbar. Ich liebte die Atmosphäre in dieser Jahreszeit und die Stimmung, die überall in der Luft lag. In jedem Haus leuchteten Hunderte bunte Lichter um die Wette. Weihnachtsdekorationen eroberten die Vorgärten und Plätzchenduft strömte aus allen Häusern heraus. Alle warteten sehnlichst auf den Start unseres kleinen Weihnachtsmarktes. Wie in jedem Jahr fand dieser am zweiten Adventswochenende statt. Alle bereiteten etwas vor. Die Häuser um den Marktplatz herum dekorierten besonders aufwendig. Und die Geschäfte versorgten uns mit kunterbunten Ständen. Es gab wunderbar gestrickte Wollkleidung. Von Socken bis zu Pullis war alles vertreten. Außerdem machte die Töpferei gemeinsam mit der Schreinerei des Ortes wunderschöne Weihnachtsdekorationen, um die letzten Details fürs Weihnachtsfest zu besorgen. Es war ein wirkliches Highlight unter uns Einwohnern. Mittlerweile strömten sogar Besucher aus den Nachbarorten an diesem besonderen Wochenende zu uns. Und dann endlich war es so weit. Bei uns in Sparks River kannte jeder jeden, somit ähnelte dieser Anlass eher einem Familientreffen. Und wie bei jedem Familientreffen gab es die Leute, auf die man sich unendlich freute. Und auch die, wo man sich wünschte, sie hätten lieber abgesagt. Meine beste Freundin Mel und ich kauften uns schon vor Monaten die gleichen Weihnachtspullis. Klar, hätten wir uns auch auf dem Weihnachtsmarkt selbst einen kaufen können, aber es war unser Highlight, dass wir in jedem Jahr mit einem neuen, aufwendigen Pulli auftauchten. Tatsächlich vermehrte sich dies in den letzten Jahren und viele folgten unserem Brauch. Ursprünglich kauften wir auch noch einen Pulli für Tobi. Doch Mel und er trennten sich vor einiger Zeit. Ob er seinen Pullover anzog, stand also in den Sternen. Ich glaube, wenn Mel entscheiden könnte, wäre er einer von denen, wo sie sich wünschte, dass er abgesagt hätte. Ob er mit uns im Partnerlook auftauchte, interessierte sie wahrscheinlich dabei am wenigsten. Mittlerweile war sie über ihn hinweg, aber anfangs fiel es ihr ziemlich schwer, mit der Trennung klarzukommen. Und das, obwohl die beiden gerade mal drei Monate zusammen waren. Sie konnte einfach nicht verkraften, dass er sie verließ. Okay, zugegeben, der Grund war denkbar kacke. Er wollte ehrlich zu ihr sein, was ja eigentlich auch ein feiner Zug ist. Doch damit legte er zugleich offen, dass er sich in eine andere verliebt hatte. Wir fanden leider nie heraus, wer diese ominöse andere sein sollte. Und eigentlich waren wir sehr gut darin, Dinge herauszufinden. Zumindest tauchte er in den letzten Wochen seit der Trennung nirgendwo mit einer anderen auf. Auch auf seinen Social-Media-Profilen gab es eigentlich keine Anhaltspunkte. Mel war sich mittlerweile sicher, dass er seine Gefühle für eine andere nur vorschob, um ihr klarzumachen, dass es endgültig aus war und sie nicht mehr versuchte, um ihn zu kämpfen. Möglich war dies natürlich, aber ich empfand es eher als untypisch für ihn. Wir kannten Tobi von klein auf. Schon immer schwärmten wir beide für ihn. Demnach wollten wir unbedingt wissen, wer seine Herzdame war und warum Amor ihn nicht mit unserem Pfeil traf. Schließlich kannten wir drei uns schon unser ganzes Leben lang. Was lag da näher, als dass er einer von uns gehörte? Aber es sollte nicht sein. Pünktlich um sechs stand Mel bei mir auf der Matte. Ihren Weihnachtspulli über die Jacke gequetscht und das Rentiergeweih thronte leuchtend auf ihrem Kopf. Die rote Nase hätte man aus weiter Entfernung noch als

Warnsignal verwenden können. Es konnte also losgehen. Denn ich sah mindestens genauso bescheuert aus in dem identischen Outfit. Am Dorfplatz angekommen, trällerte der Chor bereits lautstark liebliche Weihnachtslieder und der leckere Geruch von Glühwein und gebrannten Mandeln wehte zu uns herüber und ließ uns das Wasser im Mund zusammenlaufen. Überall leuchtete alles in strahlenden Farben, und wenn es noch vereinzelt freie Stellen gab, wurden diese mit Tannenzweigen geschmückt. In jedem einzelnen Stand blickten uns freundlich lachende Gesichter entgegen. Es dauerte eine Zeit, aber wir liefen jeden Einzelnen davon ab und stellten fest, dass wir mit unserem Outfit überhaupt nicht auffielen. Noch viel mehr als im letzten Jahr legten sich diesmal mit ihrem Weihnachtsoutfit richtig ins Zeug. Natürlich trafen wir auch auf Tobi, der genau wie wir den Weihnachtspulli trug. Nur ohne Geweih auf dem Kopf. Ich hatte ihn erst gar nicht gesehen, doch Mels Reaktion machte es unmöglich, ihn zu übersehen. Er gehörte nun mal hierher. Es war also absehbar, dass genau das geschehen würde. Zu unserem Übel arbeitete er dieses Jahr am Bratwurststand, und Weihnachtsmarkt ohne Bratwurst war für Mel und mich ein No-Go.

»Vergiss es, Mia! Ich gehe nicht zu ihm. Ich warte hier und du holst die Würstchen. Bittteee!«

»Ach komm. Ich will auch nicht zu ihm rübergehen. Lass uns doch warten, bis er eine Pause macht. Oder Feierabend. Oder äh, wir essen keine Wurst!«

»Wenn du möchtest, dass ich mich erniedrige und selbst zu ihm gehe. Toll, dann tue ich das!« Oh verflucht, was sollte ich da noch sagen? Also dackelte ich widerwillig herüber zum Würstchenstand und musste nun unsere Bestellung bei dem tollsten Typen des Kaffs aufgeben. Und dann noch einer, den ich nicht mal anhimmeln durfte, weil er der Ex meiner besten Freundin war. Dass ich schon genauso lange auf ihn stand, tat dabei nichts mehr zur Sache. *Willkommen in meinem Leben!* Ich steuerte direkt auf die Wurstbude zu und mein Herz klopfte wie wild. Ich konnte kaum denken, geschweige denn sprechen. Eben so, wie es mir eigentlich meistens ging, wenn er in meiner Nähe war. Also stand ich da, vor diesen wunderschönen rehbraunen Augen, die darauf warteten, dass ich etwas sagte. *Musste er auch noch so ein Lächeln auf seine Lippen legen?*

»Hi!«, brachte ich mühsam hervor. Das war wenigstens so kurz, dass ich nicht ins Stottern kam. Aber verdammt, konnte er nicht bitte mit diesem Grinsen aufhören! Als ob seine Augen nicht ausgereicht hätten!

»Hi Mia! Schön, dich zu sehen. Dann wird der Abend ja direkt noch schöner!« Was? Hä? Ich verstand nichts mehr! Flirtete er etwa mit mir? Unsinn! Reiß dich zusammen und tu, was du tun musst!

»Ähm, ja, danke. Ich freue mich auch. Denke ich ... Darf ich bitte deine Wurst haben? Zweimal!« Tobi begann zu lachen und konterte herausfordernd.

»Das ist zwar ziemlich direkt gefragt, aber klar. Wie hättest du meine Wurst denn gerne? Zweimal?« Das war wieder mal so typisch für mich. Am liebsten hätte ich mir ein Loch gebuddelt und wäre ohne Umwege hineingekrochen. Da ich ihm nicht mehr antwortete, war er zumindest so nett und gab mir trotzdem das an, was er dachte aus meiner gestörten Bestellung herauszuhören. Ich musterte ihn halb sabbernd, als er mir den Rücken zudrehte und alles fertig machte. In dem Moment als er sich wieder an mich wand, fühlte ich mich seltsam ertappt und schaute schnurstracks in eine andere Richtung.

»Ich hoffe, dass ist in etwa das, was du haben wolltest. Wenn ich sonst noch etwas für dich tun kann, lass es mich wissen!«

»Ne. Ja. Orr man! Das passt so danke dir. Ich wollte hier einfach nur weg. Und zwar schnell! Unsere Hände berührten sich unbeabsichtigt, als ich ihm in Eile die Wurstbrötchen aus der Hand reißen wollte. Und da war es wieder. Wie schon so oft. Unsere Blicke ineinander versunken standen wir nur da. Und ich hätte schwören können, dass er ebenso wie ich dieses Kribbeln auf unserer Haut spürte. Wir berührten uns noch immer sanft und zumindest ich genoss diese Nähe. Da er sich ebenso wenig aus dieser Berührung entfernte, empfand er es wohl ähnlich. Plötzlich streichelte sein Daumen über meinen Handrücken, was mich augenblicklich ins Hier und Jetzt zurückkatapultierte. Nein! Nein! Das durfte nicht sein! Ohne ein Wort drehte ich mich um und lief hektisch zu Mel herüber. Ich war ganz sicher, dass ich mir das nicht eingebildet hatte. Und doch konnte ich es in meinem Kopf nicht realisieren. Wenn Mel mich genau angesehen hätte, wäre ihr meine Verwirrtheit sofort aufgefallen. Daher war ich froh, dass sie ausschließlich mit den Fragen in ihrem Gehirn beschäftigt war. Ich tat jede davon einfach mit »Ach, nichts Besonderes!« ab. Doch es war etwas Besonderes. Er wusste es und ich wusste es. Aber sonst durfte niemals jemand davon erfahren. Was sollte ich Mel auch sagen? Ich verstand es ja selbst nicht. Noch nie zuvor gab es so eine Situation wie diese. Und das, obwohl ich schon immer bereit dafür gewesen wäre. Zumindest bis zu dem Zeitpunkt, als zwischen Mel und Tobi etwas lief. In dem Augenblick war ich auf jeden Fall mehr als dankbar, dass die Würstchen unser Gespräch zwangsläufig einstellten. Nach dem Essen machte ich mich auf den Weg zum Rande des Dorfplatzes. Wie jedes Jahr stand dort ein riesiger Weihnachtsbaum, den alle Kinder aus Sparks River zusammen schmückten. Es hingen auch kleine Zettelchen daran, mit Wünschen für das Weihnachtsfest und Danksagungen an den Weihnachtsmann. Und direkt dahinter versteckte sich wie immer der Toilettenwagen, den ich nun dringend brauchte. Mel kümmerte sich derweil um etwas zu trinken für uns beide. Als ich aus dem Wagen herauskletterte, traf mich vollkommen unerwartet der Schlag. Tobi stand direkt am Weihnachtsbaum und sah mich an. Ich drehte mich um und schaute, ob er auf jemand anderen wartete, aber es war niemand da. Niemand außer uns beiden. Er stand da wie ein junger Gott. Erleuchtet von den Lichtern des Weihnachtsbaums und mit einer Anmut, wie sie für mich absolut unvergleichlich nur Tobi ausstrahlte. Bitte reiß dich zusammen, Mia. Lauf einfach vorbei! Einfach nur vorbei! Ich lief los und versuchte, an ihm vorbei zurück zum Weihnachtsmarkt zu gehen, als er plötzlich nach meiner Hand griff und mich festhielt. Er zog mich zu sich herüber, so dass der Baum uns beide für alle anderen verdeckte.

»Bitte Mia. Lass mich nicht hier stehen. Ich will mich nicht weiter zurückhalten!«

»Womit zurückhalten?« Er hielt mich noch immer fest und ich genoss das Gefühl, das er damit in mir auslöste. So verboten es auch war. Für einen kleinen Moment war seine Berührung perfekt!

»Du spürst genau wie ich, dass zwischen uns was ist. Spätestens seit ich vor Wochen mit Mel Schluss machte, hättest du es wissen müssen. Ich konnte sie nicht mehr anfassen und küssen und mir dabei vorstellen, dass du es bist. Ich will dich, Mia. Und ich weiß, dass du auch etwas für mich empfindest!« Ich starrte ihn nur an. Bekam kein Wort heraus. Ja, natürlich wollte ich ihn, aber ich durfte nicht. Dieses ganze Gespräch war so falsch. Und doch versuchte ich, zu verstehen, was er mir gerade offenbarte. Ich bin diejenige, die wir die letzten Wochen gesucht hatten. Wegen mir machte Tobi mit Mel Schluss? *Ohhh fuck! Wenn das herauskam, war ich einen Kopf kürzer. Verdammt!* Ich begehrte ihn schon so lange, dass es fast körperlich wehtat, diese Worte zu hören und sie nicht erwidern zu können. Aber er war einfach zu spät. Ein »Wir«, war einfach zu spät. Er gehörte doch schon Mel. Mein

Zögern machte ihn nervös. Ich hatte keine Reaktion. Das, was ich wollte, und das, was ich durfte, kollidierten miteinander. Noch immer meine Hand haltend, trat er näher an mich heran, was dazu führte, dass ich ihn wieder ansah. Erst in dem Moment merkte ich, dass ich unsere ineinander verschlungenen Finger angestarrt hatte. Als mein Blick nun wieder ihn erfasste, wusste ich auch warum. Die Kulisse und er raubten mir den Atem. Seine Augen glänzten im Schein des Weihnachtsbaums, der uns sowohl Schutz vor Blicken als auch Wohlbehagen bescherte. Er spürte meinen inneren Kampf und streichelte ungeniert über meine Wange. Meinen Hals entlang und über meinen Mund. Dann ruhten seine Finger an meinem Kinn. Er richtete mein Gesicht zu ihm hinauf. Und im nächsten Moment spürte ich seine Lippen auf meinen. Alles um uns herum driftete in weite Ferne. Ich stand da mit dem Jungen, den ich schon seit der Grundschule anhimmelte. Der mir soeben seine Liebe gestand und mich nun zärtlich und zugleich auch leidenschaftlich küsste. Verflucht, warum konnte er so unwahrscheinlich gut küssen? Wir standen doch noch immer auf dem kleinen Weihnachtsmarkt von Sparks River. Im romantischen Licht des Weihnachtsbaums. Am schönsten Tag des Jahres. Ich hätte glücklicher nicht sein können. Alles war einfach nur perfekt! Bis wir Mels Stimme hörten und schlagartig in die Realität zurückgeholt wurden! Wir standen da, sahen uns an und keiner von uns wagte es, auch nur zu atmen. Unsere Herzen miteinander vereint und doch wissend, dass es uns verboten war, diese Gefühle zu spüren.

»Ich hätte wissen müssen, dass es um Mia ging. Ich bin einfach so blöd!«, vernahmen wir unerwartet Mel hinter uns. Wir schossen auseinander und fühlten uns beide sichtlich ertappt. Ich stand da und starrte sie an. Und ich merkte erst da, dass Tobi und ich uns weiterhin festhielten. Ich versuchte, meine Hand aus seiner zu befreien, doch er ließ nicht locker. Er wollte unsere Berührung nicht aufgeben. Stattdessen richtet er das Wort direkt an Mel.

»Keiner von uns wollte dich je verletzen Mel, das musst du mir glauben. Mia hat niemals etwas getan, was falsch gewesen wäre.«

»Ach, bis auf jetzt gerade meinst du?«

»Nein, auch jetzt gerade nicht! Auch wenn ich verstehe, warum du dies so empfindest. Sie hat absolut nichts getan, um mich irgendwie rumzukriegen. Ich habe mich einfach in sie verliebt. Schon lange! Heute musste ich einfach testen, ob unsere Liebe eine Zukunft haben könnte. Es tut mir leid!«

»Ich wusste schon immer, dass Mia in dich verliebt war. Seit ich denken kann, schwärmt sie von dir, Tobi. Auch wenn sie es nie so direkt äußerte. Eigentlich bin ich diejenige, die einen Fehler gemacht hat. Und auch wenn es mir wehtut, gebe ich euch meinen Segen. Was bleibt mir auch anderes über? Ich verstehe ja, warum ihr euch wollt. Ihr seid die besten Menschen, die ich kenne!« Ich sah, wie Mel sich eine Träne von der Wange wischte. Doch sie sprach unbeirrt weiter.

»Es tut mir leid, Mia. Ich wusste es und war dennoch so egoistisch, etwas mit Tobi anzufangen. Ohne an dich zu denken. Wir sind dann jetzt wohl quitt, denke ich.«

»Mel, bitte ...!«

»Nein, nicht Mia. Bitte lass mich zu Ende sprechen. Ich weiß nicht, ob ich sonst nochmal den Mut finde, es tatsächlich auszusprechen!« Ich wollte zu ihr gehen. Sie umarmen und ihr versprechen, dass wir eine Lösung fanden. Doch Tobi hielt mich fest und Mel sprach schon weiter.

»Das, was ich auf keinen Fall möchte, ist, unsere Freundschaft zu verlieren. Bitte versprecht mir das. Beide!« Ich stürmte auf Mel zu und nahm sie in meinen Arm.

»Natürlich wird das nicht passieren. Ich liebe dich wie eine Schwester, du dumme Nudel. Das wird niemals passieren! Ich verspreche es!« Wir hielten uns fest und weinten in unsere bunten Weihnachtspullis. Tobi gesellte sich zu uns und umarmte uns beide. Seit langem waren wir endlich wieder vereint. So wie wir es schon als Kleinkinder waren. Zu der Zeit, als Gefühle noch nicht alles verkomplizierten. Er hielt uns einfach nur fest. Wie die Freunde von damals. Als alles noch einfach und unkompliziert war. Wo die größte Sorge darin bestand, wer mit welchem Spielzeug spielte und nicht, wer wen liebte. Dann vernahm ich unerwartet Tobis Stimme.

»Versprochen!«, beantwortete er Mels Bitte, und ich stimmte heulend seinen Worten zu.

»Definitiv versprochen!« Ich weiß nicht, wie lange wir so dastanden, aber als wir uns wieder voneinander lösten, fühlten sich meine Glieder an wie eingefroren. Wir sahen uns an und keiner wusste, was er nun tun sollte. Es herrschte eine unangenehme Stille.

»Hat Mia dir erzählt, dass sie gerne meine Wurst haben möchte?«, hörte ich plötzlich Tobi fragen. Mel sah verwirrt von ihm zu mir, während ich ihn geschockt und peinlich berührt anstarrte.

»Tobi!«

»Was denn, es war doch so!«

»Ich habe mich nur blöd ausgedrückt!«

»Warum? Was hast du denn gesagt?«, fragte Mel mit einem versteckten Grinsen auf den Lippen.

»Ach nichts weiter. Vergiss es!« Sie schaute von mir zu Tobi. Der wie zu erwarten, sehr gerne mit einer Antwort rausrückte.

»Tobi, darf ich bitte deine Wurst haben? Zweimal!«, äffte er meine Stimme nach.

»Hast du nicht gesagt!«, lachte Mel auf.

»Oh doch. Hat sie!« Super, nun lachten sie beide, während ich mir zumindest ein dummes Grinsen nicht mehr verkneifen konnte.

»Schön, dass ich euch erheitern konnte. Stets zu Diensten!« Ich war froh, dass wir zusammenstanden und noch lachen konnten. Offensichtlich hatte Mel tatsächlich mit Tobi abgeschlossen, denn sonst hätte sie sich niemals so schnell wieder gefangen, nachdem was an dem Abend alles passierte.

»Ich werde jetzt mal gehen. Bitte macht euch noch einen schönen Abend ihr zwei Turteltauben!«

»Du musst wirklich nicht gehen. Lass uns doch einen tollen Abend zusammen verbringen. Einfach als Freunde!«, versuchte ich sie zu überreden. Auf keinen Fall wollte ich, dass sie sich zurückgewiesen fühlte.

»Ne, ne! Ihr zwei seid definitiv nicht nur Freunde. Klärt das zwischen euch. Und denkst daran ... Meinen Segen habt ihr!« Wir nickten uns zu. Tobi nahm erneut meine Hand und Mel schlenderte zurück in Richtung Weihnachtsmarkt.

»Ach Mia, Finger weg von dem Würstchen am ersten Abend!«, rief mir Mel über die Schulter hinweg zu.

»Verschwinde!«, antwortete ich lachend.

»Was möchtest du jetzt gerne tun?«, fragte mich Tobi strahlend. Ich wusste es nicht. Das alles überforderte mich. Was wollte ich? Das war eine sehr gute Frage.

»Ich weiß, was ich möchte!«

»Und was ist das?« Ich trat an Tobi ganz nah an Tobi heran. So nah, dass ich seinen Atem in meinem Gesicht spürte und seinen Geruch wahrnahm. So nah, dass wir uns nicht nur an den Händen berührten.

»Küss mich, als wenn dies unser erster Kuss wäre!« Er brauchte keine weitere Erklärung oder Aufforderung. Er küsste mich zärtlich, vorsichtig und zugleich leidenschaftlich. Dies war unser erster Kuss. Und der Beginn einer neuen Reise!

Bereits erschienen:

Band 1: enJoy me – Vom ersten Moment

Dieser Titel ist als Taschenbuch (9783759775214),
Hardcover (9783758342790) und E-Book
(9783769329704) erschienen.

Band 2: enJoy me – Gefangen im Nichts

Dieser Titel ist als Taschenbuch (9783819277818),
Hardcover (9783769340464) und E-Book erschienen.